LES MUSES

Né en 1977, Alex Michaelides est un scénariste britannique. Il a auparavant étudié la psychanalyse et a travaillé dans un service de psychiatrie pour jeunes pendant deux ans. *Dans son silence*, son premier roman, est devenu un véritable phénomène dans le monde entier.

Paru au Livre de Poche :

Dans son silence

ALEX MICHAELIDES

Les Muses

TRADUIT DE L'ANGLAIS (GRANDE-BRETAGNE) PAR ELSA MAGGION

CALMANN-LÉVY

Titre original :

THE MAIDENS
Publié par Celadon Books, une division de Macmillan Publishers,
New York, 2021.

ISBN : 978-2-253-25820-9 – 1re publication LGF

À Sophie Hannah,
pour m'avoir donné le courage de mes convictions

« Conte-moi ton premier amour
Les espoirs d'avril, les hasards
Jusqu'à ce que les tombes se mettent à bouger
Et les morts à danser. »

Alfred Tennyson, *The Vision of Sin*

Prologue

Edward Fosca était un meurtrier.

C'était un fait. Pour Mariana il ne s'agissait pas d'une simple conviction intellectuelle, d'une vue de l'esprit. Son corps le savait. Elle le sentait au fond d'elle-même, dans ses veines, dans chacune de ses cellules.

Edward Fosca était coupable.

Et pourtant, elle ne pouvait pas le prouver, et ne le pourrait peut-être jamais. Cet homme, ce monstre, qui avait tué au moins deux personnes, allait selon toute vraisemblance rester libre.

Il était si suffisant, si sûr de lui. *Il croit qu'il s'en est sorti impunément*, songeait-elle. Il pensait avoir gagné.

Mais il n'en était rien. Pas encore.

Mariana était résolue à se montrer plus futée que lui. Il le fallait.

Elle passerait la nuit à récapituler tous les événements. Elle resterait assise là, dans cette petite chambre sombre de Cambridge, à réfléchir, et elle trouverait la solution. Elle regarderait fixement le radiateur électrique qui rougeoyait dans l'obscurité, en espérant se plonger dans une sorte de transe.

Elle reprendrait au commencement et se rappellerait tout. Dans les moindres détails.

Et elle l'attraperait.

PREMIÈRE PARTIE

« Personne ne m'avait dit que le deuil ressemblait tant à la peur. »

C.S. Lewis, *A Grief Observed*

Chapitre 1

Quelques jours plus tôt, Mariana était chez elle, à Londres.

Agenouillée par terre, au milieu des cartons, elle tentait à nouveau, sans enthousiasme, de trier les objets ayant appartenu à Sebastian.

Ça ne se passait pas bien. Un an après sa mort, la plupart de ses affaires restaient éparpillées dans la maison, dans divers cartons empilés, à moitié vides. Elle semblait incapable d'achever sa tâche.

Elle était encore amoureuse de lui ; c'était cela le problème. Elle avait beau savoir qu'elle ne le reverrait jamais, elle avait beau savoir qu'il était parti pour de bon, elle l'aimait toujours et elle ne savait pas quoi faire de tout cet amour. Elle en avait tant, et il était si chaotique : il se déversait, se répandait, s'échappait d'elle comme le rembourrage d'une vieille poupée de chiffon dont les coutures se défont.

Si seulement elle avait pu ranger son amour dans un carton comme elle essayait de le faire avec les affaires de Sebastian. Quel spectacle lamentable que la vie d'un homme réduite à des objets mis au rebut et destinés à des vide-greniers.

Mariana plongea la main dans la boîte la plus proche.

Elle en retira une paire de chaussures. Elle les observa, ces vieilles baskets vertes qu'il portait pour aller faire son jogging sur la plage. Elles semblaient presque encore un peu trempées, et des grains de sable étaient incrustés dans les semelles.

Débarrasse-t'en, s'encouragea-t-elle. *Jette-les à la poubelle. Fais-le.*

Même en se disant cela, elle savait que c'était impossible. Elles n'étaient pas lui, elles n'étaient pas Sebastian, elles n'étaient pas l'homme qu'elle aimait et aimerait toujours. C'était juste une vieille paire de chaussures. Malgré tout, s'en séparer revenait à s'entailler le bras avec la lame d'un couteau et à couper un petit lambeau de peau.

Au lieu de cela, Mariana pressa les chaussures contre sa poitrine. Elle les étreignit tendrement, comme un enfant. Et elle pleura.

Comment en était-elle arrivée là ?

En l'espace d'une seule année qui autrefois aurait filé à toute vitesse et s'étendait maintenant derrière elle tel un paysage désolé après le passage d'un ouragan, la vie qu'elle avait vécue jusque-là avait été anéantie, la laissant là, à trente-six ans, seule et soûle un dimanche soir, à serrer contre elle comme de vieilles reliques les chaussures d'un homme mort ; ce qu'elles étaient, en un sens.

Quelque chose de beau, de sacré, était mort. Il ne restait plus que les livres qu'il lisait, les vêtements qu'il portait, les objets qu'il touchait. Elle pouvait encore respirer son odeur, retrouver sa saveur sur le bout de sa langue.

C'était pour cela qu'elle ne pouvait pas jeter ses

affaires. Les conserver lui permettait, d'une certaine façon, de le garder en vie, juste un tout petit peu. Si elle s'en séparait, elle le perdrait entièrement.

Récemment, poussée par une curiosité morbide et pour tenter de comprendre ce à quoi elle s'attaquait, Mariana avait relu tous les écrits de Freud au sujet du deuil. Il affirme qu'après le décès d'un proche, il faut accepter la perte de l'être cher et le laisser partir, faute de quoi on court le risque de succomber au deuil pathologique qu'il nomme « mélancolie », aussi appelé dépression.

Mariana comprenait. Elle savait qu'elle devait se défaire de Sebastian, parce qu'elle était encore amoureuse de lui. Elle était amoureuse, même s'il avait disparu pour toujours, disparu derrière un voile. « Au-delà de ce voile », d'où cela venait-il ? De Tennyson, sans doute.

Au-delà de ce voile.

C'était la sensation qu'elle avait. Depuis le décès de Sebastian, elle ne voyait plus le monde en couleurs. La vie était pâle, grise et lointaine, au-delà d'un voile, au-delà d'une brume de tristesse.

Elle voulait se cacher du monde, de son bruit et de sa douleur, et se réfugier dans son travail, dans sa petite maison jaune.

Et elle y serait restée, si Zoé ne l'avait pas appelée depuis Cambridge cette nuit d'octobre là.

Le coup de fil de Zoé, après la séance de groupe du lundi soir ; c'est ainsi que tout avait débuté.

C'est ainsi que le cauchemar avait commencé.

Chapitre 2

Le groupe du lundi soir se réunissait dans la pièce donnant sur la rue.

Elle était d'une taille convenable. Mariana et Sebastian l'avaient destinée aux séances de thérapie peu de temps après avoir emménagé dans la maison jaune.

Ils aimaient beaucoup cette maison. Elle était située au pied de Primrose Hill, au nord-ouest de Londres, et sa façade était du même jaune vif que les primevères sur la colline en été. Du chèvrefeuille grimpait sur les murs, les couvrant de fleurs blanches à l'odeur suave qui par les mois d'été pénétrait par les fenêtres ouvertes, s'élevait dans l'escalier et s'attardait dans les couloirs et dans les pièces, les emplissant de douceur.

Il faisait chaud pour la saison ce soir-là. Octobre commençait à peine, mais l'été indien s'imposait tel un invité tenace et refusait de prêter attention aux arbres dont les feuilles mortes lui laissaient comprendre que le moment était peut-être venu de s'en aller. Le soleil de la fin d'après-midi inondait le salon d'une lumière dorée aux accents rouges. Avant la séance, Mariana tira les rideaux, mais maintint les fenêtres à guillotine légèrement entrouvertes pour laisser entrer un peu d'air.

Ensuite, elle disposa les chaises en cercle.

Neuf chaises. Une pour chaque membre du groupe, et une pour elle. En théorie, les sièges devaient être identiques, mais la vie ne fonctionnait pas ainsi. Malgré sa bonne volonté, elle avait accumulé au fil des ans diverses chaises à dossier droit, en différents matériaux et de tailles et formes variées. Son attitude décontractée à l'égard des chaises était peut-être représentative de la manière dont elle conduisait ses séances de groupe. L'approche de Mariana était assez flexible, peu conventionnelle même.

Le choix de la profession de thérapeute était ironique, et en particulier la spécialisation en thérapie de groupe. Son ambivalence – sa méfiance même – face aux groupes remontait à l'enfance.

Elle avait grandi en Grèce, dans la banlieue d'Athènes. Sa famille habitait une vieille maison délabrée, en haut d'une colline couverte d'un linceul d'oliviers noir et vert. Enfant, Mariana s'asseyait sur la balançoire rouillée dans le jardin et contemplait la ville antique en contrebas, qui s'étendait au loin jusqu'aux colonnes du Parthénon. Le paysage semblait terriblement vaste, sans limites ; elle se sentait si minuscule et insignifiante que, superstitieusement, elle y voyait un mauvais augure.

Quand elle accompagnait la gouvernante au marché bondé du centre d'Athènes, elle était toujours nerveuse. Et elle était soulagée, et un peu surprise, de rentrer indemne à la maison. En grandissant, les groupes continuèrent de l'intimider. À l'école, elle se retrouvait à l'écart ; elle avait le sentiment de ne pas être à sa place au milieu de ses camarades. Et ce sentiment était difficile à vaincre. Des années plus tard, en thérapie, elle prit conscience que la cour de récréation était simplement un macrocosme de la cellule familiale. Cela signifiait que son malaise tenait moins à l'ici et au maintenant – la cour, le marché d'Athènes ou tout autre groupe dans lequel elle se trouvait – qu'à la famille dans laquelle elle avait grandi, dans la maison isolée de son enfance.

Il y faisait toujours froid, même dans la Grèce ensoleillée. Et il s'en dégageait une impression de vide. Elle manquait de chaleur, au sens propre comme au sens figuré. Le père de Mariana était en grande partie responsable ; quoique remarquable par bien des côtés – bel homme, puissant, l'esprit vif –, il était aussi extrêmement complexe. Mariana soupçonnait que son enfance l'avait abîmé de manière irréversible. Elle n'avait jamais rencontré ses grands-parents et il les évoquait rarement : son père était marin, et moins on parlait de sa mère, mieux c'était. Elle travaillait sur les docks, disait-il, avec sur le visage une telle expression de honte que Mariana pensait que ce devait être une prostituée.

Le père de Mariana avait grandi dans les quartiers pauvres d'Athènes et autour du Pirée. Il avait commencé à travailler sur les bateaux dès l'adolescence et s'était vite impliqué dans le commerce et l'importation de café et de blé et, supposait-elle, de marchandises moins plaisantes. À vingt-cinq ans, il avait acheté son premier bateau, puis avait monté une entreprise de transports maritimes. Grâce à une combinaison d'acharnement, de sang et de sueur, il avait créé un petit empire.

Il était un peu comme un roi, se disait-elle, ou un dictateur. Elle découvrirait plus tard qu'il était très riche, ce qu'on n'aurait pas supposé à voir la vie austère et spartiate qu'ils menaient. Peut-être sa mère, sa douce et sensible maman anglaise, aurait-elle pu l'adoucir, si elle avait vécu. Mais elle était morte tragiquement jeune, peu de temps après la naissance de Mariana.

Mariana grandit avec une conscience aiguë de cette perte. En tant que thérapeute, elle savait que la première image qu'un bébé se fait de lui-même s'élabore à travers le regard de ses parents. Nous naissons en étant observés. L'expression du visage de nos parents, notre reflet dans leurs yeux, détermine la façon dont nous nous voyons. Mariana avait perdu le regard de sa mère sur elle, et son père… eh bien, son père ne pouvait même pas la regarder en face. En général, quand elle s'adressait à lui, il fixait un point juste derrière elle. Mariana rajustait continuellement sa position, se déplaçait, se frayait un chemin vers son champ de vision, espérant qu'il la voie, mais elle restait toujours, pour ainsi dire, à la périphérie.

Les rares fois où elle s'apercevait dans ses yeux, elle y lisait un terrible dédain, une cuisante déception. Son regard disait vrai : elle n'était pas à la hauteur. Peu importaient les efforts qu'elle déployait, elle avait toujours l'impression de ne pas être assez bien, de se débrouiller pour faire ou dire quelque chose qui ne convenait pas. Par sa seule existence, elle semblait l'agacer. Il la contredisait sans cesse, quel que soit le sujet. Il se comportait avec elle comme Petruchio avec Catharina. Si elle disait qu'il faisait froid, il affirmait qu'il faisait chaud, si elle disait qu'il faisait beau, il soutenait qu'il pleuvait. Mais malgré ses critiques et ses réfutations, Mariana l'aimait. Elle n'avait que lui et elle aspirait à mériter son amour.

L'amour était rare dans son enfance. Elle avait une sœur aînée, mais elles n'étaient pas proches. Elisa avait sept ans de plus qu'elle et ne s'intéressait pas à sa petite sœur timide. Ainsi, Mariana passait les longs mois d'été à jouer toute seule dans le jardin sous le regard sévère de la gouvernante. Il n'y avait donc rien d'étonnant à ce qu'elle ait grandi un peu à l'écart, et mal à l'aise en société.

L'ironie qu'il y avait à être finalement devenue thérapeute de groupe ne lui échappait pas. Mais paradoxalement, cette ambivalence par rapport aux autres la servait. En thérapie de groupe, c'est le groupe, et non l'individu, qui est au centre du traitement : être un bon thérapeute de groupe, dans une certaine mesure, consiste à être invisible.

Mariana était douée pour ça.

Pendant ses séances, elle s'immisçait le moins possible dans les échanges. Elle intervenait uniquement quand la communication tournait court, quand une interprétation pouvait être utile, ou quand quelque chose se passait mal.

Ce lundi-là, la pomme de discorde fut jetée presque immédiatement, nécessitant une de ses rares interventions. Le problème, comme d'habitude, c'était Henry.

Chapitre 3

Henry arriva en retard. Il était écarlate, hors d'haleine et titubait un peu. Mariana se demanda s'il avait pris de la drogue. Cela ne l'aurait pas surprise. Elle soupçonnait Henry d'abuser de ses médicaments, mais étant sa thérapeute et non son médecin, elle n'y pouvait pas grand-chose.

Henry Booth n'avait que trente-cinq ans, mais il paraissait plus vieux. Ses cheveux roux étaient parsemés de blanc et son visage aussi fripé que sa chemise. Il fronçait en permanence les sourcils et semblait constamment tendu, comme un ressort. Il évoquait à Mariana un boxeur sur le point d'assener ou de recevoir le coup suivant.

Henry s'excusa en grognant pour son retard, puis s'assit, un gobelet de café en carton à la main.

Et le problème, c'était le gobelet.

Liz prit immédiatement la parole. À un peu plus de soixante-dix ans, professeure à la retraite, elle tenait par-dessus tout à ce que les choses soient faites « dans les règles », comme elle le formulait. Mariana la trouvait assez fatigante, voire irritante. Et elle avait aussitôt deviné ce que Liz allait dire.

— Ce n'est pas autorisé, lança Liz, tremblante

d'indignation, en pointant du doigt le gobelet de Henry. Nous n'avons pas le droit d'apporter « quoi que ce soit ». Nous le savons tous.

— Et pourquoi pas ? grommela Henry.

— Parce que c'est la règle, Henry.

— Va te faire foutre, Liz.

— Quoi ? Mariana, vous avez entendu ce qu'il vient de me dire ?

Liz fondit en larmes. La situation dégénéra et aboutit encore une fois à une discussion houleuse entre Henry et les autres membres du groupe, furieux et unis contre lui.

Mariana observait la scène attentivement en portant un œil bienveillant sur Henry, pour voir comment il prenait les choses. Malgré sa bravade, c'était un individu très vulnérable. Enfant, il avait subi d'atroces sévices corporels et des violences sexuelles de la part de son père, avant d'être pris en charge par les services sociaux et placé dans une succession de familles d'accueil. Pourtant, en dépit de tous ces traumatismes, Henry était doté d'une intelligence remarquable et pendant un moment il avait semblé qu'elle suffirait à le sauver. À dix-huit ans, il avait été admis à l'université pour étudier la physique. Mais il n'avait tenu que quelques semaines avant que son passé le rattrape. Il avait souffert d'une violente dépression et ne s'en était jamais vraiment remis. S'ensuivit une triste histoire d'automutilation, de toxicomanie et de dépressions récurrentes qui l'avaient conduit à faire des allers-retours à l'hôpital, jusqu'à ce que ses psychiatres l'adressent à Mariana.

Mariana avait un faible pour Henry, sans doute parce qu'il avait cruellement manqué de chance. Malgré cela, elle avait hésité à l'inclure dans le groupe. Pas simplement parce que son état était bien plus alarmant que celui des autres membres. Les patients gravement malades peuvent être intégrés et soignés de manière très efficace dans des groupes, mais ils peuvent aussi les perturber, au point qu'ils se désagrègent. Dès qu'un groupe se constitue, il en émerge de la jalousie et de l'agressivité qui résultent de facteurs extérieurs ne concernant pas le groupe, mais aussi de rapports de force obscurs et dangereux au sein même du groupe. Et depuis qu'il avait rejoint celui-ci quelques mois plus tôt, Henry avait constamment généré des conflits. Il les apportait avec lui. On observait chez lui une agressivité latente, une rage écumante, souvent difficiles à contenir.

Mais Mariana n'abandonnait pas facilement ; tant qu'elle gardait le contrôle des séances, elle était bien décidée à travailler avec Henry. Elle croyait à ce groupe, à ces huit individus assis ensemble ; elle croyait au cercle, et à son pouvoir de guérison. Dans ses moments les plus fantaisistes, elle pouvait considérer avec un certain mysticisme le pouvoir des cercles : le cercle du Soleil, de la Lune, de la Terre ; la gravitation des planètes dans l'espace ; la roue ; le dôme d'une église ; une alliance. Platon affirme que l'âme est un cercle, et cela faisait sens pour elle. La vie n'est-elle pas aussi un cercle ? De la naissance à la mort.

Et quand la thérapie fonctionnait bien, une sorte de miracle se produisait à l'intérieur de ce cercle : la naissance d'une entité à part entière – un esprit de groupe, une pensée collective –, un « grand esprit » comme on le nommait souvent, qui allait au-delà de la somme de ses parties ; plus intelligent que le thérapeute ou que chacun des participants pris individuellement. Il était sage, curatif et contenant. Mariana avait observé ce pouvoir à de nombreuses reprises. Dans son salon, au fil des ans, de nombreux fantômes avaient surgi et avaient été neutralisés dans ce cercle.

Aujourd'hui, c'était au tour de Liz d'être hantée par ses fantômes. Elle n'arrivait pas à passer outre ce gobelet de café. Il éveillait en elle une colère et un ressentiment profonds. Henry pensait être au-dessus des règles et les enfreignait avec dédain. Liz prit soudain conscience qu'il lui rappelait terriblement son frère cadet, qui s'était cru tout permis et l'avait tyrannisée. Toute sa colère refoulée envers lui commença à resurgir, ce que Mariana trouvait encourageant. À condition que Henry supporte de faire office de punching-ball psychologique.

Ce qui, bien sûr, lui était impossible.

Il bondit de sa chaise en poussant un cri d'angoisse, jeta son gobelet par terre au centre du cercle, et une mare de café noir se répandit sur le parquet.

Les autres participants se firent aussitôt entendre et exprimèrent leur indignation de façon plutôt hystérique. Liz fondit de nouveau en larmes et Henry tenta de partir. Mais Mariana le convainquit de rester et de discuter de l'incident.

— C'est juste un gobelet de café, merde, il est où le problème ? s'exclama-t-il sur un ton d'enfant indigné.

— Il ne s'agit pas du gobelet, intervint Mariana. Il s'agit de limites. Des limites au sein de ce groupe, des règles que nous respectons ici. Nous en avons déjà parlé. Nous ne pouvons pas participer à une thérapie si nous ne nous sentons pas en sécurité. Les limites apportent un sentiment de sécurité. Les limites, c'est ce que nous travaillons en thérapie.

Henry la dévisagea d'un air ahuri. Mariana savait qu'il ne comprenait pas. Les limites sont, par définition, ce qui cède en premier quand un enfant est maltraité. Toutes celles de Henry avaient volé en éclats quand il n'était encore qu'un petit garçon. Par conséquent, il ne comprenait pas cette notion. Il ne savait pas non plus reconnaître les situations dans lesquelles il mettait les gens mal à l'aise – ce qui se produisait souvent – en envahissant leur espace, physique ou psychique. Il se tenait trop près des autres quand il parlait et présentait un degré de dépendance que Mariana n'avait jamais observé chez un patient auparavant. Rien ne suffisait. Il aurait emménagé avec elle si elle le lui avait permis. La tâche lui revenait de maintenir les limites entre eux, de définir les paramètres de leur relation de manière saine. C'était son rôle en tant que thérapeute.

Mais Henry la provoquait sans cesse, essayait de la déstabiliser, de lui taper sur le système d'une façon qu'elle trouvait de plus en plus difficile à gérer.

Chapitre 4

Henry s'attarda à la fin de la séance, après le départ des autres patients, soi-disant pour l'aider à nettoyer les dégâts. Mais Mariana savait que ça ne s'arrêtait pas là, comme toujours avec lui. Il rôdait en silence, l'observait. Elle l'encouragea à parler.

— Allez, Henry. Il est temps de partir. Est-ce que vous voulez quelque chose ?

Henry acquiesça d'un signe de tête, sans répondre, puis plongea la main dans sa poche.

— Tenez, j'ai un truc pour vous.

Il exhiba une bague, un colifichet en plastique rouge criard qui semblait tout droit sorti d'une boîte de céréales.

— C'est pour vous. Un cadeau.

Mariana hocha la tête.

— Vous savez que je ne peux pas l'accepter.

— Et pourquoi pas ?

— Vous devez arrêter de m'apporter des choses, Henry. D'accord ? Vous devriez vraiment rentrer, maintenant.

Mais il ne bougea pas. Mariana hésita. Elle n'avait pas prévu d'aborder la question avec lui de cette façon, pas tout de suite, mais le moment lui semblait malgré tout opportun.

— Écoutez, Henry. Nous devons parler de quelque chose.

— De quoi ?

— Jeudi soir, après la fin de ma séance de groupe, j'ai regardé par la fenêtre. Et je vous ai vu dehors. De l'autre côté de la rue, à côté du lampadaire. En train d'observer la maison.

— C'était pas moi.

— Si. J'ai vu votre visage. Et ce n'est pas la première fois que je vous vois là.

Henry devint écarlate et évita de croiser son regard. Il hocha la tête.

— Pas moi, pas…

— Cela ne pose pas de problème que vous vous intéressiez aux autres groupes que je conduis. Mais nous avons déjà parlé de ça pendant les séances. Vous ne devez pas passer à l'acte. Que vous m'espionniez, ça, c'est un problème. Avec ce genre de comportement, je me sens envahie et menacée, et…

— Je n'espionne pas ! J'étais là, et alors ? On s'en fout.

— Vous admettez donc que vous étiez là ?

Henry avança d'un pas vers elle.

— Pourquoi on ne peut pas être juste tous les deux ? Pourquoi vous ne pouvez pas me voir sans eux ?

— Vous savez pourquoi. Parce que je vous reçois en tant que membre d'un groupe. Je ne peux pas vous recevoir aussi de manière individuelle. Si vous avez besoin d'une thérapie individuelle, je peux vous recommander un confrère.

— Non, c'est vous que je veux.

Henry se rapprocha subitement d'elle. Mariana tint bon. Elle leva la main.

— Stop. C'est beaucoup trop près, Henry.

— Attendez. Regardez.

Avant qu'elle puisse l'en empêcher, Henry souleva son épais sweat-shirt noir, et là, sur son torse pâle et imberbe, elle découvrit une chose sinistre.

De profondes croix avaient été taillées dans sa peau à la lame de rasoir, des croix rouge sang, de différentes tailles, qui lui couvraient la poitrine et l'abdomen. Certaines saignaient encore, d'autres étaient croûteuses et il s'en écoulait des perles rouges compactes, comme des larmes figées et sanglantes.

Mariana sentit son estomac se retourner. Ces blessures l'écœuraient. Elle voulait détourner le regard, mais n'y arrivait pas. C'était un appel à l'aide, bien entendu, une tentative de provoquer une réaction de sa part, pour qu'elle le soigne, mais pas seulement. C'était aussi une agression émotionnelle, une attaque psychologique dirigée contre ses sens. Henry avait finalement réussi à la prendre au dépourvu, à la pousser à bout, et elle lui en voulait terriblement.

— Qu'est-ce que vous avez fait, Henry ?

— Je… je n'ai pas pu m'en empêcher. Il fallait que je le fasse. Et il fallait que vous le voyiez.

— Et maintenant que j'ai vu, que croyez-vous que je ressente ? Vous vous rendez compte à quel point cela me bouleverse ? Je veux vous aider, mais…

— Mais quoi ?

Henry se mit à rire.

— Qu'est-ce qui vous en empêche ?

— Le bon moment pour recevoir du soutien, c'est pendant la séance de groupe. Vous en avez eu l'occasion ce soir, mais vous ne l'avez pas saisie. Nous aurions tous pu vous aider.

— Je ne veux pas de leur aide à eux. Je vous veux, vous. Mariana, j'ai besoin de vous.

Mariana savait qu'elle devait le faire partir. Ce n'était pas à elle de nettoyer ses blessures. Il avait besoin de soins médicaux. Elle devait se montrer ferme, pour le bien de Henry autant que pour le sien. Mais elle ne parvenait pas à se convaincre de le flanquer dehors, et ce n'était pas la première fois que son empathie prenait le dessus sur son bon sens.

— Attendez. Attendez une seconde, dit-elle.

Elle se dirigea vers le buffet, ouvrit un tiroir et fouilla dedans. Elle en retira un kit de premiers secours. Elle était sur le point de l'ouvrir quand son téléphone sonna.

Elle regarda le numéro. C'était Zoé. Elle décrocha.

— Zoé ?

— Tu peux parler ? C'est important.

— Attends une seconde. Je te rappelle.

Mariana raccrocha, puis se tourna vers Henry et lui fourra le kit dans les mains.

— Henry, prenez ça. Nettoyez-vous. Allez voir votre médecin si vous en avez besoin. D'accord ? Je vous appelle demain.

— C'est tout ? Et vous vous prétendez psy ?

— Assez. Ça suffit. Vous devez partir.

Sans tenir compte des protestations de son patient, elle le conduisit fermement vers la porte, puis elle le fit sortir. Elle referma la porte derrière lui. Instinctivement, elle voulut la verrouiller, mais se retint.

Elle se rendit ensuite dans la cuisine. Elle ouvrit le réfrigérateur et en sortit une bouteille de sauvignon blanc.

Elle était secouée. Elle dut se ressaisir avant de

rappeler Zoé. Elle ne voulait pas l'accabler davantage. Leur relation était bancale depuis la mort de Sebastian, et désormais Mariana était déterminée à rétablir l'équilibre. Elle inspira profondément pour se calmer, se versa un grand verre de vin, puis composa le numéro.

Zoé décrocha à la première sonnerie.

— Mariana ?

Celle-ci comprit tout de suite que quelque chose n'allait pas. Zoé avait la voix tendue et le ton pressant que Mariana associait aux moments de crise. *On dirait qu'elle a peur*, se dit-elle. Elle sentit les battements de son cœur s'accélérer.

— Ma chérie, est-ce que tout va bien ? Qu'y a-t-il ?

Il y eut un moment de silence avant que Zoé réponde, d'une toute petite voix :

— Allume la télé. Mets les infos.

Chapitre 5

Mariana attrapa la télécommande.

Elle alluma le vieux téléviseur portable posé sur le micro-ondes, un des biens sacrés de Sebastian, acheté quand il était encore étudiant et dont il se servait pour regarder le cricket et le rugby tout en faisant semblant d'aider Mariana à préparer les repas du week-end. Le téléviseur était plutôt capricieux, et l'écran clignota un moment avant d'afficher l'image.

Mariana sélectionna la chaîne d'informations de la BBC. Un journaliste d'une cinquantaine d'années présentait un reportage. Il se tenait en extérieur ; la nuit commençait à tomber et on avait du mal à voir où il se trouvait exactement. Un champ peut-être ? Ou une prairie ? Il s'adressait directement à la caméra :

— … et il a été découvert à Cambridge, dans la réserve naturelle de Paradise. Je suis ici en compagnie de l'homme qui l'a trouvé. Pouvez-vous me raconter comment ça s'est passé ?

La question était adressée à une personne hors champ. La caméra changea d'angle pour filmer un homme d'une soixantaine d'années, petit, nerveux, les joues rouges. Il cligna des yeux, visiblement aveuglé, puis s'exprima d'une voix timide.

— C'était cet après-midi. Je sors toujours le chien à quatre heures, alors il devait être aux alentours de… peut-être quatre heures et quart ou vingt. Je l'emmène au bord de la rivière, sur le sentier. On traversait Paradise, et…

Il hésita un instant, mais ne termina pas sa phrase. Il essaya de nouveau.

— C'est le chien. Il a disparu dans les herbes hautes, à côté du marais. Il n'est pas revenu quand je l'ai appelé. J'ai pensé qu'il avait trouvé un oiseau, un renard ou autre chose, alors je suis allé voir. J'ai avancé entre les arbres, jusqu'au bord du marais, et là, je l'ai vue.

L'homme eut un regard étrange. Un regard que Mariana ne reconnut que trop bien. *Il a vu une chose horrible. Je ne veux pas entendre. Je ne veux pas savoir ce que c'est.*

Il continua, implacablement, plus vite à présent, comme s'il avait besoin d'évacuer.

— C'était une fille. Elle ne devait pas avoir plus de vingt ans. Elle avait de longs cheveux roux. Enfin, je crois qu'elle était rousse. Il y avait du sang partout, tellement de sang…

Sa phrase resta en suspens et le journaliste l'incita à poursuivre.

— Elle était morte ?

— C'est ça, répondit le témoin en acquiesçant de la tête. Elle avait été poignardée. Plusieurs fois. Et son visage, mon Dieu, c'était horrible. Ses yeux… Elle avait les yeux ouverts, et fixait… fixait…

Il s'interrompit, au bord des larmes. *Il est en état de choc. Ils ne devraient pas l'interviewer. Quelqu'un devrait arrêter ça.*

Évidemment, à ce moment-là, s'apercevant peut-être que c'était allé trop loin, le journaliste mit fin à son interview et la caméra retourna sur lui.

— Flash spécial ici à Cambridge. La police enquête à la suite de la découverte d'un corps. La victime d'une violente attaque au couteau serait une jeune fille âgée d'une vingtaine d'années.

Mariana éteignit la télévision. Elle fixa l'écran une seconde, sidérée, incapable de bouger. Puis elle se souvint du téléphone qu'elle tenait dans la main. Elle le colla à son oreille.

— Zoé ? Tu es toujours là ?

— Je… je crois que c'est Tara.

— Quoi ?

Tara était une amie intime de Zoé. Elles étaient dans la même promotion au St Christopher's College de l'université de Cambridge. Mariana hésita, essaya de cacher son inquiétude.

— Pourquoi dis-tu ça ?

— À cause de la description. On dirait que c'est Tara. Et personne ne l'a vue depuis hier. Je demande à tout le monde et je… j'ai tellement peur, je ne sais pas quoi faire.

— Attends, attends. Quand as-tu vu Tara pour la dernière fois ?

— Hier soir.

Zoé marqua une pause.

— Et, Mariana, elle était très bizarre.

— Comment ça, bizarre ?

— Elle a dit des trucs. Des trucs dingues.

— Comment ça, dingues ?

Il y eut un silence, puis Zoé répondit dans un murmure :

— Je ne peux pas t'expliquer maintenant. Tu pourrais venir ?

— Bien sûr, je vais venir. Mais, Zoé, écoute. Est-ce que tu en as parlé à la fac ? Tu dois prévenir le doyen.

— Je ne sais pas quoi dire.

— Répète-leur ce que tu m'as dit. Que tu t'inquiètes pour elle. Ils contacteront la police, et les parents de Tara.

— Ses parents ? Mais si je me trompe ?

Pour ne pas laisser paraître son anxiété, Mariana répondit d'une voix calme :

— Je suis certaine que tu te trompes. Je suis certaine que Tara va bien, mais on doit s'en assurer. Tu comprends, n'est-ce pas ? Tu veux que je les appelle ?

— Non, non, ça va. Je vais le faire.

— Bien. Et après va te coucher, d'accord ? Je serai là demain matin.

— Merci, Mariana. Je t'embrasse.

— Moi aussi.

Mariana raccrocha. Le verre de vin blanc qu'elle s'était versé était posé sur le plan de travail. Elle n'y avait pas touché. Elle le saisit et le vida d'un trait.

Sa main trembla quand elle prit la bouteille pour s'en verser un autre.

Chapitre 6

Mariana monta à l'étage pour préparer un petit sac au cas où elle devrait passer une ou deux nuits à Cambridge.

Elle essaya de ne pas laisser ses pensées s'emballer, mais c'était difficile ; elle était extrêmement anxieuse. Quelque part, il y avait un homme – c'était sans doute un homme compte tenu de l'extrême violence de l'agression – gravement malade, qui avait tué une jeune fille d'une façon atroce. Une jeune fille qui vivait peut-être à quelques mètres de sa Zoé chérie.

Mariana tenta de ne pas s'imaginer que la victime aurait pu être Zoé, en vain. Elle éprouvait une peur atroce. Et elle n'en avait ressenti de pareille qu'une seule fois, le jour de la mort de Sebastian. Le sentiment d'être impuissante, de ne pas être capable de protéger ceux qu'elle aime.

Elle regarda sa main droite. Elle n'arrivait pas à l'empêcher de trembler. Elle serra le poing très fort. Elle ne ferait pas ça, elle ne craquerait pas. Pas maintenant. Elle ne s'affolerait pas. Elle resterait concentrée.

Zoé avait besoin d'elle et c'est tout ce qui importait.

Si seulement Sebastian avait été là, il aurait su quoi faire. Il n'aurait pas réfléchi, il n'aurait pas tergiversé, il n'aurait pas préparé de sac. Il aurait attrapé ses clés et serait parti tout de suite après le coup de fil de Zoé. C'est ce que Sebastian aurait fait. Pourquoi pas elle ?

Parce que tu es lâche.

C'était vrai. Si seulement elle possédait un peu de la force de Sebastian… Un peu de son courage. Elle l'entendait dire : « Allez, ma chérie, donne-moi la main, on va affronter ces salauds ensemble. »

Mariana monta se coucher et resta allongée, à réfléchir, puis elle sombra dans le sommeil. Pour la première fois en plus d'un an, ses dernières pensées avant de s'endormir n'étaient pas liées à son défunt mari.

Elle se surprit à penser à un autre homme, à la silhouette indistincte de celui qui, armé d'un couteau, avait infligé tant d'horreur à une pauvre jeune fille. Tandis que ses paupières se fermaient, Mariana se posait des questions sur cet homme. Elle se demandait ce qu'il faisait à cet instant, où il se trouvait.

Et à quoi il pensait.

Chapitre 7

7 octobre

Une fois qu'on a tué quelqu'un, on ne peut plus revenir en arrière.

Je m'en rends compte maintenant. Je me rends compte que je suis devenu une tout autre personne.

C'est un peu comme une renaissance, je suppose. Mais pas une naissance ordinaire, c'est une métamorphose. Ce n'est pas un phœnix qui jaillit de ses cendres, mais une créature plus laide. Déformée, incapable de voler, un prédateur qui se sert de ses griffes pour couper et déchirer.

J'ai l'impression d'avoir le contrôle maintenant, en écrivant ces mots. En ce moment même, je suis calme et sain d'esprit.

Mais il y a plus d'un seul moi.

Ce n'est qu'une question de temps avant que l'autre moi surgisse, assoiffé de sang, fou et avide de revanche. Et il ne trouvera pas de repos avant de l'assouvir.

Je suis deux personnes dans le même esprit. Une partie de moi garde mes secrets, et seul cet homme connaît la vérité, mais il est retenu prisonnier, enfermé, drogué, privé de voix. Il ne trouve d'exutoire que dans les brefs instants d'inattention de son geôlier. Quand je suis soûl, ou en train de m'endormir, il essaie de parler. Mais ce n'est pas facile. La communication se fait par intermittence. C'est un plan d'évasion codé pour s'échapper d'un camp de prisonniers de guerre. Au moment où il est à deux doigts de le décrypter, son gardien brouille le message. Un mur s'érige. Un vide envahit son esprit. Le souvenir que j'essayais péniblement d'exhumer s'évanouit.

Mais je vais persévérer. Il le faut. D'une manière ou d'une autre, je trouverai mon chemin à travers la fumée et l'obscurité et je le contacterai, cet autre moi sain d'esprit. Celui qui ne veut pas faire de mal aux autres. Il peut m'en apprendre beaucoup. Et j'ai besoin d'en apprendre beaucoup. Comment, et pourquoi, en suis-je arrivé là, aussi loin de celui que je voulais être, débordant de haine et de colère, aussi tordu ?

Ou est-ce que je me mens ? Est-ce que j'ai toujours été comme ça et que je refuse de l'admettre ?

Non. Je ne veux pas le croire.

Après tout, chacun a le droit d'être le héros de son histoire. Alors je dois avoir le droit d'être le héros de la mienne. Même si je ne le suis pas.

Je suis le méchant.

Chapitre 8

Le lendemain, en sortant de chez elle, Mariana crut apercevoir Henry.

Il rôdait de l'autre côté de la rue, caché derrière un arbre.

Mais quand elle tourna la tête, la rue était déserte. Elle devait l'avoir imaginé. Et même s'il était bien là, elle avait des préoccupations bien plus importantes pour le moment. Elle chassa Henry de ses pensées et prit le métro jusqu'à King's Cross.

À la gare, elle monta dans le train rapide pour Cambridge. La journée était ensoleillée et le ciel d'un bleu parfait à peine strié de quelques fins nuages blancs. Mariana s'assit côté fenêtre et regarda défiler le paysage de haies vertes et de champs de blé où les épis oscillaient dans la brise telle une mer dorée ondoyante.

Elle était heureuse de sentir le soleil sur son visage. Si elle frissonnait, c'était d'angoisse, pas de froid. Elle n'arrivait pas à vaincre son inquiétude. Elle n'avait pas eu de nouvelles de Zoé depuis la veille. Elle lui avait envoyé un texto le matin, mais n'avait pas encore reçu de réponse.

Peut-être était-ce une fausse alerte, peut-être que Zoé s'était trompée.

Elle l'espérait sincèrement, et pas uniquement parce qu'elle connaissait Tara elle aussi. Quelques mois avant la mort de Sebastian, la jeune fille avait passé un week-end chez eux à Londres. Mariana était surtout, égoïstement, inquiète pour Tara parce que Zoé s'inquiétait pour elle.

Zoé avait eu une adolescence difficile pour diverses raisons, et elle avait réussi à surmonter ses problèmes – plus que surmonter, elle avait « triomphalement transcendé » ses difficultés, comme l'avait formulé Sebastian –, au point qu'elle avait été admise à l'université de Cambridge pour y étudier l'anglais. Tara était la première amie que Zoé s'y était faite. Perdre Tara, et dans des circonstances aussi horribles, pourrait totalement l'ébranler.

Mariana ne pouvait s'empêcher de repenser à leur conversation au téléphone. Quelque chose dans ce coup de fil lui semblait étrange.

Et elle n'arrivait pas à savoir quoi exactement.

Était-ce le ton de la voix de Zoé ? Elle avait le sentiment que Zoé ne lui disait pas tout. Était-ce à cause de la légère hésitation, l'évitement même, quand elle lui avait demandé de lui parler des propos « dingues » de Tara ?

« Je ne peux pas t'expliquer maintenant. »

Pour quelle raison ?

Que lui avait dit Tara exactement ?

Ce n'est peut-être rien. Arrête, arrête, maintenant. Il lui restait presque une heure de trajet ; elle ne pouvait pas continuer comme ça, à se rendre folle. Elle serait à bout de forces en arrivant. Elle avait besoin de se distraire.

Elle plongea la main dans son sac et en sortit un

magazine, *The British Journal of Psychiatry*. Elle le feuilleta, sans parvenir à se concentrer sur un seul article.

Ses pensées revenaient inévitablement à Sebastian. L'idée d'aller à Cambridge sans lui la terrorisait. Elle n'y était pas retournée depuis sa mort.

Ils allaient souvent rendre visite à Zoé, et Mariana gardait de bons souvenirs de ces moments. Elle se rappelait le jour où Zoé avait emménagé à St Christopher, où ils l'avaient aidée à défaire ses cartons et à s'installer. C'était l'un des moments les plus heureux que Sebastian et elle avaient passés ensemble, avec le sentiment d'être les fiers parents de leur fille d'adoption qu'ils aimaient tant.

Zoé semblait si petite et si vulnérable quand ils l'avaient quittée ce jour-là et, lors des au revoir, Mariana avait lu une immense affection dans le regard que Sebastian portait sur Zoé, un amour infini mêlé d'inquiétude, comme s'il regardait sa propre enfant, ce qui était presque le cas. Une fois sortis de la chambre, incapables de quitter Cambridge, ils avaient marché ensemble le long des berges de la rivière, bras dessus bras dessous, comme dans leur jeunesse. Car ils avaient tous les deux étudié là, et l'université de Cambridge, la ville même, était intimement liée à leur histoire d'amour.

C'est là qu'ils s'étaient connus, quand Mariana avait tout juste dix-neuf ans.

La rencontre avait été fortuite. Elle n'avait aucune raison de se produire ; ils fréquentaient des facultés différentes et n'étudiaient pas les mêmes matières. Sebastian faisait des études d'économie, et Mariana de littérature. L'idée qu'ils auraient très bien pu ne jamais se croiser était effrayante. Que se serait-il passé ? Comment aurait été sa vie ? Meilleure, ou pire ?

Ces derniers temps, Mariana fouillait en permanence dans sa mémoire, elle cherchait à se rappeler le passé, à le discerner clairement, à comprendre et à replacer dans son contexte le chemin qu'ils avaient parcouru ensemble. Elle essayait de se souvenir de petites choses qu'ils avaient faites, de recréer mentalement les conversations, d'imaginer ce que Sebastian avait pu dire ou faire chaque instant. Mais elle ne savait pas lesquels de ces souvenirs étaient réels. Plus elle tentait de les retrouver, plus il lui semblait que Sebastian devenait un mythe. À présent, il n'était plus qu'un esprit, qu'une histoire.

Mariana avait dix-huit ans quand elle s'était installée en Angleterre, un pays qu'elle avait idéalisé dès l'enfance. C'était peut-être inévitable car sa mère, britannique, avait laissé quantité de choses derrière elle, dans la maison d'Athènes : des bibliothèques et des étagères dans chaque pièce, pleines à craquer d'ouvrages anglais – des romans, des pièces de théâtre, de la poésie –, tous mystérieusement transportés là avant la naissance de Mariana.

Elle imaginait avec tendresse l'arrivée de sa mère à Athènes, chargée de malles et de valises remplies de livres plutôt que de vêtements. Et à défaut de connaître son affection, la fillette solitaire se tournait vers ses lectures pour trouver réconfort et compagnie. Durant les longs après-midi d'été, elle apprit à aimer le contact des livres dans ses mains, l'odeur du papier, la sensation quand elle tournait une page. Elle s'asseyait à l'ombre sur la balançoire rouillée, croquait dans une pomme verte ou dégustait une pêche trop mûre et s'immergeait dans une histoire.

À travers ces lectures, Mariana se prit d'amour pour l'Angleterre et tout ce qui s'y rapportait. Une Angleterre qui n'avait peut-être jamais existé au-delà des pages de ces livres, une Angleterre de pluies chaudes en été, de verdure humide, de pommiers en fleur, de rivières sinueuses, de saules, et de pubs dans les villages, où des feux rugissaient dans la cheminée. L'Angleterre du *Club des cinq*, de Peter Pan et Wendy, du roi Arthur et de Camelot, des *Hauts de Hurlevent*, de Jane Austen et de Shakespeare. Et de Tennyson.

Et c'est là que Sebastian était entré dans l'histoire de Mariana ; quand elle n'était encore qu'une petite fille. Comme pour tout bon héros, sa présence se fit sentir bien avant son apparition. Mariana ne savait pas encore à quoi il ressemblait, ce héros romantique qu'elle imaginait, mais elle était sûre qu'il existait.

Il était là, quelque part, et un jour elle le trouverait.

Et puis, des années plus tard, quand elle arriva à Cambridge pour y faire ses études, tout était si beau, si onirique, qu'elle eut l'impression d'être entrée dans un conte, dans une ville enchantée tout droit sortie d'un poème de Tennyson. Elle était persuadée qu'elle le trouverait là, dans cet endroit magique. Elle trouverait l'amour.

Mais bien sûr, dans la triste réalité, Cambridge n'avait rien d'un conte de fées, c'était juste un endroit comme un autre. Et comme Mariana le découvrit des années plus tard en thérapie, le problème avec cette idée folle, c'était qu'elle avait amené à Cambridge celle qu'elle était. Enfant, à l'école, luttant pour s'intégrer, elle errait dans les couloirs pendant les pauses, solitaire et tourmentée tel un fantôme, gravitant autour de la bibliothèque, où elle se sentait à l'aise, où elle trouvait refuge. Et maintenant, étudiante à St Christopher, le schéma se répétait : elle passait le plus clair de son temps à la bibliothèque et ne se lia d'amitié qu'avec quelques étudiants tout aussi timides et studieux. Aucun garçon de sa promotion ne l'intéressait et aucun ne lui fit d'invitation.

Peut-être n'était-elle pas assez séduisante ? Avec ses cheveux bruns et ses yeux marron, elle ressemblait moins à sa mère qu'à son père. Des années plus tard, Sebastian lui dirait souvent à quel point elle était belle, mais le problème, c'est qu'elle ne l'avait jamais pensé. Et elle soupçonnait que si elle l'était vraiment, c'était seulement grâce à Sebastian. Sous le regard chaleureux de cet homme, elle s'épanouissait comme une fleur au soleil. Mais cela se produisit plus tard. Au départ, à l'adolescence, Mariana était peu assurée quant à son apparence, et ses problèmes de vue n'arrangeaient rien car elle fut forcée de porter d'affreuses lunettes aux verres épais dès ses dix ans. À quinze ans, elle avait commencé à porter des lentilles de contact et s'était demandé si cela changerait l'image qu'elle avait d'elle-même. Debout devant le miroir, elle fixait son reflet et tentait, sans y parvenir, de se voir clairement. Mais elle n'était jamais vraiment satisfaite de ce qu'elle voyait. Même à cet âge, elle avait vaguement conscience que le charme relevait sans doute du monde intérieur, d'une confiance en elle qui lui faisait défaut.

Néanmoins, à l'instar des personnages de fiction qu'elle adorait, Mariana croyait en l'amour. Malgré deux premiers trimestres de mauvais augure à l'université, elle refusa d'abandonner l'espoir.

Comme Cendrillon, elle attendait le bal.

Le bal de St Christopher se tenait sur les Backs, une vaste étendue de pelouse menant aux berges de la rivière. Des marquises étaient installées pour accueillir victuailles et boissons, musique et danse. Mariana avait prévu d'y retrouver quelques amis, mais elle ne les aperçut pas dans la foule. Il lui avait fallu rassembler tout son courage pour se rendre seule à la fête, et elle le regrettait. Elle se tenait sur la berge, habitée par le terrible sentiment de n'être pas à sa place parmi les filles splendides en robe de bal et les jeunes hommes en costume, tous extrêmement sophistiqués et débordants de confiance en eux. Elle se rendait compte que sa tristesse et sa timidité étaient complètement incongrues dans cet environnement joyeux. La ligne de touche, d'où elle observait la vie, en marge, c'était clairement là qu'était sa place. Elle avait eu tort de s'imaginer autre chose. Elle décida d'abandonner et de retourner dans sa chambre.

Et, à ce moment-là, elle entendit un bruit d'éclaboussures.

Elle regarda autour d'elle. Il y eut d'autres éclaboussures, des rires et des cris. Tout près, des garçons s'amusaient sur des bateaux à rames et des bacs et l'un d'eux avait perdu l'équilibre et s'était retrouvé à l'eau.

Mariana observa le jeune homme qui pataugea avant de refaire surface. Il nagea jusqu'à la rive et émergea telle une étrange créature mythique, un demi-dieu sorti des eaux. Il n'avait alors que dix-neuf ans, mais il avait l'air d'un homme, pas d'un adolescent. Il était grand, musclé, et trempé. Sa chemise et son pantalon lui collaient au corps et ses mèches blondes couvraient son visage, l'aveuglant. Il se redressa, écarta ses cheveux de son visage, jeta un coup d'œil devant lui, et vit Mariana.

Cette première rencontre fut un moment singulier, hors du temps qui sembla ralentir, s'aplatir et s'étirer. Mariana, fascinée, resta prisonnière de ce regard, incapable de détourner les yeux. C'était une sensation étrange, un peu comme si elle reconnaissait quelqu'un, quelqu'un qu'elle connaissait déjà intimement, mais dont elle était incapable de se rappeler où et quand ils s'étaient perdus de vue.

Le jeune homme ignora ses amis qui l'appelaient et se moquaient de lui. Et avec un étonnant sourire de plus en plus rayonnant, il avança vers elle et lui dit :

— Salut. Je m'appelle Sebastian.

Il n'en fallut pas davantage.

L'expression grecque se traduit par : « C'était écrit. » Ce qui signifie, très simplement, qu'à partir de cet instant, leurs destins étaient scellés. Quand elle y repensait, Mariana essayait de se rappeler les détails de cette nuit fatidique, ce dont ils parlèrent, combien de temps ils dansèrent, de leur premier baiser. Mais elle avait beau faire, les détails lui glissaient entre les doigts comme des grains de sable. Elle se souvenait seulement qu'ils s'embrassaient quand le soleil s'était levé et, à partir de ce moment-là, ils étaient devenus inséparables.

Ils passèrent leur premier été ensemble à Cambridge. Trois mois blottis dans les bras l'un de l'autre, étrangers au monde extérieur. Dans ce lieu intemporel, le temps s'arrêtait ; il faisait toujours beau et ils passaient leurs journées à faire l'amour, à pique-niquer, enivrés sur les Backs, ou à voguer sur la rivière, sous les ponts en pierre, à côté des saules pleureurs et des vaches qui broutaient dans les prés. Sebastian ramait à la poupe, plongeant la perche dans le lit de la rivière pour les propulser tandis que Mariana, frissonnante d'ivresse, laissait filer ses doigts dans l'eau, admirant les cygnes qui nageaient près d'eux. Bien qu'elle n'en eût pas conscience à l'époque, elle était déjà profondément amoureuse, elle ne pouvait plus faire machine arrière.

Dans un sens, chacun devint l'autre ; ils se fondirent, comme du mercure.

Mais ils n'étaient pas semblables pour autant. Au contraire de Mariana qui avait reçu une éducation privilégiée, Sebastian avait été élevé dans le dénuement. Ses parents étaient divorcés et il n'était proche ni de sa mère ni de son père. Il lui semblait qu'ils ne lui avaient pas offert un bon départ dans la vie et qu'il avait dû prendre son destin en main, dès le début. De bien des manières, disait-il, il se sentait proche du père de Mariana, il partageait sa volonté de réussir. Pour Sebastian aussi l'argent avait de l'importance, parce que, à la différence de Mariana, il en avait manqué dans son adolescence et de ce fait le respectait ; et il avait bien l'intention de gagner sa vie très correctement. « Pour qu'on puisse construire quelque chose de sûr pour nous, pour l'avenir. Et pour nos enfants », disait-il à Mariana.

Il tenait ce discours à tout juste vingt ans, il était incroyablement mature. Et si naïf de supposer qu'ils passeraient le reste de leur vie ensemble. Ils vivaient dans le futur en ce temps-là, ils planifiaient leur avenir, ne parlant jamais du passé et des années de tristesse qui avaient précédé leur rencontre. À bien des égards, les vies de Mariana et Sebastian commencèrent quand ils se trouvèrent, au moment où ils se virent pour la première fois sur la berge de la rivière. Mariana croyait que leur amour durerait toujours. Qu'il ne cesserait jamais.

En y repensant, y avait-il une part de sacrilège dans cette supposition ? Une sorte d'hubris ?

Peut-être.

Parce que aujourd'hui elle était là, seule dans ce train à faire un trajet qu'ils avaient fait ensemble un nombre incalculable de fois, à divers moments de leur vie, et dans différents états d'esprit – heureux en général, mais pas toujours –, en discutant ou pas, en lisant ou en dormant, la tête de Mariana posée sur l'épaule de Sebastian. C'étaient des moments banals et tranquilles et Mariana aurait tout donné pour les revivre.

Elle pouvait quasiment l'imaginer dans le wagon, assis à côté d'elle ; quand elle regardait par la fenêtre, elle s'attendait presque à voir le visage de Sebastian reflété sur la vitre, près du sien, superposé au paysage qui défilait.

Mais elle vit un autre visage.

Celui d'un homme qui la fixait.

Elle cligna des yeux, déconcertée. Elle tourna la tête pour le regarder. Il était assis en face d'elle et il mangeait une pomme. Il souriait.

Chapitre 9

L'homme continuait de fixer Mariana – bien que, se dit-elle, le qualifier d'homme était assez charitable. Il semblait avoir à peine la vingtaine. Il avait un visage enfantin, des cheveux bruns bouclés, et les taches de rousseur sur ses joues glabres le faisaient paraître encore plus jeune.

Il était grand, maigre comme un clou et portait une veste en velours côtelé de couleur sombre, une chemise blanche froissée et une écharpe au motif de son université, bleu, rouge et blanc. Ses yeux bruns, en partie dissimulés par de vieilles lunettes à monture d'acier, pétillaient d'intelligence et de curiosité. Il observait Mariana avec un intérêt évident.

— Ça va ? lui demanda-t-il.

Mariana le dévisagea, un peu confuse.

— Est-ce qu'on se connaît ?

Il sourit.

— Pas encore. Mais j'espère que nous ferons connaissance.

Mariana ne répondit pas. Elle se détourna. Il y eut un moment de silence, puis le jeune homme tenta de nouveau sa chance.

— Vous en voulez un ?

Il lui tendit un grand sac en papier marron débordant de fruits : raisins, bananes et pommes.

— Prenez-en un, dit-il en l'offrant à Mariana. Prenez une banane.

Mariana lui sourit poliment. Il avait une belle voix. Elle secoua la tête.

— Non, merci.

— Vous êtes sûre ?

— Certaine.

Mariana se retourna et regarda par la fenêtre, espérant mettre fin à l'échange. Elle voyait le reflet de ce garçon dans la vitre. Il haussait les épaules, déçu. Il ne maîtrisait apparemment pas les mouvements de ses longs membres et finit par faire tomber son gobelet. Du thé se renversa, sur la tablette, mais surtout sur ses genoux.

— Quel idiot !

Il se leva d'un bond et sortit un mouchoir de sa poche. Il épongea la flaque de thé sur la table et tamponna la tache sur son pantalon. Il adressa un regard d'excuse à Mariana.

— Désolé. Je ne vous ai pas éclaboussée au moins ?

— Non.

— Bien.

Il se rassit. Mariana sentait son regard sur elle. Au bout d'un moment, il lui demanda :

— Vous êtes étudiante ?

— Non.

— Ah. Vous travaillez à Cambridge ?

— Non.

— Alors vous êtes touriste ?

— Non.

— Hmm, fit-il en fronçant les sourcils, visiblement perplexe.

Il y eut une pause. Mariana céda et déclara :

— Je vais rendre visite à quelqu'un. À ma nièce.

— Oh, vous êtes tante.

Il avait l'air soulagé d'avoir pu placer Mariana dans une catégorie. Il souriait.

Mais comme elle ne semblait pas vouloir lui poser de questions, il ajouta :

— Moi, je suis doctorant. Mathématicien. Enfin, j'étudie la physique théorique, en fait.

Il s'interrompit, ôtant ses lunettes pour les essuyer avec un mouchoir. Il avait l'air nu sans elles. Et Mariana remarqua, pour la première fois, qu'il était beau, ou qu'il le serait, quand son visage vieillirait un peu.

Il remit ses lunettes et la regarda.

— Au fait, je m'appelle Frederick. Ou Fred. Et vous ?

Mariana ne voulait pas lui dire son nom. Probablement parce qu'elle avait eu l'impression, flatteuse, mais déconcertante aussi, qu'il essayait de la draguer. Outre le fait évident qu'il était trop jeune pour elle, elle n'était pas prête, ne serait jamais prête. La simple idée lui apparaissait comme une écœurante trahison. Elle lui répondit avec une politesse forcée :

— Je m'appelle Mariana.

— Ah, c'est un très joli prénom.

Fred, essayant de poursuivre la conversation, continua de parler. Mais Mariana lui répondait de plus en plus par monosyllabes. Elle compta mentalement les minutes qui lui restaient avant de pouvoir s'échapper.

Lorsqu'ils atteignirent Cambridge, Mariana tenta de s'éclipser et de disparaître dans la foule. Mais Fred la rattrapa à l'extérieur de la gare.

— Je peux vous accompagner en ville ? En bus, peut-être ?

— Je préfère marcher.

— Super, mon vélo est ici, je peux marcher avec vous. Ou je vous le prête si vous préférez.

Il lui lança un regard plein d'espoir. Mariana avait pitié de lui, malgré elle. Mais cette fois-ci elle lui répondit plus fermement.

— Je préfère être seule. Si c'est possible.

— Bien sûr… je vois. Je comprends. Peut-être un café, plus tard ? Ou un verre ? Ce soir ?

Mariana secoua la tête et fit semblant de regarder l'heure à sa montre.

— Je ne vais pas rester ici longtemps.

— Eh bien, peut-être que je peux avoir votre numéro ?

Il rougit un peu, et les taches de rousseur sur ses joues devinrent écarlates.

— Je ne pense pas, répondit Mariana.

— Non ?

— Non.

Mariana détourna le regard, gênée.

— Je suis désolée.

— Ne vous excusez pas. Je ne suis pas découragé. Nous nous reverrons bientôt.

Quelque chose dans le ton de sa voix irrita un peu Mariana.

— Je ne crois pas.

— Oh, si. Je le *prévois*. J'ai un don pour ce genre de

choses, vous savez, c'est courant dans ma famille, la prescience, les prémonitions. Je vois des choses que les autres ne voient pas.

Il sourit et s'avança sur la chaussée. Un cycliste fit une embardée pour l'éviter.

— Attention, lança Mariana en lui touchant le bras.

Le cycliste injuria Fred.

— Désolé. Je suis un peu maladroit, j'en ai peur.

— Juste un peu, dit Mariana en souriant. Au revoir, Fred.

— À la prochaine, Mariana.

Il se dirigea vers le rack à vélos. Mariana le regarda monter sur sa bicyclette, puis passer devant elle en lui faisant signe. Il tourna ensuite au coin de la rue et disparut.

Mariana poussa un soupir de soulagement, et prit la direction de la ville.

Chapitre 10

Mariana se dirigea vers St Christopher, de plus en plus anxieuse en pensant à ce qu'elle allait y découvrir.

Elle ne savait pas à quoi s'attendre. Il y aurait peut-être la police, ou la presse ; ce qui semblait difficile à croire, en voyant les rues de Cambridge. Rien ne laissait supposer qu'un quelconque événement fâcheux s'était produit, et rien n'indiquait même qu'un meurtre avait eu lieu.

Comparée à Londres, la ville semblait incroyablement paisible. Presque pas de circulation et pour seul fond sonore le chant des oiseaux ponctué par les piaillements du chœur des sonnettes de vélo des étudiants en robe noire qui passaient comme des volées de moineaux.

Mariana eut l'impression, à plusieurs reprises, d'être observée, ou suivie, et elle se demanda si Fred avait fait demi-tour et était en train de la suivre. Mais elle rejeta cette idée ; c'était de la paranoïa.

Elle jeta malgré tout des coups d'œil par-dessus son épaule pour s'en assurer. Et, bien sûr, elle ne vit personne.

À mesure qu'elle approchait de l'université, le décor devenait de plus en plus beau. Des flèches et des tourelles s'élevaient autour d'elle. Le long des rues, des hêtres perdaient des feuilles dorées qui s'accumulaient en tas sur le trottoir. De longues rangées de vélos noirs étaient enchaînées aux balustrades en fer forgé. Et, au-dessus des balustrades, des pots de géraniums égayaient de touches roses et blanches les murs de brique rouge de l'université.

Mariana observa un groupe d'étudiants, probablement de première année, qui lisaient attentivement les affiches fixées aux balustrades annonçant les événements de la semaine d'accueil.

Ils semblaient si jeunes, ces étudiants de première année, presque des enfants. Sebastian et elle avaient-ils jamais eu l'air aussi jeunes ? Cela paraissait impossible, curieusement. Et il était encore plus difficile d'imaginer qu'un malheur arrive à ces visages innocents et purs. Et pourtant, elle se demandait combien d'entre eux vivraient un jour une tragédie. Les pensées de Mariana revinrent à cette pauvre fille, peu importe qui elle était, assassinée au bord du marais. Même s'il ne s'agissait pas de Tara, l'amie de Zoé, elle était l'amie de quelqu'un, la fille de quelqu'un. C'était là l'horreur de cet événement. Nous espérons tous secrètement qu'une telle tragédie n'arrivera qu'à d'autres. Mais Mariana savait que, tôt ou tard, ça vous arrive.

La mort ne lui était pas étrangère, elle était sa compagne de voyage depuis l'enfance, elle la suivait de près, planant juste au-dessus de son épaule. Elle avait parfois l'impression d'avoir été maudite par la déesse malveillante d'un mythe grec, pour perdre ainsi tous ceux qu'elle aimait. Un cancer avait emporté sa mère alors qu'elle n'était encore qu'un bébé. Puis, des années plus tard, un terrible accident de voiture avait emporté sa sœur et son mari, laissant Zoé orpheline. Une crise cardiaque avait ensuite terrassé son père dans l'oliveraie. On l'avait retrouvé gisant sur un tapis d'olives gluantes écrasées.

Pour finir, il y avait eu Sebastian, et dans des conditions catastrophiques.

Ils avaient passé si peu d'années ensemble, vraiment. Après avoir obtenu leur diplôme, ils avaient déménagé à Londres, et Mariana avait entamé un parcours sinueux qui l'avait conduite à devenir thérapeute de groupe, tandis que Sebastian travaillait dans la City. Mais il avait un esprit d'entreprise tenace et voulait monter sa propre affaire. Mariana lui avait donc suggéré d'en parler à son père.

Elle aurait dû faire preuve de plus de discernement, c'était un fait, mais elle nourrissait le tendre et secret espoir que son père prenne Sebastian sous son aile, qu'il le fasse entrer dans l'entreprise familiale et le laisse en hériter avant de la transmettre, un jour, à leurs enfants. L'imagination de Mariana l'avait menée jusque-là, cependant elle savait qu'il valait mieux n'en parler ni à son père ni à Sebastian. Quoi qu'il en soit, leur première rencontre fut un désastre. Sebastian s'envola pour Athènes pour une mission romantique, celle de demander la main de Mariana, et son père le prit aussitôt en grippe. Loin de lui offrir un emploi, il accusa Sebastian d'être un coureur de dot. Il menaça Mariana de la déshériter si elle l'épousait.

Ironiquement, au bout du compte, Sebastian se lança dans le transport maritime, mais à l'autre bout du marché. Il tourna le dos au secteur commercial et créa des entreprises destinées à faciliter le transport de biens indispensables – nourriture et autres produits de première nécessité – vers les communautés vulnérables et défavorisées du monde entier. Il était à bien des égards, pensait Mariana, l'image miroir de son père. Et c'était une immense source de fierté pour elle.

Lorsque le vieil homme inquiet vint à mourir, il les surprit tous une fois de plus. À la fin, il légua tout à Mariana. Une fortune. Sebastian fut stupéfait de constater que, riche comme il l'était, son père avait pu vivre aussi modestement.

— Il vivait comme un pauvre. Il n'en a retiré aucun plaisir. À quoi ça servait ? avait-il demandé à Mariana.

Elle avait dû réfléchir un instant avant de répondre.

— À le rassurer. Il croyait que l'argent le protégerait, d'une manière ou d'une autre. Je pense qu'il avait peur.

— Peur de quoi ?

À cela, Mariana n'avait pas de réponse. Elle avait hoché la tête, déconcertée.

— Je ne suis pas sûre qu'il le savait lui-même.

Malgré cet héritage, Sebastian et elle ne s'accordèrent qu'un seul achat extravagant : la petite maison jaune au pied de Primrose Hill pour laquelle ils avaient eu le coup de foudre. Ils avaient mis le reste de l'argent de côté, à la demande de Sebastian, pour l'avenir et pour leurs enfants.

La question des enfants était le seul sujet délicat entre eux, une ecchymose sur laquelle Sebastian ne pouvait s'empêcher d'appuyer de temps en temps, abordant la question quand il avait bu un verre de trop ou pendant un de ses rares moments de mélancolie. Il voulait désespérément des enfants, un garçon et une fille, pour compléter le tableau de la famille qu'il avait en tête. Et même si Mariana partageait ce désir, elle préférait attendre. Elle voulait terminer sa formation et s'installer comme psychothérapeute à son compte. Cela pourrait prendre quelques années, mais où était le problème ? Ils avaient tout leur temps, non ?

Sauf qu'ils ne l'avaient pas eu. C'était le seul regret de Mariana : avoir été orgueilleuse et idiote au point de considérer que l'avenir était acquis.

Au début de la trentaine, quand elle consentit à essayer, elle eut du mal à tomber enceinte. Cet obstacle soudain et inattendu l'angoissa, ce qui, selon son médecin, n'était pas un facteur favorable.

Le Dr Beck était un homme âgé avec un côté protecteur que Mariana trouvait rassurant. Il suggéra au couple de partir en vacances, loin de toute forme de stress, avant de se lancer dans des tests de fertilité et d'entreprendre un éventuel traitement.

— Amusez-vous, détendez-vous sur une plage pendant quelques semaines, leur conseilla-t-il avec un clin d'œil. Voyez ce qui se passe. Un peu de lâcher-prise peut souvent faire des merveilles.

Sebastian n'était pas très enthousiaste. Il avait beaucoup de travail et ne voulait pas quitter Londres. Mariana découvrit plus tard qu'il subissait une forte pression financière cet été-là car plusieurs de ses entreprises étaient en difficulté. Il était trop fier pour se tourner vers elle. Il ne lui avait jamais demandé le moindre *cent*. Et cela lui avait brisé le cœur d'apprendre après sa mort qu'il s'était débattu dans tous ces soucis d'argent inutiles pendant les derniers mois de sa vie. Comment avait-elle pu ne pas s'en rendre compte ? La vérité, c'est qu'elle était égoïstement obnubilée par ses propres problèmes, cet été-là, au sujet de la maternité.

Ainsi, elle avait harcelé Sebastian pour qu'il prenne deux semaines de congé, en août, pour faire un voyage en Grèce où ils séjourneraient dans la résidence d'été de sa famille, une maison au bord d'une falaise sur l'île de Naxos.

Ils prirent l'avion pour Athènes, puis, du port, le ferry jusqu'à l'île. Pour Mariana, la traversée était porteuse d'espoir. Il n'y avait pas un nuage dans le ciel et la mer était calme, sans rides. Il était difficile d'imaginer qu'une tempête se déchaîne dans un paysage aussi paisible.

Au port de Naxos, ils louèrent une voiture et longèrent la côte jusqu'à la maison. Elle avait appartenu à son père et à présent, théoriquement, elle était à eux, même s'ils n'y étaient jamais allés. Elle était poussiéreuse et délabrée, mais extrêmement bien située, perchée sur une falaise surplombant la mer Égée et son bleu profond. Des marches taillées dans la roche menaient à la plage en contrebas. Et sur le rivage, la multitude de fragments de corail rose qui s'étaient brisés pendant des millions d'années et mêlés aux grains de sable faisaient scintiller la plage de reflets roses contre le bleu de la mer et du ciel. Mariana trouvait cela idyllique, et magique. Elle se détendait déjà et espérait secrètement que Naxos accomplirait le petit miracle qu'on attendait d'elle.

Ils passèrent les deux premiers jours à se reposer et à paresser sur la plage. Sebastian déclara que finalement, il était heureux qu'ils soient venus ; il se relaxait pour la première fois depuis des mois. Il avait l'habitude de lire de vieux polars sur la plage et, allongé au bord de l'eau, il se délectait d'*ABC contre Poirot* d'Agatha Christie pendant que Mariana dormait à l'ombre d'un parasol.

Puis, le troisième jour, elle lui proposa de monter en voiture dans les collines pour visiter le temple antique.

Mariana se souvenait de l'avoir découvert quand elle était enfant. Elle avait déambulé dans la ruine et l'avait dotée de toutes sortes de pouvoirs magiques. Elle voulait que Sebastian en fasse l'expérience. Ils préparèrent donc un pique-nique et se mirent en route.

Ils empruntèrent la vieille route de montagne sinueuse, de plus en plus étroite à mesure qu'ils grimpaient la colline et qui finissait en chemin de terre jonché de crottes de chèvre.

Et là, tout en haut, sur un plateau, se trouvaient les ruines.

Le temple grec avait été construit en marbre de Naxos, jadis brillant mais à présent érodé par les intempéries et d'un blanc blafard. Trois mille ans plus tard, seules demeuraient quelques colonnes brisées qui se profilaient sur un ciel bleu.

Le temple était dédié à Déméter, déesse de la moisson, déesse de la vie, et à sa fille, Perséphone, déesse de la mort. Les deux déesses étaient souvent vénérées ensemble, comme les deux faces d'une même pièce, mère et fille, vie et mort. En grec, Perséphone était simplement connue sous le nom de Coré, du grec «*korê*», qui signifie jeune fille.

L'endroit était parfait pour un pique-nique. Mariana et Sebastian étendirent une couverture bleue à l'ombre éclaboussée de soleil d'un olivier et déballèrent le contenu de leur glacière: une bouteille de sauvignon blanc, une pastèque et des morceaux de fromage grec salé. Ils avaient oublié d'apporter un couteau ; Sebastian frappa la pastèque contre un rocher, comme un crâne, la rompant en morceaux. Ils dégustèrent la chair sucrée, en crachant les graines coriaces.

Sebastian donna à Mariana un baiser poisseux.

— Je t'aime, murmura-t-il. Pour toujours.

— Et pour l'éternité, ajouta-t-elle en lui rendant son baiser.

Après le pique-nique, ils se promenèrent dans les ruines. Mariana regarda son mari grimper devant elle comme un enfant excité. Et tandis qu'elle le regardait, elle adressa une prière silencieuse à Déméter, et à la jeune fille. Elle pria pour Sebastian et pour elle-même, pour leur bonheur, et pour leur amour.

Elle murmurait cette prière quand un nuage se mit soudain à serpenter devant le soleil, et pendant un instant le corps de Sebastian fut drapé d'obscurité, découpé contre le ciel bleu. Mariana frissonna et fut effrayée sans savoir pourquoi.

Cela ne dura qu'un instant. En une seconde, le soleil réapparut, et elle oublia tout.

Mais elle s'en souviendrait plus tard, bien sûr.

Le lendemain matin, Sebastian se leva à l'aube. Il enfila ses vieilles baskets vertes et d'une voix douce dit à Mariana qu'il allait courir sur la plage. Il l'embrassa et partit.

Elle resta allongée dans le lit, somnolente, consciente du temps qui passait, écoutant le bruissement du vent. Ce qui n'était au départ qu'une brise s'intensifiait. Le vent soufflait dans les oliviers avec une sorte de gémissement, faisant claquer les branches contre les fenêtres tels de longs doigts osseux frappant impatiemment à la vitre.

Mariana se demanda un instant quelle était la hauteur des vagues, et si Sebastian était allé nager, comme il le faisait souvent après son jogging. Mais elle n'était pas inquiète. C'était un excellent nageur, un homme robuste. Il était indestructible.

Le vent soufflait de plus en plus fort, tournoyant depuis la mer. Mais Sebastian ne rentrait toujours pas.

Sentant poindre l'inquiétude, Mariana sortit.

Elle descendit les marches creusées dans la falaise en s'agrippant fermement au rocher, de peur qu'une rafale ne l'emporte.

Sur la plage, il n'y avait aucun signe de Sebastian. Le vent faisait tourbillonner le sable rose et le projetait sur son visage ; elle cherchait en se protégeant les yeux. Rien non plus dans l'eau, seulement d'énormes vagues noires qui bouillonnaient à perte de vue.

Elle appela : « Sebastian ! Sebastian ! Seb ! »

Mais les rafales lui renvoyaient ses mots à la figure. Elle commençait à paniquer. Elle était incapable de réfléchir, avec le vent qui sifflait dans ses oreilles et en fond sonore un chœur sans fin de cigales qui hurlaient comme des hyènes.

Et plus faible encore, au loin, était-ce un rire ?

Le rire narquois d'une déesse ?

Non, arrête. Elle devait se concentrer, elle devait le trouver. Où était-il ? Il ne serait pas allé nager, pas par un temps pareil. Il n'aurait jamais fait une chose aussi stupide.

Et puis elle les vit.

Ses chaussures.

Ses vieilles baskets vertes, sur le sable, juste au bord de l'eau.

Ensuite, tout devint flou. Mariana pataugea dans l'eau, hystérique, criant, hurlant comme une harpie.

Et puis plus rien.

Trois jours plus tard, le corps de Sebastian s'échoua sur le rivage.

Chapitre 11

Presque quatorze mois s'étaient écoulés depuis la mort de Sebastian. Mais de bien des manières, Mariana était encore là-bas, prise au piège sur la plage à Naxos ; et elle le resterait toujours.

Elle était coincée, paralysée, comme Déméter lorsque Hadès avait enlevé sa fille bien-aimée, Perséphone, pour la conduire aux Enfers et en faire sa femme. Déméter s'était effondrée, accablée de chagrin. Elle avait refusé de bouger. Elle était restée assise à pleurer. Et tout autour, la nature était entrée en deuil avec elle. L'été s'était changé en hiver, le jour s'était changé en nuit. La terre avait porté le deuil, ou, plus précisément, sombré dans la mélancolie.

Mariana se retrouvait dans ce mythe. Et à présent, alors qu'elle approchait de St Christopher, elle sentait croître son appréhension, car en retrouvant les rues familières elle avait du mal à retenir les souvenirs qui affluaient. Des fantômes de Sebastian l'attendaient à chaque coin de rue. Elle gardait la tête baissée, fixait le sol, comme un soldat qui essaie de passer en territoire ennemi sans se faire voir. Elle devait se reprendre pour aider Zoé.

C'était pour cela qu'elle était venue, pour Zoé.

Dieu sait que Mariana aurait préféré ne jamais revoir Cambridge. Et cela s'avérait plus difficile qu'elle ne le pensait. Mais elle le ferait pour Zoé. Zoé était tout ce qui lui restait.

Mariana quitta Kings Parade, puis tourna dans la rue aux pavés irréguliers qu'elle connaissait si bien. Elle foula la pierre jusqu'à un antique portail en bois de l'université St Christopher, situé au bout de la voie.

Encastré dans un vieux mur de brique rouge couvert de lierre, il était haut d'au moins deux fois sa taille. Elle se rappelait la première fois qu'elle s'en était approchée, quand elle était venue de Grèce pour un entretien d'admission, âgée d'à peine dix-sept ans, se sentant minuscule et marginale, effrayée et seule.

C'était étrange de ressentir exactement la même chose presque vingt ans plus tard.

Elle poussa la porte et entra.

Chapitre 12

St Christopher était exactement comme dans son souvenir.

Mariana avait craint de le revoir, ce décor de son histoire d'amour, mais, heureusement, la beauté des lieux vint à son secours. Et elle n'eut pas le cœur brisé ; ce fut au contraire un enchantement.

St Christopher était l'une des plus anciennes et des plus belles facultés de Cambridge. Elle comportait plusieurs cours et jardins menant à la rivière et combinait divers styles architecturaux – gothique, néoclassique, Renaissance –, parce qu'elle avait été reconstruite et agrandie au cours des siècles. C'était une expansion organique aléatoire, et Mariana la trouvait d'autant plus magnifique.

Elle se tenait devant la loge du portier dans Main Court, la première et la plus grande cour. Une pelouse verte immaculée s'étendait devant elle jusqu'au mur vert foncé recouvert de glycine à l'extrémité opposée. La verdure, ponctuée des éclaboussures blanches de rosiers grimpants, s'accrochait aux briques jusqu'aux murs de la chapelle telle une tapisserie délicate. Les vitraux étincelaient de vert, de bleu et de rouge sous la lumière du soleil, et de l'intérieur s'élevait le chant harmonieux de la chorale de l'université.

Une voix – celle de Sebastian peut-être ? – lui murmura qu'elle n'avait rien à craindre. Elle pouvait se reposer et trouver la paix dont elle avait tant besoin.

Son corps se détendit, et elle ressentit une satisfaction soudaine et inhabituelle. L'âge de ces murs, de ces colonnes et de ces arches immuables épargnés par le temps lui permit à cet instant de considérer son deuil avec recul. Elle prit conscience que cet endroit magique n'appartenait ni à elle ni à Sebastian. Il n'était pas à eux, il s'appartenait à lui-même. Et leur histoire n'était qu'une histoire parmi les myriades qui y avaient eu lieu, pas plus importante qu'une autre.

Elle regardait autour d'elle, souriant, observant le bourdonnement d'activité. Bien que le trimestre fût à peine entamé, les préparatifs de dernière minute étaient en cours et l'impatience était palpable, comme dans un théâtre juste avant une représentation. Un appariteur de l'université, en costume noir et coiffé d'un chapeau melon, tondait le gazon. Un autre, vêtu d'un grand tablier vert, enlevait les toiles d'araignée dans les arcades et les recoins à l'aide d'une longue perche équipée d'un plumeau. D'autres encore alignaient de longs bancs en bois sur la pelouse, probablement destinés aux étudiants pour les photos d'inscription.

Mariana observa un adolescent à l'air nerveux, de toute évidence un étudiant de première année, en train de traverser la cour accompagné de ses parents qui se chamaillaient, chargés de valises. Elle sourit avec tendresse.

Mais soudain, de l'autre côté, elle aperçut un groupe d'agents de police en uniforme noir.

Et son sourire s'estompa.

Les agents sortaient du bureau du doyen, qui les

accompagnait. Même à cette distance, Mariana perçut son air confus.

Cela ne pouvait signifier qu'une chose : le pire s'était produit. La police était là, et Zoé avait raison.

Tara était morte, et c'était son corps qu'on avait retrouvé près du marais.

Mariana devait trouver Zoé. Tout de suite. Elle fit demi-tour et se précipita vers la cour suivante.

Perdue dans ses pensées, elle n'entendit l'homme qui l'appelait que quand il cria son nom pour la seconde fois.

— Mariana ? Mariana !

Elle se retourna. Il lui faisait signe de la main. Elle le regarda du coin de l'œil, ne sachant pas qui il était. Mais il semblait la connaître.

— Mariana, répéta-t-il d'une voix plus assurée. Attends.

Mariana s'arrêta. Elle attendit que l'homme la rejoigne, un large sourire aux lèvres.

Bien sûr. C'est Julian.

C'est son sourire qu'elle reconnut, un sourire assez célèbre ces derniers temps.

Julian Ashcroft et elle avaient étudié la psychothérapie ensemble à Londres. Elle ne l'avait pas vu depuis des années, sauf à la télévision. On faisait souvent appel à lui pour des émissions d'actualité ou des documentaires consacrés aux crimes. Il s'était spécialisé en psychologie médico-légale et avait écrit un ouvrage sur les tueurs en série britanniques et leurs mères. La folie et la mort semblaient lui procurer un plaisir obscène, ce qu'elle trouvait légèrement de mauvais goût.

Elle le détailla de la tête aux pieds pendant qu'il

venait vers elle. Il approchait de la quarantaine à présent. Il était de taille moyenne, portait un blazer chic bleu, une chemise blanche impeccable, un jean foncé et ses cheveux étaient savamment décoiffés. Il avait un regard d'un bleu clair magnétique, et un sourire blanc impeccable, dont il se servait souvent. Il y avait chez lui quelque chose d'un peu artificiel, ce qui le rendait sans doute parfait pour la télévision. Mariana le salua.

— Bonjour, Julian.

— Mariana, quelle surprise ! s'exclama-t-il. Je savais bien que c'était toi. Qu'est-ce que tu fais ici ? Tu n'es pas dans la police, dis-moi ?

— Non, non. Ma nièce fait ses études ici.

— Ah, je vois. Bon sang. Je pensais qu'on travaillerait peut-être ensemble.

Julian lui décocha un énième sourire puis, baissant la voix, il s'adressa à elle sur le ton de la confidence.

— Ils m'ont appelé pour leur donner un coup de main.

Mariana devinait ce dont il parlait, mais elle éprouvait malgré tout une certaine appréhension. Elle ne voulait pas qu'il confirme ses doutes, mais elle n'avait pas le choix.

— C'est Tara Hampton, n'est-ce pas ?

Julian la regarda, l'air surpris, et acquiesça.

— C'est bien ça. On vient tout juste de l'identifier. Comment tu le sais ?

— Elle a disparu depuis deux jours. Ma nièce me l'a dit.

Elle sentit les larmes lui monter aux yeux, mais elle les retint.

— Vous avez des pistes ? demanda-t-elle.

— Non. Pas encore. Bientôt, on l'espère. Le plus tôt sera le mieux, pour tout te dire. Ç'a été extrêmement violent.

— Tu penses qu'elle connaissait son agresseur ?

— C'est probable. Une telle colère, on la réserve en général à nos proches, tu ne penses pas ?

— Peut-être.

Mariana retourna la question dans sa tête.

— Je te parie dix contre un que c'est son petit ami, lui dit Julian.

— Je ne crois pas qu'elle en avait un.

Julian consulta sa montre.

— J'ai rendez-vous avec le commandant de police, mais tu sais, je serais heureux d'en discuter plus longuement, peut-être autour d'un verre ?

Il sourit, puis ajouta :

— Content de t'avoir croisée. Ça fait des siècles. Il faut qu'on se revoie.

Mais Mariana s'éloignait déjà.

— Désolée, Julian, je dois trouver ma nièce.

Chapitre 13

La chambre de Zoé était située dans Eros Court, l'une des plus petites cours, entourée de logements étudiants donnant sur une pelouse rectangulaire.

Au milieu de la pelouse se dressait une statue fanée d'Éros tenant un arc et des flèches. Des siècles de pluie et de rouille l'avaient considérablement vieilli, changeant le chérubin en petit vieillard vert.

Tout autour de la cour, différents escaliers menaient aux chambres des étudiants. Une grande tourelle en pierre grise s'élevait à chaque angle. Mariana s'approcha de l'une d'elles, leva les yeux et aperçut sa nièce, assise derrière sa fenêtre au troisième étage.

La jeune fille ne l'avait pas vue, et Mariana resta un moment sans bouger à l'observer. Les carreaux des fenêtres cintrées à croisillons prenaient la forme de diamants sertis de plomb qui morcelaient l'image de Zoé, la découpant en un puzzle aux pièces scintillantes, et, l'espace d'un instant, Mariana assembla une autre image à partir de ces pièces : non pas celle d'une étudiante de vingt ans, mais celle d'une fillette de six ans avec des couettes, mignonne, espiègle et intimidée.

Mariana aimait cette petite fille et s'en inquiétait beaucoup. Pauvre petite Zoé, elle avait traversé bien des épreuves. Mariana redoutait de lui apprendre la terrible nouvelle et de la blesser davantage. Elle hocha la tête, cessa de tergiverser et pénétra dans la tourelle.

Elle grimpa le vieil escalier en colimaçon au bois gauchi jusqu'à la chambre de sa nièce. La porte était entrouverte. Elle entra.

La chambre douillette était un peu en désordre ; des vêtements étaient éparpillés sur les fauteuils et des tasses sales traînaient dans l'évier. La pièce comprenait un bureau, une petite cheminée et un bow-window avec une banquette rembourrée sur laquelle Zoé était assise, entourée de livres.

Quand elle aperçut Mariana, elle poussa un petit cri, puis se leva d'un bond pour se jeter dans ses bras.

— Tu es là. Je pensais que tu ne viendrais pas.

— Bien sûr que je suis venue.

Mariana essaya de reculer un peu, mais Zoé ne la lâchait pas, et Mariana n'eut pas d'autre choix que de se soumettre à cette embrassade. Elle en sentait la chaleur, l'affection. Elle n'avait pas l'habitude d'être touchée de cette manière. C'était fort agréable et elle était très heureuse de voir Zoé. Et même soudain très émue.

Zoé avait toujours été la personne que Mariana préférait, après Sebastian. Lorsqu'elle s'était retrouvée en pension en Angleterre, Mariana et Sebastian l'avaient prise sous leur aile. Elle avait sa chambre dans la maison jaune et habitait chez eux pendant les petites vacances. Elle allait à l'école en Angleterre parce que son père était anglais. Zoé n'avait qu'un quart d'origines grecques. Elle avait la peau pâle et les yeux bleus de son père, si bien que ce quart de Grèce en elle n'était pas si évident. Mariana s'était souvent demandé de quelle manière il se manifesterait, s'il se manifestait un jour, à condition de n'avoir pas été étouffé par le grand éteignoir que peut être l'éducation dans une école privée anglaise.

Zoé la lâcha enfin. Et, avec autant de douceur que possible, Mariana lui apprit qu'on avait identifié le corps de Tara.

La jeune fille la fixa longuement. Des larmes ruisselaient sur ses joues tandis qu'elle digérait l'information. Mariana la prit dans ses bras. Zoé pleurait, cramponnée à elle.

— Ça va aller, murmura Mariana. Tout ira bien.

Elle la conduisit lentement jusqu'au lit et l'y assit. Quand Zoé parvint à contenir ses sanglots, Mariana prépara du thé. Elle lava deux mugs dans le petit évier et mit la bouilloire en route.

Pendant ce temps, Zoé, assise sur le lit, les genoux contre la poitrine, regardait dans le vide sans prendre la peine d'essuyer ses larmes. Elle serrait contre elle sa vieille peluche, un zèbre usé aux rayures noires et blanches. Il lui manquait un œil et ses coutures se défaisaient. Il avait été son compagnon depuis sa naissance et avait été autant maltraité qu'aimé. À présent, elle s'accrochait à lui, le serrait fort en se balançant d'avant en arrière.

Mariana posa les mugs fumants de thé sucré sur la table basse encombrée. Elle considérait Zoé d'un œil inquiet. Sa nièce avait souffert d'une sévère dépression à l'adolescence. Elle avait de fréquentes crises de larmes, ponctuées de périodes de morosité où elle était trop déprimée pour pleurer, ce que Mariana trouvait plus difficile à gérer que les larmes. Pendant ces années-là, il avait été difficile de communiquer avec la jeune fille, mais ses problèmes n'avaient rien de surprenant après le traumatisme causé par la perte de ses parents à un très jeune âge.

Zoé se trouvait chez eux pendant des vacances de Pâques quand ils avaient reçu le coup de fil qui allait changer sa vie à jamais. Sebastian avait décroché et avait dû lui apprendre que ses parents, la sœur et le beau-frère de Mariana, étaient morts dans un accident de voiture. Zoé s'était effondrée et Sebastian l'avait prise dans ses bras. À partir de ce moment-là, Mariana et lui l'avaient dorlotée, sans doute un peu trop ; mais Mariana ayant elle-même perdu sa mère, elle était déterminée à lui offrir tout ce dont elle-même avait manqué : l'amour maternel, la chaleur et l'affection. C'était réciproque, bien entendu. Elle sentait que Zoé lui donnait autant d'amour qu'elle en recevait.

Finalement, à leur soulagement, Zoé réussit peu à peu à faire son deuil. En grandissant, elle souffrit moins de dépression, fut en mesure de s'appliquer à l'école et termina son adolescence en bien meilleure condition qu'elle ne l'avait commencée. Mais quand elle entra à l'université, Mariana et Sebastian s'inquiétèrent de savoir comment elle ferait face à la pression sociale. Aussi furent-ils soulagés quand elle se lia d'amitié avec Tara. Et plus tard, après la mort de Sebastian, Mariana fut heureuse que Zoé ait cette meilleure amie sur qui compter. Mariana n'en avait pas.

Mais la mort de Tara, cette terrible perte d'une amie chère, comment allait-elle l'affecter ? Seul l'avenir le dirait.

— Tiens, bois un peu de thé. C'est pour le choc.

Sa nièce ne réagit pas.

— Zoé ?

La jeune fille sembla soudain entendre. Elle leva vers Mariana des yeux humides.

— C'est ma faute, murmura-t-elle. C'est ma faute si elle est morte.

— Ne dis pas ça. Ce n'est pas vrai.

— Si, c'est vrai. Écoute. Tu ne comprends pas.

— Qu'est-ce que je ne comprends pas ?

Mariana s'assit au bord du lit et attendit que Zoé poursuive.

— C'est ma faute, Mariana. J'aurais dû faire quelque chose, cette nuit-là, après avoir vu Tara. J'aurais dû le dire à quelqu'un, j'aurais dû appeler la police. Elle serait peut-être encore en vie.

— La police ? Pourquoi ?

Zoé ne répondit pas. Mariana fronça les sourcils.

— Qu'est-ce que t'a raconté Tara ? Tu as parlé de « trucs dingues ».

Les yeux de Zoé s'embuèrent à nouveau. Elle se balança d'avant en arrière, silencieuse, accablée. Mariana savait que la meilleure approche consistait simplement à être présente, patiente, et à la laisser s'épancher à son rythme. Mais le temps manquait. Elle lui parla d'une voix douce et rassurante, mais ferme.

— Qu'est-ce qu'elle t'a dit ?

— Je n'aurais pas dû te le raconter. Tara m'a fait jurer de ne le répéter à personne.

— Je comprends, tu ne veux pas tromper sa confiance. Mais je crains que ce ne soit trop tard pour ça.

Zoé la fixa et, quand Mariana lui renvoya son regard, ses joues s'empourprèrent et elle ouvrit de grands yeux, ceux d'une enfant, d'une petite fille apeurée, tourmentée par un secret qu'elle ne voulait pas garder, mais trop effrayée à l'idée de le trahir.

Puis, finalement, elle capitula.

— Avant-hier soir, Tara est venue me voir dans ma chambre. Elle était dans tous ses états. Elle était défoncée, je ne sais pas à quoi. Elle était vraiment paniquée. Et elle m'a dit… qu'elle avait peur.

— Peur ? De quoi ?

— Elle m'a dit que quelqu'un allait la tuer.

Mariana dévisagea Zoé.

— Continue.

— Elle m'a fait promettre de garder ça pour moi. Elle m'a dit que si j'en parlais, et qu'il s'en apercevait, il la tuerait.

— Il ? De qui parlait-elle ? Elle a précisé qui l'avait menacée ?

Zoé acquiesça sans répondre.

Mariana insista.

— Qui était-ce, Zoé ?

Sa nièce hocha la tête, hésitante.

— Elle avait l'air complètement folle.

— Peu importe, dis-moi.

— Elle a dit que c'était un tuteur d'ici. Un prof.

Mariana cligna des yeux, prise de court.

— Ici, à St Christopher ?

— Oui.

— Je vois. Comment s'appelle-t-il ?

Zoé hésita encore, puis, dans un murmure, elle répondit :

— Edward Fosca.

Chapitre 14

À peine une heure plus tard, Zoé répétait son histoire au commandant Sadhu Sangha.

Il avait réquisitionné le bureau du doyen, une pièce spacieuse qui donnait sur Main Court. Un des murs était occupé par une bibliothèque en acajou aux sculptures magnifiques qui abritait une collection de livres reliés en cuir. Les autres étaient décorés de portraits d'anciens doyens qui observaient les agents de police d'un regard ostensiblement soupçonneux.

Le commandant Sangha, assis derrière le grand bureau, ouvrit le thermos qu'il transportait avec lui et se servit une tasse de thé. Vêtu avec élégance, cravate et blazer gris, il avait la petite cinquantaine, les yeux marron et une barbe poivre et sel coupée court. De confession sikhe, il portait un turban d'un bleu roi qui attirait l'œil. Sa présence était imposante, mais on le sentait aussi nerveux ; son regard était fiévreux et, quand il ne tapait pas du pied, il tambourinait des doigts sur le bureau.

Mariana lui trouvait l'air un peu irritable. Il ne prêtait pas beaucoup d'attention à ce que disait Zoé. Ça ne semblait pas particulièrement l'intéresser. *Il ne la prend pas au sérieux.*

Mais elle se trompait. Il la prenait au sérieux. Il posa sa tasse de thé et regarda Zoé de ses grands yeux noirs.

— Et qu'avez-vous pensé, quand elle vous a dit ça ? lui demanda-t-il. Vous l'avez crue ?

— Je ne sais pas, répondit Zoé. Elle était dans tous ses états, vous savez, elle avait pris de la drogue. Mais elle en prenait tout le temps, alors…

Elle haussa les épaules et réfléchit un instant.

— Je veux dire, ça avait l'air tellement bizarre.

— Vous a-t-elle expliqué pourquoi le professeur avait menacé de la tuer ?

Zoé parut un peu embarrassée.

— Elle a dit qu'ils couchaient ensemble. Et qu'ils s'étaient disputés, ou quelque chose comme ça. Et qu'elle l'avait menacé de le dire à tout le campus et de le faire virer. Et il lui a dit que si elle le faisait…

— Il la tuerait ?

Zoé acquiesça. Elle semblait soulagée de s'être déchargée de ce poids.

— C'est ça.

Le commandant sembla méditer l'information un instant. Puis, brusquement, il se leva.

— Je vais m'entretenir avec le professeur Fosca. Attendez-moi ici, vous voulez bien ? Et, Zoé, nous aurons besoin de votre déposition.

Il quitta la pièce et, en son absence, Zoé répéta ses propos à un jeune policier qui les nota dans son carnet. Mariana attendait, mal à l'aise, en se demandant ce qui se passait.

Une longue heure s'écoula. Puis le commandant Sangha revint. Il se rassit derrière le bureau.

— Le professeur a été très coopératif. J'ai pris sa

déposition, et il a déclaré qu'à l'heure de la mort de Tara, vingt-deux heures, il terminait un cours dans ses appartements. Le cours a duré de vingt heures à vingt-deux heures et six étudiantes y ont assisté. Il m'a donné leurs noms. Nous avons parlé à deux d'entre elles pour l'instant et elles corroborent sa version.

Le commandant adressa un regard affable à Zoé.

— Je ne vais donc inculper le professeur d'aucun crime et je suis entièrement convaincu que malgré ce que Tara a pu dire, il n'est pas responsable de sa mort.

— D'accord, murmura Zoé.

Elle gardait les yeux baissés et fixait ses genoux. Mariana lui trouva l'air très inquiet.

Le commandant poursuivit :

— Que pouvez-vous me dire au sujet de Conrad Ellis ? Il n'est pas étudiant ici. Il vit en ville, je crois. C'était le petit ami de Tara ?

Zoé hocha la tête.

— Ce n'était pas son petit ami. Ils passaient du temps ensemble, c'est tout.

— Je vois.

Le commandant consulta ses notes.

— Il apparaît qu'il a deux condamnations à son actif, pour deal de drogue et coups et blessures volontaires.

Il jeta un coup d'œil à Zoé et reprit :

— Et ses voisins les ont entendus se disputer violemment à plusieurs reprises.

Zoé haussa les épaules.

— Il est dans un sale état, et elle l'était aussi. Mais il ne lui aurait jamais fait de mal, si c'est ce que vous insinuez. Ce n'est pas son genre. C'est un mec sympa.

— Hmm. Il a l'air charmant.

Le commandant ne semblait pas convaincu. Il finit son thé d'une seule gorgée, puis reboucha son thermos.

Affaire classée, se dit Mariana. Indignée pour le compte de sa nièce, elle lança :

— Vous savez, commandant, je crois que vous devriez l'écouter.

— Pardon ?

Sangha cligna des yeux. Il paraissait surpris de son intervention.

— Rappelez-moi… Qui êtes-vous déjà ?

— Je suis la tante de Zoé, et sa tutrice. Et, si nécessaire, son porte-parole.

Le commandant parut assez amusé.

— Votre nièce semble parfaitement capable de s'exprimer.

— Eh bien, Zoé sait cerner la personnalité des gens. Depuis toujours. Si elle connaît Conrad et pense qu'il est innocent, vous devriez la prendre au sérieux.

Le sourire du commandant s'évanouit.

— Je me ferai ma propre opinion quand je l'interrogerai, si vous permettez. Mais que les choses soient claires, c'est moi qui dirige cette enquête et je n'aime pas beaucoup qu'on me dise ce que je dois faire.

— Je ne vous dis pas…

— Ni qu'on m'interrompe. Alors je vous suggère vivement d'arrêter de m'agacer. Ne vous mettez pas en travers de mon chemin, et restez hors de mon enquête. Compris ?

Mariana allait répliquer, mais elle se retint. Elle se força à sourire et répondit :

— Parfaitement.

Chapitre 15

Après avoir quitté le bureau du doyen, Zoé et Mariana empruntèrent la colonnade au bout de la cour, une série de douze colonnes en marbre qui soutenaient la bibliothèque. Elles étaient très anciennes et ternies, parcourues de fissures qui rappelaient des veines. Elles projetaient de longues ombres sur le sol, les plongeant toutes deux par intermittence dans la pénombre tandis qu'elles déambulaient à leur pied.

Mariana passa son bras autour des épaules de sa nièce.

— Ça va, ma chérie ?

La jeune fille eut un geste résigné.

— Je ne sais pas.

— Est-ce que tu crois que peut-être Tara te mentait ?

Zoé avait l'air peinée.

— Je ne sais pas.

Soudain, elle se figea. Venu de nulle part, un homme sortit de derrière une colonne et apparut devant elles.

Il se planta là, leur bloquant le chemin, les dévisageant.

— Bonjour, Zoé.

Celle-ci inspira légèrement.

— Professeur Fosca.

— Comment vas-tu ? Je n'arrive pas à croire ce qui est arrivé. Je suis sous le choc.

Mariana remarqua qu'il avait un accent américain, légèrement anglicisé, et une élocution douce et chantante.

— Ma pauvre Zoé. Je suis désolé. Tu dois être anéantie.

Il parlait avec une vive émotion dans la voix et semblait vraiment bouleversé. Il lui tendit la main et Zoé recula légèrement, involontairement. Mariana le remarqua, et le professeur aussi. Il regarda Zoé, gêné.

— Écoute. Je vais te répéter exactement ce que j'ai dit au commandant. C'est important que tu l'entendes de ma bouche, tout de suite.

Fosca ignorait Mariana et s'adressait uniquement à son étudiante. Mariana l'observa attentivement pendant qu'il parlait. Il était plus jeune qu'elle l'avait cru et beaucoup plus séduisant. La petite quarantaine, grand et athlétique, des pommettes prononcées et des yeux ténébreux. Tout chez lui était sombre : ses yeux, sa barbe, ses vêtements. Ses longs cheveux bruns étaient ramenés en chignon ébouriffé sur sa nuque. Il portait la toge universitaire noire, une chemise hors du pantalon et une cravate desserrée. L'ensemble lui donnait un certain charisme, un air byronien, même.

— Pour être sincère, dit-il, j'ai sans doute mal géré la situation. Je suis sûr que tu peux l'attester, Zoé, mais Tara ne s'en sortait pas bien, sur le plan universitaire. En fait, elle échouait lamentablement, malgré mes efforts répétés pour l'inciter à assister à tous les cours et à achever ses travaux. Et elle ne m'a pas laissé le choix. J'en ai parlé très franchement avec elle. Je lui ai dit que je ne savais pas si les drogues y étaient pour quelque chose, ou si elle avait des problèmes dans ses relations, mais elle n'avait pas assez progressé cette année. Je lui ai dit qu'elle devait tenir jusqu'à la fin de sa dernière année. Que c'était ça ou le renvoi.

Il hocha la tête, l'air las.

— Et elle est devenue hystérique. Elle a dit que son père la tuerait. Elle m'a supplié de changer d'avis. Je lui ai répondu que c'était hors de question. Alors, son attitude a changé, elle est devenue assez agressive. Elle m'a menacé. Elle a dit qu'elle détruirait ma carrière et me ferait renvoyer.

Il soupira.

— Il semble que c'est ce qu'elle a tenté de faire. Tout ce qu'elle t'a raconté, cette prétendue liaison, c'est une tentative évidente de nuire à ma réputation.

Il baissa la voix.

— Je ne coucherais jamais avec une de mes étudiantes. Ce serait trahir sa confiance de la façon la plus grossière. Et de l'abus de pouvoir. Comme tu le sais, j'aimais beaucoup Tara. C'est pour ça que je suis vraiment blessé qu'elle ait porté ces accusations contre moi.

Malgré elle, Mariana trouvait Fosca parfaitement convaincant. Rien dans son attitude ne suggérait qu'il mentait. Tout ce qu'il disait sonnait vrai. Tara avait souvent parlé de son père en termes effrayants et, après son séjour dans la propriété de la famille en Écosse, Zoé avait appris à Mariana que le père de Tara l'avait reçue de manière très stricte, voire draconienne. Mariana imaginait très bien sa réaction en apprenant que Tara ratait son année. Elle comprenait aussi que la perspective de le mettre au courant l'ait rendue hystérique, et désespérée.

Mariana jeta un coup d'œil à Zoé pour voir comment elle réagissait aux explications de son professeur. C'était difficile à deviner. À l'évidence, Zoé était tendue, elle fixait le dallage de pierre d'un air embarrassé.

— J'espère que ça éclaircit les choses, ajouta Fosca. Ce qui importe maintenant, c'est que nous aidions la police à arrêter le coupable. J'ai suggéré qu'elle enquête sur Conrad Ellis, cet homme que Tara fréquentait. Tout le monde dit que c'est un sale type.

Zoé ne répliqua pas. Fosca la dévisageait.

— Zoé ? Tout va bien entre nous ? Dieu sait que nous avons suffisamment de choses à gérer en ce moment sans que tu me suspectes d'une chose pareille.

La jeune fille leva les yeux vers lui. Elle acquiesça lentement.

— Tout va bien.

— Parfait, conclut-il.

Mais il n'avait pas l'air entièrement satisfait.

— Je dois y aller. On se voit plus tard. Prends soin de toi, d'accord ?

Fosca regarda Mariana pour la première fois, tenant compte de sa présence en lui adressant un bref salut de la tête. Puis il se retourna et les laissa, disparaissant derrière une colonne.

Il y eut un moment de silence. Zoé se tourna vers Mariana. Elle semblait inquiète.

— Et maintenant ? demanda-t-elle en soupirant. Qu'est-ce qu'on fait ?

Mariana réfléchit un instant.

— Je vais aller parler à Conrad.

— Mais comment ? Tu as entendu le commandant.

Mariana ne répondit pas. Elle aperçut Julian Ashcroft qui quittait le bureau du doyen, elle le regarda traverser la cour, puis déclara :

— J'ai une idée.

Chapitre 16

Plus tard dans l'après-midi, Mariana parvint à rencontrer Conrad Ellis au commissariat.

— Bonjour, Conrad, lui dit-elle. Je suis Mariana.

Le jeune homme avait été arrêté immédiatement après son interrogatoire par le commandant Sangha. La police était sûre qu'elle tenait son coupable, malgré le manque de preuves, indirectes ou non.

La dernière personne à avoir aperçu Tara vivante était l'appariteur en chef, M. Morris, qui l'avait vue quitter l'université par le portail principal à vingt heures. Et Conrad affirmait qu'il l'attendait chez lui, mais qu'elle n'était jamais venue. Cependant, seules ses déclarations l'attestaient. Il n'avait aucun alibi pour la soirée.

Malgré une fouille minutieuse, on n'avait pas trouvé l'arme du crime dans son appartement. Ses vêtements ainsi que divers objets avaient été saisis pour une analyse ADN dans l'espoir qu'ils fourniraient un indice pour le relier au meurtre.

À la grande surprise de Mariana, Julian avait volontiers accepté de l'aider à le rencontrer.

— Je peux te faire entrer avec mon passe. Je dois faire son évaluation psychologique de toute façon, et tu peux y assister, si tu veux.

Il lui fit un clin d'œil, puis ajouta :

— Tant que Sangha ne nous surprend pas.

— Merci. Je t'en dois une.

Julian semblait apprécier le subterfuge. Ils pénétrèrent dans le commissariat et il lui fit un nouveau clin d'œil quand il demanda qu'on aille chercher Conrad Ellis dans sa cellule.

Quelques minutes plus tard, ils étaient assis dans la salle d'interrogatoire. La pièce était dépourvue de fenêtres et d'aération et il y faisait froid. Elle n'était pas agréable, mais c'était sans doute l'effet escompté.

— Conrad, je suis psychothérapeute, commença Mariana. Je suis aussi la tante de Zoé. Vous connaissez Zoé, n'est-ce pas ? De St Christopher ?

Conrad eut l'air perplexe un instant, puis son regard s'éclaira vaguement et il acquiesça, l'air distrait.

— Zoé, l'amie de Tara ?

— C'est ça. Elle veut que vous sachiez à quel point elle est désolée. À propos de Tara.

— Elle est sympa, Zoé. Je l'aime bien. Elle est pas comme les autres.

— Les autres ?

— Les amies de Tara.

Conrad fit une grimace, puis poursuivit :

— Je les appelle les « sorcières ».

— Vraiment ? Vous n'aimez pas ses amies ?

— Ce sont elles qui ne m'aiment pas.

— Pourquoi ça ?

Conrad haussa les épaules, le visage dénué de toute expression. Mariana avait espéré qu'il manifesterait une émotion, quelque chose qui l'aiderait à mieux le cerner, mais il n'en montra aucune. Cela lui rappelait son patient, Henry. Il avait le regard embrumé, conséquence d'années de consommation régulière d'alcool et de stupéfiants.

Son apparence jouait contre lui. C'était en partie le problème. Il était maladroit, immense, couvert de tatouages. Et pourtant Zoé avait raison, il émanait de lui de la gentillesse, de la douceur. Il s'exprimait lentement, de manière confuse, et ne semblait pas vraiment se rendre compte de ce qui lui arrivait.

— Je ne comprends pas. Pourquoi ils pensent que je lui ai fait du mal ? Je ne lui ai pas fait de mal. Je l'aime. Je l'aimais.

Mariana jeta un coup d'œil à Julian pour observer sa réaction. Il n'avait pas l'air touché le moins du monde. Il posa à Conrad toutes sortes de questions indiscrètes au sujet de sa vie et de son éducation. Plus l'entretien se prolongeait, plus il devenait tortueux. L'affaire semblait mal engagée pour Conrad.

Et Mariana le sentait d'autant plus innocent. Il ne mentait pas, cet homme avait le cœur brisé. À un moment, épuisé par les questions de Julian, il s'effondra, se tint la tête entre les mains, et se mit à pleurer en silence.

À la fin de l'entretien, Mariana intervint de nouveau :

— Connaissez-vous le professeur Fosca ? Le tuteur de Tara ?

— Oui.

— Et comment l'avez-vous rencontré ? Par Tara ?

Il acquiesça.

— J'ai chopé pour lui quelque fois.

Mariana cligna des yeux. Elle jeta un coup d'œil à Julian.

— Vous parlez de drogue ?

— Quel type de drogue ? demanda Julian.

Conrad haussa les épaules.

— Ça dépendait de ce qu'il voulait.

— Vous le voyiez régulièrement ? Le professeur Fosca ?

Conrad haussa de nouveau les épaules.

— Assez souvent.

— Et que pensiez-vous de sa relation avec Tara ? Vous semblait-elle un peu bizarre ?

— Ben… elle lui plaisait, non ?

Mariana échangea avec Julian un regard étonné.

— Ah bon ?

Mariana était sur le point de le presser davantage, mais Julian mit brusquement fin à l'entretien. Il déclara avoir suffisamment d'éléments pour rédiger son rapport.

— J'espère que tu as trouvé ça instructif, dit-il quand ils quittèrent le commissariat. C'était une belle performance, non ?

Mariana le dévisagea, l'air surpris.

— Il n'a pas joué la comédie. Il n'en est pas capable.

— Crois-moi, Mariana, les larmes, c'est un petit numéro. Ou sinon, c'est qu'il s'apitoie sur son sort. Je connais bien ça. Quand on fait ce métier depuis aussi longtemps que moi, c'est déprimant, on s'aperçoit que tous les cas se ressemblent.

— Tu ne trouves pas ça inquiétant ? Qu'il ait vendu de la drogue au professeur Fosca ?

Julian rejeta la question d'un haussement d'épaules.

— Acheter un peu d'herbe de temps en temps ne fait pas de lui un meurtrier.

— Et le fait que Conrad ait dit que Tara plaisait à Fosca ?

— Et quand bien même ? Tout le monde dit qu'elle était superbe. Tu la connaissais, non ? Qu'est-ce qu'elle faisait avec cet abruti ?

Mariana hocha tristement la tête.

— Je suppose que Conrad était seulement un moyen d'arriver à ses fins.

— Au sujet de la drogue ?

Mariana soupira et acquiesça.

— Allez, viens, lui dit Julian. Je te raccompagne en voiture. À moins que tu sois partante pour un verre ?

— Je ne peux pas, je dois retourner à la fac. Il y a une messe en l'honneur de Tara à dix-huit heures.

— Eh bien, un de ces jours, j'espère. Tu m'en dois une, tu te souviens ? Demain ?

— Je ne serai plus là, hélas. Je repars demain.

— OK, on organisera un truc. Je te traquerai dans Londres s'il le faut.

Julian se mit à rire, mais Mariana remarqua que son regard n'avait rien de rieur. Il restait froid, dur, sévère. Quelque chose dans sa façon de la regarder la mettait franchement mal à l'aise.

Quand ils arrivèrent à St Christopher, elle fut assez soulagée de pouvoir s'esquiver.

Chapitre 17

À dix-huit heures, une messe en l'honneur de Tara fut célébrée dans la chapelle de l'université.

La bâtisse avait été construite en 1612, en bois et en pierre. Le sol était en marbre noir ; les vitraux bleu, rouge et vert éclatants illustraient des épisodes de la vie de saint Christophe, et le haut plafond à caissons était décoré de blasons héraldiques et de devises latines peintes en lettres d'or.

Les bancs étaient occupés par des professeurs et des étudiants. Mariana et Zoé étaient assises près du chœur et les parents de Tara avec le doyen et le président.

Les parents de Tara, Lord et Lady Hampton, étaient venus d'Écosse en avion pour identifier le corps. Mariana imaginait combien ils avaient dû se tourmenter durant le long trajet en voiture depuis leur propriété de campagne isolée jusqu'à l'aéroport d'Édimbourg, puis pendant le vol pour Stansted, leur donnant le temps de penser, d'espérer et de redouter avant que l'ultime étape vers la morgue de Cambridge mette cruellement fin à leur appréhension. Ils retrouvaient leur fille, et découvraient ce qui lui était arrivé.

Lord et Lady Hampton se tenaient raides sur leurs sièges, le visage livide, crispés, figés. Mariana les observait, fascinée. Elle se rappelait cette sensation : comme être enfermée dans un congélateur, glacée, en état de choc. Cela ne durait pas longtemps et c'était un état béni, comparé à la suite. Quand arriverait le dégel, que le choc s'estomperait, ils commenceraient à éprouver l'immensité de leur perte.

Mariana vit le professeur Fosca entrer dans la chapelle. Il descendit l'allée, suivi par un groupe de six jeunes femmes qu'il était impossible de ne pas remarquer. Elles étaient toutes extrêmement belles, et toutes vêtues de longues robes blanches. Elles avançaient d'un air assuré, et gêné aussi, conscientes qu'on les observait. Les autres étudiants les fixaient quand elles passaient.

Mariana se demandait si c'étaient les amies de Tara, que Conrad détestait tant. Les sorcières.

Quand la cérémonie commença, un silence lugubre s'abattit sur l'assemblée. Puis, accompagnés par le grand orgue, des enfants de chœur en soutane rouge à collerette en dentelle blanche chantèrent un hymne latin à la lueur des bougies, leurs voix angéliques s'envolant dans l'obscurité.

Ce n'étaient pas des funérailles ; les funérailles proprement dites auraient lieu en Écosse. Le corps de la défunte ne se trouvait pas là. Mariana pensait à cette pauvre jeune fille étendue seule à la morgue.

Et elle ne put s'empêcher de revivre le moment où son mari lui avait été rendu, sur un bloc de béton à l'hôpital de Naxos. Le corps de Sebastian était encore humide quand elle l'avait vu. Des gouttes d'eau ruisselaient de son corps ; il avait du sable dans les cheveux et dans les yeux ; il y avait des trous dans sa peau, de petits lambeaux de chair arrachés par les poissons. Et il lui manquait un doigt, emporté par la mer.

Quand Mariana avait vu ce corps sans vie, cireux, elle avait tout de suite su que ce n'était pas Sebastian. C'était juste une coquille. Sebastian était parti, mais où ?

Dans les jours qui suivirent sa mort, elle resta engourdie, sous le choc, et cet état se prolongea. Elle était incapable d'accepter ce qui s'était passé, ou d'y croire. Elle ne parvenait pas à concevoir qu'elle ne le reverrait jamais, n'entendrait plus jamais sa voix, ne sentirait plus jamais le contact de ses mains.

Où est-il ? se demandait-elle sans cesse. *Où est-il parti ?*

Puis, à mesure qu'elle assimila la réalité, elle fit une sorte de dépression à retardement et, comme l'eau quand un barrage cède, les larmes affluèrent, une cascade de chagrin qui emportait sa vie et la personne qu'elle croyait être.

Ensuite vint la colère.

Une rage frénétique, une fureur aveugle qui menaça de la dévorer, elle et tous ceux qui l'entouraient. Pour la première fois de sa vie, elle voulait causer de la douleur physique, elle voulait s'en prendre à quelqu'un, blesser quelqu'un, elle en particulier.

Elle s'en voulait, évidemment. Elle avait insisté pour aller à Naxos. S'ils étaient restés à Londres, comme Sebastian le voulait, il serait encore en vie.

Et elle en voulait aussi à Sebastian. Comment avait-il osé se montrer si imprudent, comment avait-il osé aller nager par ce temps-là, négliger autant sa vie, et la sienne aussi ?

Les journées de Mariana étaient affreuses, les nuits

pires encore. Au début, combiner suffisamment d'alcool et de somnifères lui offrit une sorte de refuge temporaire, médicamenteux, qui cependant ne lui épargnait pas des cauchemars pleins de désastres : des bateaux qui coulent, des accidents de train, des inondations. Elle rêvait de voyages sans fin, d'expéditions à travers des paysages arctiques désolés, avançant péniblement dans la neige contre des vents glacials, cherchant Sebastian sans répit, sans jamais le trouver.

Puis les comprimés cessèrent de faire effet. Elle restait éveillée jusqu'à trois ou quatre heures du matin, allongée dans le lit. Il lui manquait, et elle n'avait rien pour apaiser sa soif que ses souvenirs, projetés dans l'obscurité : des images vacillantes des jours passés ensemble, de leurs nuits, leurs hivers, leurs étés. Pour finir, à moitié folle à cause du chagrin et du manque de sommeil, elle retourna voir son médecin. Il était évident qu'elle avait abusé des somnifères ; le Dr Beck refusa donc de renouveler son ordonnance. Il lui suggéra plutôt de changer d'environnement.

— Vous êtes une femme en bonne santé, lui dit-il.

Puis il ajouta froidement :

— Sans enfants à charge. Pourquoi ne pas partir à l'étranger ? voyager ? voir le monde ?

Dans la mesure où le dernier voyage que le Dr Beck lui avait conseillé s'était terminé par la mort de son mari, elle choisit de ne pas suivre son conseil et préféra se réfugier dans son imagination.

Elle fermait les yeux et pensait au temple en ruine à Naxos, aux colonnes blanches sales contre le ciel bleu, elle se rappelait la prière murmurée à Perséphone, pour leur bonheur, pour leur amour. Était-ce là son erreur ?

La déesse avait-elle été offensée ? Était-elle jalouse ? Ou peut-être qu'elle était tombée amoureuse au premier regard de cet homme séduisant, avait décidé qu'il lui appartenait et, reproduisant ce qu'elle-même avait jadis subi, l'avait emporté aux Enfers ?

La douleur semblait plus facile à endurer en mettant la mort de Sebastian sur le compte du surnaturel, du caprice d'une déesse. L'alternative – qu'il s'agissait d'un événement dénué de sens, fortuit – était plus qu'elle n'en pouvait supporter.

Arrête, se disait-elle à présent. *Arrête*. Elle s'apitoyait sur son sort et sentait des larmes pathétiques lui monter aux yeux. Elle les essuya. Elle ne voulait pas s'effondrer, pas là. Elle devait s'en aller, sortir de la chapelle.

— J'ai besoin de prendre l'air, murmura-t-elle à Zoé.

Zoé approuva d'un hochement de tête, et d'un geste rapide lui serra le bras pour lui signifier son soutien. Mariana se leva, puis se dirigea prestement dehors.

Quand elle quitta la chapelle bondée à l'éclairage tamisé et se retrouva dans la cour déserte, elle ressentit un grand soulagement.

Il n'y avait personne en vue. Main Court était silencieuse et tranquille. Il faisait nuit et seules les lanternes des grands lampadaires répartis dans la cour, brillantes dans leur halo, parvenaient à percer les ténèbres. Une brume épaisse venue de la rivière s'insinuait dans l'université.

Mariana essuya ses larmes. Elle leva les yeux vers le ciel. Toutes les étoiles, invisibles à Londres, étincelaient ici intensément – des milliards de diamants scintillants dans une obscurité infinie.

Il devait se trouver là, quelque part.

— Sebastian ? dit-elle tout bas. Où es-tu ?

Elle tendit l'oreille, observa, et attendit un signe – une étoile filante ou un nuage passant devant la lune –, quelque chose, n'importe quoi.

Mais il n'y avait rien.

Seulement la nuit.

Chapitre 18

Après la cérémonie, les participants se retrouvèrent dans la cour et discutèrent en petits groupes. Mariana et Zoé se tenaient à l'écart. Mariana informa rapidement Zoé de son entretien avec Conrad, et l'assura qu'elle était d'accord avec elle.

— Tu vois ? lui dit sa nièce. Conrad est innocent. Il n'a rien fait. Nous devons l'aider, d'une manière ou d'une autre.

— Je ne sais pas ce que nous pouvons faire de plus.

— Il faut qu'on trouve quelque chose. Je suis sûre que Tara couchait avec quelqu'un d'autre que Conrad. Elle me l'a laissé entendre plusieurs fois. Il y a peut-être un indice dans son portable ? ou son ordinateur ? On peut essayer d'entrer dans sa chambre.

Mariana secoua la tête.

— On ne peut pas faire ça, Zoé.

— Pourquoi ?

— Je crois qu'on devrait laisser la police s'en charger.

— Mais tu as entendu l'enquêteur. Ils ne font pas de recherches, ils se sont déjà fait leur opinion. On doit agir.

Elle poussa un profond soupir.

— J'aimerais que Sebastian soit là. Il saurait quoi faire.

Mariana accepta le reproche implicite.

— Moi aussi, j'aimerais qu'il soit là.

Elle marqua une pause, puis ajouta :

— Je me disais… Et si tu venais à Londres avec moi quelques jours ?

Elle comprit aussitôt que sa proposition n'était pas bienvenue. Zoé la dévisagea, étonnée.

— Quoi ?

— Ça pourrait t'aider, de faire un break.

— Ce n'est pas la peine que je m'enfuie. Ça ne changera rien. Tu crois que c'est ce que Sebastian conseillerait ?

Soudain agacée, Mariana répondit :

— Non. Mais je ne suis pas Sebastian.

— Non, lança Zoé en écho. Il voudrait que tu restes. C'est ce qu'il dirait.

Mariana resta un moment silencieuse, puis elle décida de lui faire part d'une chose qui la préoccupait depuis leur coup de fil la nuit précédente.

— Zoé, tu es sûre que tu me dis tout ?

— À propos de quoi ?

— Je ne sais pas. Au sujet de ça, au sujet de Tara. Je pense… J'ai le sentiment que tu me caches quelque chose.

— Non, je ne te cache rien.

Elle détourna le regard. Mariana doutait encore. Cela l'inquiétait.

— Zoé… Est-ce que tu me fais confiance ?

— Inutile de le demander.

— Alors, écoute. C'est important. Tu ne m'as pas

tout dit. Je le sais. Je le sens. Mais fais-moi confiance. S'il te plaît.

Zoé hésita, puis flancha.

— Mariana…

Elle jeta un coup d'œil par-dessus l'épaule de sa tante et s'interrompit. Elle avait aperçu quelque chose, quelque chose qui l'avait fait taire. L'espace d'un instant, elle eut un regard étrange, effrayé, puis dit à Mariana :

— Il n'y a rien, je t'assure.

Intriguée, Mariana se tourna et vit juste à côté de l'entrée de la chapelle le professeur Fosca, et son escorte de superbes filles en robes blanches, qui chuchotaient, en grande conversation.

Fosca alluma une cigarette. Il croisa le regard de Mariana à travers la fumée, et ils se fixèrent une seconde.

Puis il s'éloigna du groupe pour se diriger vers Zoé et elle, en souriant. Tandis qu'il s'approchait, Mariana entendit Zoé étouffer un léger soupir.

Arrivé à leur hauteur, le professeur les salua.

— Bonjour, dit-il. Je n'ai pas eu l'occasion de me présenter plus tôt. Je suis Edward Fosca.

— Je suis Mariana… Andros.

Elle n'avait pas donné son nom de jeune fille intentionnellement. C'était sorti tout seul.

— Je suis la tante de Zoé.

— Je sais qui vous êtes. Zoé m'a parlé de vous. Je suis vraiment désolé pour votre mari.

— Oh, fit Mariana, prise de court. Merci.

— Je suis désolé pour Zoé, ajouta-t-il en lançant un coup d'œil à son élève. Avoir perdu son oncle, et maintenant devoir faire le deuil de Tara.

Zoé ne répondit pas, elle se contenta de hausser les épaules, évitant le regard de Fosca.

Il y avait un non-dit chez la jeune fille, quelque chose qu'elle évitait. *Elle a peur de lui*, songea soudain Mariana. *Pourquoi ?*

Elle ne lui trouvait pas l'air menaçant le moins du monde. Il lui semblait franc et sympathique. Il lui adressa un regard sincère.

— J'ai de la peine pour tous les étudiants, dit-il. Tous ceux de sa promotion vont être dévastés, si ce n'est l'université entière.

Zoé se tourna brusquement vers Mariana.

— Je dois partir. J'ai rendez-vous avec des amis pour boire un verre. Tu veux venir ?

Mariana hocha la tête.

— J'ai dit à Clarissa que je ferais un saut chez elle. Je te retrouve plus tard.

Zoé acquiesça et commença à s'éloigner.

Mariana se retourna vers Fosca, mais, à sa grande surprise, il était déjà parti et traversait la cour à grands pas.

Il ne restait qu'un peu de fumée de cigarette là où il s'était tenu ; une volute qui tourbillonna, avant de se dissiper.

Chapitre 19

— Parle-moi du professeur Fosca, dit Mariana.

Clarissa lui lança un regard étonné en versant le thé ambré d'une théière en argent dans deux tasses de porcelaine fine. Elle en tendit une accompagnée de sa soustasse à Mariana.

— Le professeur Fosca ? Pourquoi t'intéresses-tu à lui ?

Mariana jugea qu'il valait mieux ne pas entrer dans les détails.

— Sans raison particulière. Zoé a fait allusion à lui.

Clarissa haussa les épaules.

— Je ne le connais pas vraiment, il n'enseigne chez nous que depuis deux ans. Un esprit brillant. Américain. Il a fait son doctorat sous la direction de Robertson à Harvard.

Elle s'assit en face de Mariana, dans le fauteuil vert citron délavé près de la fenêtre. Elle lui souriait affectueusement. Le professeur Clarissa Miller allait sur ses quatre-vingts ans ; son visage sans âge était à demi caché sous une tignasse de cheveux gris en bataille. Elle portait un chemisier en soie blanche, une jupe en tweed et un cardigan vert en maille lâche sans doute bien plus vieux que la plupart de ses élèves.

Clarissa avait été la directrice d'études de Mariana. La plus grande partie des enseignements à St Christopher se déroulaient de manière individuelle, entre professeurs et étudiants, et les cours se tenaient en général dans les appartements du professeur. Dans l'après-midi, ou même plus tôt, à la discrétion du professeur concerné, on servait invariablement de l'alcool – dans le cas de Clarissa, un excellent beaujolais provenant du labyrinthe de caves à vin du sous-sol de l'université –, une façon de dispenser un enseignement en dégustation viticole aussi bien qu'en littérature.

Cela signifiait également que les cours particuliers prenaient une saveur plus personnelle, et que les frontières entre enseignant et élève devenaient floues. On échangeait des confidences, on se livrait de petits secrets. Clarissa avait été émue, et peut-être intriguée, par cette étudiante grecque solitaire et orpheline de mère. Et, un peu comme une mère elle-même, elle avait gardé un œil sur Mariana durant ses études à St Christopher. Mariana, quant à elle, avait été inspirée par Clarissa, et pas simplement par ses travaux universitaires dans un domaine où prévalaient les hommes, mais par ses connaissances et son enthousiasme à les partager. Grâce à la patience et à la gentillesse de Clarissa, et à son irascibilité à l'occasion, Mariana avait retenu bien plus de son enseignement que de celui des autres professeurs qu'elle avait rencontrés.

Elles étaient restées en contact après que Mariana avait obtenu son diplôme, en s'écrivant de temps à autre des lettres et des cartes postales. Et puis un jour, Clarissa avait envoyé un e-mail inattendu annonçant contre toute attente qu'elle était entrée dans l'ère de l'Internet. Elle avait rédigé un très beau et très sincère message après le décès de Sebastian et Mariana l'avait trouvé si émouvant qu'elle l'avait conservé et relu plusieurs fois.

— J'ai entendu dire que Fosca était le professeur de Tara ? risqua Mariana.

Clarissa acquiesça.

— C'est exact, oui. La pauvre enfant… Je sais qu'il s'inquiétait beaucoup pour elle.

— Vraiment ?

— Oui, il affirmait que Tara s'en sortait tout juste, du point de vue universitaire. Il disait qu'elle était assez perturbée.

Clarissa soupira, puis hocha la tête.

— Une histoire terrible. Terrible.

— Oui. C'est vrai.

Mariana but une petite gorgée de thé et regarda Clarissa remplir sa pipe à tabac, un bel objet en bois de cerisier foncé.

Clarissa avait pris l'habitude de fumer la pipe avec son défunt mari. Les pièces sentaient la fumée et le tabac à pipe épicé et piquant. Au fil des ans, l'odeur s'était infiltrée dans les murs, dans les pages des livres, dans Clarissa elle-même. Cette odeur était entêtante par moments, et Mariana savait que par le passé certains de ses étudiants avaient refusé que Clarissa fume pendant les séances de tutorat, jusqu'à ce qu'elle soit finalement forcée de se plier aux normes de santé et de sécurité et n'ait plus le droit de leur faire subir son addiction.

Mais l'odeur ne dérangeait pas Mariana. En réalité, ce jour-là, elle se rendit compte à quel point elle lui avait manqué. Les rares fois où elle se trouvait en présence de quelqu'un qui fumait une pipe, elle se sentait aussitôt rassurée, associant la fumée sombre et parfumée qui s'en dégageait à la sagesse, à l'expérience et à la bonté.

Clarissa alluma sa pipe, tira plusieurs fois dessus, puis disparut derrière un nuage de fumée.

— Je suis bien en peine de comprendre cette histoire, dit Clarissa. Je suis un peu perdue, tu sais. Cela me rappelle combien nos vies sont protégées, ici. Nous sommes naïfs, nous ignorons peut-être même volontairement les horreurs du monde extérieur.

Dans son for intérieur, Mariana était d'accord. Des lectures sur la vie ne préparent pas à la vivre, elle l'avait appris à ses dépens. Mais elle garda sa pensée pour elle et se contenta d'acquiescer.

— Une telle violence est terrifiante. Elle est difficile à comprendre pour quiconque.

Clarissa pointa sa pipe vers Mariana. Elle l'utilisait souvent comme accessoire, envoyant voler le tabac dont les cendres ardentes laissaient des trous noirâtres sur les tapis.

— Les Grecs avaient un terme pour ça, tu sais. Pour cette sorte de colère.

— Vraiment ? fit Mariana, intriguée.

— La *mênis*. Il n'existe pas d'équivalent en anglais. Tu te souviens, l'*Iliade* commence par : « Μῆνιν ἄειδε θεὰ Πηληϊάδεω Ἀχιλῆος », « Chante, déesse, la *mênis* d'Achille ».

— Ah ! Qu'est-ce que ça signifie exactement ?

Clarissa réfléchit un instant.

— Je suppose que la plus proche traduction serait colère incontrôlable, fureur terrible. Déchaînement.

Mariana acquiesça d'un signe de tête.

— Déchaînement, oui. C'était un déchaînement.

Clarissa posa sa pipe dans un petit cendrier en argent et sourit à Mariana.

— Je suis très heureuse que tu sois venue, ma chérie. Tu vas être d'une grande aide.

— Je ne reste que pour la nuit. Je suis juste venue pour Zoé.

Clarissa parut déçue.

— Pas plus ?

— Eh bien, je dois rentrer à Londres. J'ai mes patients.

— Bien sûr. Mais ne pourrais-tu pas envisager de rester quelques jours ? Dans l'intérêt de l'université ?

— Je ne vois pas ce que je pourrais faire. Je suis psychothérapeute, pas enquêtrice.

— J'en suis consciente. Tu es psychothérapeute spécialisée dans la thérapie de groupe. Et à quoi a-t-on affaire ici, sinon à une histoire de groupe ?

— Oui, mais…

— Tu as étudié à St Christopher, toi aussi. Et cette expérience te permet d'appréhender des choses que la police, en dépit de ses bonnes intentions, ne peut tout simplement pas envisager.

Mariana hocha la tête. Elle était un peu contrariée de se retrouver encore une fois prise au dépourvu.

— Je ne suis pas criminologue. Ce n'est vraiment pas mon domaine.

Clarissa eut de nouveau l'air déçue, mais ne fit pas de commentaire. Elle se contenta d'observer Mariana un moment.

Puis, d'une voix plus douce, elle reprit :

— Excuse-moi, ma chérie. Je me rends compte que je ne t'ai pas demandé une seule fois de me parler de ce que tu ressens.

— À quel sujet ?

— En venant ici. Sans Sebastian.

C'était la première fois que Clarissa le mentionnait. Mariana était un peu déroutée. Elle chercha ses mots.

— Je ne sais pas ce que je ressens.

— Ça doit être « étrange » ?

— « Étrange », le terme est approprié.

— Ça l'a été pour moi, après la mort de Timmy. Il était là, et puis soudain il avait disparu. Je m'attendais toujours à ce qu'il bondisse de derrière une colonne pour me surprendre. Et cela n'a pas changé.

Clarissa et le professeur Timothy Miller avaient été mariés pendant trente ans. Célèbres excentriques de Cambridge, on les voyait souvent marcher au pas de charge, des livres sous le bras, les cheveux en bataille, parfois affublés de chaussettes dépareillées, plongés dans leur conversation. Un des couples les plus heureux que Mariana avait rencontrés, jusqu'à la mort de Timmy, dix ans plus tôt.

— Ça deviendra plus facile, assura Clarissa.

— Vraiment ?

— Il faut regarder devant soi, c'est important. Tu ne dois pas sans cesse ressasser le passé. Pense à l'avenir.

Mariana hocha la tête.

— Pour être honnête, je ne peux pas vraiment me représenter d'avenir… Je ne vois pas grand-chose. De qui sont ces mots : « Au-delà de ce voile » ?

— De Tennyson, répondit Clarissa sans hésitation. *In Memoriam*, strophe cinquante-six, si je ne me trompe pas.

Mariana sourit. La plupart des professeurs avaient une encyclopédie dans le cerveau ; Clarissa avait une bibliothèque entière. Elle ferma les yeux et se mit à déclamer :

— « Cette vie est donc vaine autant qu'elle est fragile ? / Descends, ô chère voix, m'apaiser, me bénir ! / Quel espoir de lumière et de juste avenir / Au-delà de ce voile épais, noir, immobile[1] ? »

Mariana acquiesça tristement.

— Oui. Oui, c'est ça.

— Tennyson, assez sous-estimé de nos jours, hélas.

Clarissa sourit, puis jeta un coup d'œil à sa montre.

— Si tu restes ce soir, nous devons te trouver une chambre. Je vais appeler l'appariteur.

— Merci.

— Attends un instant.

Clarissa se leva lentement, puis se dirigea vers la bibliothèque. Elle fit courir ses doigts le long du dos des livres jusqu'à ce qu'elle repère un ouvrage. Elle le retira de l'étagère et le mit dans les mains de Mariana.

— Tiens. J'y ai trouvé une grande source de réconfort après la mort de Timmy.

Il s'agissait d'un mince volume à la reliure en cuir. *In Memoriam AHH, Alfred Tennyson* était écrit sur la couverture en lettres dorées ternies.

Clarissa adressa à Mariana un regard pressant.

— Lis-le.

---

1. Tous les extraits de ce poème sont tirés de Alfred Tennyson, *In Memoriam AHH*, traduit par Léon Morel, Librairie Hachette, Paris, 1898.

Chapitre 20

M. Morris trouva une chambre à Mariana.

Mariana fut surprise quand elle l'aperçut dans la loge. Elle se rappelait bien le vieux M. Morris, un homme à la bonté avunculaire, populaire dans l'université, qui avait la réputation d'être indulgent avec les étudiants de premier cycle.

Mais ce Morris-là avait moins de trente ans et était grand et bien bâti. Il avait la mâchoire forte, des cheveux bruns gominés avec une raie sur le côté et portait un costume de couleur sombre, une cravate bleu et vert de l'université et un chapeau melon noir.

Il sourit en voyant le regard étonné de Mariana.

— Vous sembliez vous attendre à quelqu'un d'autre.

Mariana acquiesça, gênée.

— En fait… M. Morris…

— C'était mon grand-père. Il est décédé il y a quelques années.

— Oh, je vois, excusez-moi.

— Ne vous en faites pas. Ça arrive tout le temps. Je suis une pâle copie, comme mes collègues me le rappellent souvent.

Il lui fit un clin d'œil et inclina son couvre-chef.

— Par ici, mademoiselle. Suivez-moi.

Mariana songea que ses manières polies et cérémonieuses semblaient appartenir à une autre époque. Meilleure, peut-être.

Malgré ses protestations, il insista pour porter son sac.

— Nous procédons de cette façon, ici. Vous le savez. St Christopher est un endroit où le temps s'est arrêté.

Il lui sourit. Il semblait parfaitement à l'aise et tout à fait sûr de lui, très conscient d'être le maître des lieux, ce qui d'après l'expérience de Mariana pouvait s'appliquer à tous les appariteurs de l'université. À juste titre, car, sans eux pour la gérer au quotidien, tout se serait rapidement écroulé.

Mariana lui emboîta le pas en direction de Gabriel Court. C'était la cour où elle avait habité pendant sa dernière année d'études. Quand ils passèrent devant, elle jeta un coup d'œil à l'escalier qu'elle empruntait, celui dont Sebastian et elle avaient grimpé et descendu les marches en pierre un million de fois.

Elle suivit Morris jusqu'à l'angle de la cour où se dressait une tourelle octogonale faite de blocs de granit maintenant érodé et taché, qui abritait un escalier menant aux chambres des hôtes de l'université. Ils pénétrèrent dans le bâtiment, puis montèrent l'escalier en colimaçon parqueté de chêne jusqu'au deuxième étage.

Morris ouvrit une porte et tendit la clé à Mariana.

— Et voici, mademoiselle.

Elle le remercia, entra et balaya la pièce du regard. Elle était petite, avec une fenêtre en saillie, une cheminée et un lit à baldaquin en chêne dont les colonnes étaient torsadées comme des sucres d'orge. Le ciel de lit était en chintz épais et les courtines clôturaient l'ensemble, qu'elle trouva un peu étouffant.

— C’est l’une des plus belles chambres disponibles pour les anciens étudiants, lui indiqua Morris. Un petit peu exiguë, peut-être.

Il posa le sac de Mariana à côté du lit.

— J’espère que vous y serez à votre aise.

— Merci, vous êtes très aimable.

Ils n’avaient pas parlé du meurtre, mais elle sentait qu’elle devait y faire allusion d’une manière ou d’une autre, avant tout parce qu’il occupait en permanence ses pensées.

— C’est terrible, ce qui s’est passé, dit-elle.

Morris opina.

— N’est-ce pas ?

— Tout le monde doit être bouleversé.

— Oui, en effet. Je suis heureux que mon vieux grand-père ne soit plus là pour voir ça. Ça l’aurait achevé.

— Vous la connaissiez ?

— Tara ?

Morris hocha la tête.

— Seulement de réputation. Elle était… célèbre, disons. Elle ainsi que ses amies.

— Ses amies ?

— Oui. Un groupe de jeunes femmes, assez provocantes.

— Provocantes ? Le choix du mot est intéressant.

— Vraiment, mademoiselle ?

Il se montrait faussement timide. Mariana se demandait pourquoi.

— Qu’entendez-vous par là ?

Morris sourit.

— Simplement qu’elles étaient un peu turbulentes, si vous voyez ce que je veux dire. Nous devions les garder à l'œil, elles, et leurs fêtes. J'ai dû y mettre un terme à plusieurs reprises. Il s'y passait beaucoup de choses.

— Je vois.

L'expression de son visage était difficile à déchiffrer. Mariana se demandait ce qui se cachait sous ses bonnes manières et son attitude avenante. Que pensait-il en réalité ?

Il sourit de nouveau.

— Si vous voulez en savoir plus sur Tara, vous devriez aller parler à une *bedder*, une femme de chambre. Elles semblent toujours informées de ce qui se passe ici. Au courant de tous les ragots.

— Je vais garder cela à l'esprit, merci.

— Si vous n'avez besoin de rien d'autre, je vais vous laisser tranquille. Bonne nuit.

Morris avança jusqu'à la porte, s'éclipsa, puis referma sans bruit derrière lui.

Mariana était enfin seule après une longue journée épuisante. Elle s'assit sur lit, exténuée.

Elle consulta sa montre. Vingt et une heures. Elle aurait dû se coucher, mais elle savait qu'elle ne trouverait pas le sommeil. Elle était trop troublée, trop inquiète.

En défaisant son petit sac de voyage, elle tomba sur le mince volume de poésie que Clarissa lui avait donné. *In Memoriam*.

Elle s'assit sur le lit et l'ouvrit. Au fil des ans, les pages s'étaient desséchées, déformées et raidies. Le papier était ridé et ondulé. Elle écrasa un peu la tranche et le feuilleta du bout des doigts.

Qu'avait dit Clarissa à son sujet ? Qu'elle porterait un nouveau regard sur le poème maintenant. Pourquoi ? À cause de Sebastian ?

Mariana se souvenait de l'avoir lu quand elle était étudiante. Comme la plupart des lecteurs, elle avait été découragée par son extrême longueur. Le simple fait d'avoir lu ses trois mille vers jusqu'au bout lui était apparu comme une petite victoire. Elle n'avait pas été sensible au texte à l'époque, mais elle était plus jeune, heureuse et amoureuse, et n'avait aucun besoin de poésie mélancolique.

Dans l'introduction rédigée par un vieil universitaire, Mariana découvrit l'enfance malheureuse d'Alfred Tennyson. Le « sang noir » des Tennyson était tristement célèbre. Son père était alcoolique et toxicomane, et extrêmement violent. Ses frères et sœur souffraient de dépression et de maladie mentale, et furent internés ou se suicidèrent. Il quitta le foyer familial à l'âge de dix-huit ans. Et, comme Mariana, il trouva un univers de liberté et de beauté à Cambridge. Et il y découvrit aussi l'amour. Que sa relation avec Arthur Henry Hallam fût de nature sexuelle ou non, elle était en tout cas extrêmement romantique. Dès le jour de leur rencontre, à la fin de leur première année d'études, ils passèrent tous leurs moments éveillés ensemble. Ils se promenaient souvent main dans la main, jusqu'à ce que, quelques années plus tard, en 1833, Hallam succombe brutalement à un anévrisme.

On peut soutenir que Tennyson ne se remit jamais complètement de la perte de Hallam. Déprimé, négligé, il se laissa aller à son chagrin. Il s'effondra. Pendant les dix-sept années qui suivirent, il fit son deuil. Il n'écrivit que des bribes de poésie – des vers, des strophes, des élégies –, toutes se rapportant à Hallam. Finalement, ces vers furent rassemblés en un très long poème publié sous le titre de *In Memoriam A.H.H.* et rapidement reconnu comme l'un des plus grands poèmes de langue anglaise.

Mariana se jucha sur le lit et en commença la lecture. Elle découvrit vite que la voix lui semblait cruellement authentique et familière. Elle eut la sensation étrange, extracorporelle, d'entendre sa propre voix, et non celle de Tennyson. Il lui semblait qu'il exprimait pour elle ses sentiments indicibles : *Parfois pour moi c'est presque péché / De confier aux mots mon angoisse cruelle, / Si, comme la Nature, un langage révèle / Et dérobe à la fois l'Esprit en lui caché.*

Un an après la mort de Hallam, Tennyson retourna à Cambridge, comme Mariana. Il parcourut les rues qu'il avait parcourues avec Hallam. Il trouva la ville « identique, mais différente ». Il s'arrêta devant la chambre de Hallam et découvrit « un autre nom sur la même porte ».

Puis Mariana tomba sur ces lignes, devenues si célèbres qu'elles étaient entrées dans la langue anglaise. Là, enterrées parmi tant d'autres vers, elles retenaient leur capacité à se faufiler derrière elle, à la prendre par surprise, et à lui couper le souffle :

Ce que croit ma raison, quoi qu'il puisse arriver,
Et ce que sent mon cœur en sa douleur amère,
C'est que mieux vaut l'amour suivi d'un deuil austère
Que la paix de celui qui ne sut pas aimer.

Les yeux de Mariana s'emplirent de larmes. Elle ferma le livre, puis regarda par la fenêtre. Dehors il faisait nuit et la vitre lui renvoyait son image. Elle se dévisagea, tandis que les larmes coulaient sur ses joues.

Où maintenant ? Où vas-tu aller ?

Que fais-tu ?

Zoé avait raison. Elle fuyait. Mais vers où ? Vers Londres ? Vers la maison hantée de Primrose Hill ? Ce n'était plus une maison, juste un trou où se cacher.

Zoé avait besoin d'elle ici, qu'elle l'admette ou non. Mariana ne pouvait tout simplement pas l'abandonner. C'était hors de question.

Elle se souvint soudain de ce que sa nièce avait dit devant la chapelle : que Sebastian lui aurait conseillé de rester. Zoé avait raison.

Sebastian aurait voulu qu'elle tienne bon, et qu'elle se batte.

Eh bien ?

Ses pensées retournèrent à la prestation du professeur Fosca dans la cour. « Prestation », le mot convenait particulièrement bien. N'y avait-il pas quelque chose d'un peu trop maîtrisé dans son discours, d'un peu mis en scène ? Et quand bien même, il avait un alibi. Et à moins qu'il n'ait persuadé six étudiantes de mentir pour lui, ce qui semblait peu probable, il était forcément innocent.

Et pourtant…

Quelque chose clochait. Quelque chose n'était pas logique.

Tara accusait Fosca d'avoir menacé de la tuer. Puis, quelques heures plus tard, elle était morte.

Ça ne coûterait rien de rester encore quelques jours à Cambridge, et de poser certaines questions sur la relation de Tara avec le professeur. Il pouvait certainement supporter une petite enquête.

Et si la police ne le poursuivait pas, alors peut-être que Mariana, comme dette d'honneur envers l'amie de

Zoé, pouvait se renseigner sur l'histoire de cette jeune fille, et la prendre au sérieux.

Tout simplement parce que personne d'autre ne le ferait.

DEUXIÈME PARTIE

« Ce qui m'oppose à tant de courants de la psychanalyse c'est leur présupposé que la souffrance est une erreur, un signe de faiblesse ou même un signe de maladie. Alors qu'en fait, les plus grandes vérités que nous connaissons proviennent probablement de la souffrance des gens. »

Arthur MILLER

« Tu ne rencontreras ni les Lestrygons,
ni les Cyclopes,
ni le farouche Neptune,
si tu ne les portes pas en toi-même,
si ton cœur ne les dresse pas devant toi. »

C.P. CAVAFY, *Ithaque*[1]

1. Traduction de Marguerite Yourcenar et Constantin Dimaras tirée de Constantin Cavafy, *Poèmes*, Gallimard, première publication en 1978.

Chapitre 1

Encore une fois, je n'ai pas pu dormir. Trop plein d'énergie, trop nerveux. Surexcité, dirait ma mère.

Alors, j'ai arrêté d'essayer et je suis allé me promener.

Pendant que j'errais dans les rues désertes de la ville, j'ai croisé un renard. Il ne m'avait pas vu venir et il a levé la tête, effarouché.

Je n'en avais jamais vu d'aussi près. Quelle magnifique créature ! Cette fourrure, cette queue ! Et ces yeux sombres, qui me fixaient.

J'ai plongé mon regard dans le sien et qu'est-ce que j'ai vu ?

C'est difficile à décrire. J'ai vu toute la magie de la création, le miracle de l'univers, là, dans les yeux de cet animal, à cette seconde-là. C'était comme voir Dieu. Et pendant un instant, j'ai éprouvé un sentiment étrange. Une sorte de présence. Comme si Dieu était là, dans la rue, près de moi, et me tenait la main.

Je me suis senti en sécurité, tout à coup. Je me suis senti calme, et en paix, comme si une fièvre rageuse s'était calmée, un délire s'était consumé de lui-même. Je sentais cette autre part de moi, la bonne, se lever avec l'aube.

Mais là, le renard a disparu. Il a disparu dans l'ombre, et le soleil s'est levé. Dieu était parti. J'étais seul, et coupé en deux.

Je ne veux pas être deux personnes. Je veux être une seule personne. Je veux être entier. Mais je n'ai pas le choix, on dirait.

Et j'étais là dans la rue, pendant que le soleil se levait, quand j'ai eu une terrible réminiscence. Une autre aube, il y a des années. Un autre matin, juste comme celui-là.

La même lumière jaune. Cette même sensation d'être coupé en deux.

Mais où ?

Quand ?

Je sais que je peux me souvenir si j'essaie. Mais est-ce que j'en ai envie ? J'ai l'impression que c'est quelque chose que j'ai essayé très fort d'oublier. De quoi j'ai si peur ? De mon père ? Est-ce que je crois encore qu'il va sortir d'une trappe comme le méchant dans une pantomime, et me terrasser ?

Ou de la police ? Est-ce que j'ai peur qu'une main se pose tout à coup sur mon épaule, d'être arrêté, et d'être puni, de recevoir un châtiment pour mes crimes ?

Pourquoi ai-je si peur ?

La réponse doit être là, quelque part. Et je sais où je dois chercher.

Chapitre 2

Tôt le lendemain matin, Mariana alla rendre visite à Zoé.

Celle-ci, tout juste réveillée et ensommeillée, tenait Zebra dans une main et de l'autre ôtait son masque de nuit.

L'air perdu, elle regarda Mariana, qui repoussa les rideaux pour laisser entrer la lumière du jour. Zoé ne semblait pas dans son assiette. Ses yeux étaient injectés de sang et elle avait l'air épuisé.

— Désolée, j'ai mal dormi. Je n'ai pas arrêté de faire des cauchemars.

Mariana lui tendit un mug de café.

— À propos de Tara ? Je crois que moi aussi.

Zoé opina et but une gorgée.

— Tout ça ressemble à un cauchemar. Je n'arrive pas à croire qu'elle est vraiment… partie.

— Je sais.

Sa nièce semblait sur le point de pleurer à nouveau. Mariana ne savait pas si elle devait la réconforter ou lui changer les idées. Elle décida de lui changer les idées. Elle souleva la pile de livres posée sur le bureau et lut les titres : *La Duchesse d'Amalfi*, *La Tragédie du vengeur*, *La Tragédie espagnole*.

— Laisse-moi deviner. Vous étudiez la tragédie ce semestre ?

— La tragédie *et* la vengeance, répondit Zoé en maugréant. C'est stupide.

— Ça ne te plaît pas ?

— *La Duchesse d'Amalfi*, ça va, c'est drôle. Enfin, je veux dire, c'est complètement dingue.

— Je me souviens. Des bibles empoisonnées et des loups-garous. Mais dans un sens, ça fonctionne encore, non ? Du moins, c'est ce que je me suis toujours dit.

Mariana jeta un coup d'œil au livre.

— Je ne l'ai pas lu depuis des années.

— La pièce se joue à l'ADC ce trimestre. Viens la voir.

— Je viendrai. C'est un bon rôle. Tu pourrais passer l'audition.

— Je l'ai fait. Je n'ai pas été prise. Pour changer, soupira Zoé.

Mariana sourit. Elle ne pouvait plus faire comme si tout allait bien. Zoé la fixa en fronçant les sourcils.

— Tu t'en vas ? Tu viens dire au revoir ?

— Non. Je ne m'en vais pas. J'ai décidé de rester, au moins quelques jours. Et de poser quelques questions. Voir si je peux être utile.

— C'est vrai ?

Le regard de Zoé s'éclaira, et elle arrêta de froncer les sourcils.

— Mariana. C'est génial ! Merci.

Elle hésita avant d'ajouter :

— Écoute, à propos d'hier, quand j'ai dit que Sebastian n'aurait pas fui s'il avait été à ta place… Pardonne-moi.

Mariana accepta les excuses. Elle comprenait. Zoé

et Sebastian avaient toujours eu un lien spécial. Toute petite, c'était vers lui qu'elle courait quand elle s'écorchait un genou, se coupait, ou avait besoin de réconfort. Mariana n'y voyait aucun problème. Elle savait à quel point c'est important d'avoir un père. Et depuis la mort de ses parents, Sebastian était l'homme que Zoé pouvait considérer comme un père. Mariana sourit.

— Ne t'excuse pas. Sebastian a toujours su mieux gérer les crises que moi.

— Je suppose qu'il veillait toujours sur nous. Et maintenant…

Zoé haussa les épaules.

Mariana lui adressa un sourire encourageant.

— Maintenant, on veille l'une sur l'autre. D'accord ?

— D'accord.

Puis, se reprenant, elle poursuivit d'une voix plus assurée :

— Laisse-moi juste vingt minutes pour prendre une douche et me préparer. On peut mettre au point un plan.

— Qu'est-ce que tu veux dire ? Tu n'as pas cours aujourd'hui ?

— Si, mais…

— Pas de mais, répliqua fermement Mariana. Va à tes cours. On se voit pour déjeuner. On parlera à ce moment-là.

— Allez, Mariana…

— Non. Je suis sérieuse. C'est plus important que jamais que tu restes occupée en ce moment, et que tu te concentres sur tes études. OK ?

Zoé poussa un long soupir, mais ne protesta pas davantage.

— D'accord.

— Bien, dit Mariana en l'embrassant sur la joue. On se voit plus tard.

Mariana quitta la chambre de sa nièce et prit la direction de la rivière.

Elle passa devant le hangar à bateaux de l'université et la rangée de barques amarrées, propriété de St Christopher, enchaînées à la berge, qui tanguaient sur l'eau.

En chemin, elle téléphona à ses patients pour annuler ses groupes de la semaine.

Elle ne leur expliqua pas ce qui s'était passé. Elle leur dit simplement qu'elle avait une urgence familiale. Et ils le prirent bien, hormis Henry. Mariana ne s'attendait pas à ce qu'il réagisse autrement, et elle avait vu juste.

— Merci beaucoup, ironisa-t-il. Cool. J'apprécie.

Mariana tenta de lui expliquer qu'il y avait eu une urgence, mais il s'en fichait. Comme un enfant, il voyait simplement que ses besoins n'étaient pas comblés et son seul but était de la punir.

— Vous vous inquiétez pour moi ? Ou vous n'en avez rien à secouer ?

— Henry, c'est indépendant de ma volonté.

— Et moi ? J'ai besoin de vous, Mariana. C'est indépendant de ma volonté à moi. Il se passe des trucs. Je suis en train de sombrer.

— Qu'y a-t-il ? Qu'est-ce qui ne va pas ?

— Je ne peux pas en parler au téléphone. J'ai besoin de vous. Pourquoi vous n'êtes pas chez vous ?

Mariana se figea. Comment savait-il qu'elle n'était pas chez elle ? Il devait de nouveau surveiller la maison.

Une alarme se déclencha dans sa tête. Cette situation avec Henry était intenable. Elle était en colère contre elle-même de l'avoir laissée se produire. Elle allait devoir s'en occuper, s'occuper de Henry. Mais pas maintenant. Pas aujourd'hui.

— Je dois vous laisser, lui dit-elle.

— Je sais où vous êtes, Mariana. Vous ne le savez pas, hein ? Je regarde. Je vous vois.

Mariana raccrocha. Elle était troublée. Elle jeta un coup d'œil autour d'elle et sur le chemin de l'autre côté de la berge, mais elle ne vit Henry nulle part.

Bien entendu. Il essayait simplement de lui faire peur. Elle s'en voulait d'avoir mordu à l'hameçon.

Mariana hocha la tête, et continua de marcher.

Chapitre 3

La matinée était magnifique. Sur les berges de la rivière, les saules pleureurs scintillaient, parant le feuillage au-dessus de sa tête d'un vert éclatant, et des cyclamens sauvages poussaient çà et là le long du chemin tels de petits papillons roses. Une telle beauté était difficile à concilier avec la raison de sa présence, ou avec ses pensées, qui tournaient autour du meurtre et de la mort.

Qu'est-ce que je fiche ici ? C'est de la folie, songea Mariana.

C'était difficile aussi de ne pas s'appesantir sur les points négatifs, sur tout ce qu'elle ignorait. Elle n'avait pas la moindre idée de la manière dont on appréhende un meurtrier. Elle n'était ni criminologue ni psychologue médico-légale, comme Julian. Son seul atout, c'était la connaissance intuitive du comportement humain acquise au cours de ses années de pratique avec des patients. Et cela allait devoir suffire. Elle devait cesser de douter d'elle-même ; le doute la desservirait. Elle devait se fier à son instinct. Elle réfléchit un instant.

Par où commencer ?

Eh bien, avant tout, et surtout, il fallait qu'elle comprenne Tara. Qui était-elle, qui aimait-elle, qui détestait-elle, et de qui avait-elle peur ? Mariana soupçonnait que

Julian voyait juste : Tara connaissait son meurtrier. Il lui fallait donc découvrir ses secrets. Cela ne devrait pas être trop difficile. Dans des groupes comme ceux-là, dans de petites communautés protégées, les ragots allaient bon train et chacun connaissait la vie privée des autres. S'il y avait une once de vérité dans la supposée liaison entre Tara et Edward Fosca, par exemple, il y avait forcément des ragots. Ce que les autres membres de l'université avaient à raconter pouvait être édifiant. C'est par là qu'elle commencerait, en posant des questions.

Et, surtout, en écoutant.

Elle avait atteint l'endroit le plus animé de la berge, Mill Lane. Devant elle, des gens marchaient, couraient, roulaient à vélo. Mariana les observait. Le tueur pouvait être n'importe lequel d'entre eux. Il pouvait se trouver là en cet instant même.

Être en train de la regarder.

Comment le reconnaîtrait-elle ? Elle en serait tout simplement incapable. Et malgré l'expertise dont se réclamait Julian, il n'en serait pas capable non plus. Mariana savait que si on l'interrogeait au sujet de la psychopathie, il parlerait d'altération du lobe frontal ou temporal ou évoquerait des termes creux tels que sociopathie et narcissisme pathologique, associés à un ensemble simpliste de caractéristiques, comme charme superficiel, intelligence supérieure, délire de grandeur, mensonge pathologique, mépris pour la moralité. Et tout ça ne les avancerait pas à grand-chose. Cela n'expliquait ni comment ni pourquoi un individu pouvait devenir un monstre sans pitié qui considérait les autres comme des jouets cassés voués à la destruction complète.

Autrefois, la psychopathie était simplement nommée

le « malin ». Les individus maléfiques, qui prennent plaisir à blesser ou à tuer leurs semblables, étaient un thème littéraire depuis que Médée avait brandi une hache pour tuer ses enfants, et probablement bien avant cela. Le terme « psychopathe », inventé par un psychiatre allemand en 1888 – l'année où Jack l'Éventreur sema la terreur dans Londres –, vient de l'allemand « *Psychopatische* » et signifie littéralement « âme en souffrance ». Pour Mariana, c'était là que se trouvait l'indice, dans la souffrance, avec l'idée que ces monstres souffraient aussi. Les considérer comme des victimes lui permettait d'avoir une approche plus rationnelle, et plus empathique. La psychopathie ou le sadisme n'arrivaient pas de nulle part. Ce n'étaient pas des virus qui infectaient quelqu'un sans prévenir. Leur source remontait loin dans l'enfance.

Mariana considérait l'enfance comme une expérience réactive. Autrement dit, pour être capable d'empathie, nous devons l'avoir connue de la part de nos parents ou des personnes qui s'occupent de nous. Le tueur avait un jour été un petit garçon, un garçon envers lequel on n'avait fait preuve ni d'empathie ni de gentillesse. Il avait souffert, et de manière épouvantable.

Toutefois, beaucoup d'enfants grandissaient dans des environnements terriblement violents sans pour autant devenir meurtriers. Pourquoi ? Eh bien, comme le formulait le directeur de thèse de Mariana : « Il en faut peu pour sauver une enfance. » Une source de bonté, de compréhension ou de valorisation, quelqu'un pour reconnaître la réalité de l'enfant, et sauver sa santé mentale.

Dans le cas présent, Mariana soupçonnait qu'il n'y avait eu personne – ni grand-mère bienveillante, ni oncle adoré, ni voisin, ni enseignant bien intentionné – pour remarquer sa douleur, la nommer et la rendre réelle. La seule réalité était celle de l'auteur de la maltraitance. Les sentiments de honte, de peur et de colère d'un petit enfant étant trop dangereux pour qu'il les gère seul – car il ne sait pas comment faire –, il ne les intégrait pas, il ne les ressentait pas. Il sacrifiait son « véritable moi », toute sa douleur et sa colère ignorées, aux Enfers, au monde obscur de l'inconscient.

Il perdait le lien avec la personne qu'il était vraiment. Et l'homme qui avait attiré Tara dans cet endroit isolé était étranger à lui-même tout autant qu'aux autres. Il était, supposait Mariana, un brillant acteur, d'une politesse irréprochable, sympathique, charmant. Mais Tara avait déclenché sa colère d'une manière ou d'une autre, et l'enfant terrifié en lui s'était déchaîné et avait saisi un couteau.

Mais quel était le déclencheur ?

C'était là la question. Si seulement elle avait pu accéder à son esprit et lire dans ses pensées. Où qu'il se trouve.

Soudain, Mariana entendit quelqu'un la saluer.

Elle sursauta et fit volte-face.

— Désolé. Je ne voulais pas vous faire peur.

C'était Fred, le jeune homme qu'elle avait rencontré dans le train. Il poussait son vélo, une pile de documents sous le bras, tout en croquant une pomme. Il lui sourit de toutes ses dents.

— Vous vous souvenez de moi ?

— Oui, je me souviens.

— Je vous avais dit qu'on se recroiserait. Je l'avais prédit. Comme je vous ai expliqué, je suis un peu voyant.

Mariana lui sourit gentiment.

— Cambridge est petit. C'est une coïncidence.

— Croyez-moi. Je suis physicien. Les coïncidences n'existent pas. L'article que j'écris en ce moment le prouve.

Fred fit un mouvement de la tête vers sa liasse de feuilles, qui glissa, et des pages d'équations mathématiques se répandirent en avalanche sur le chemin.

— Mince !

Il jeta son vélo et courut dans tous les sens pour ramasser les pages. Mariana s'agenouilla pour l'aider. Il la remercia pendant qu'ils réunissaient les dernières.

Son visage se trouvait à quelques centimètres de celui de Mariana. Il la fixait. Ils se regardèrent une seconde. Mariana lui trouva de jolis yeux, puis chassa cette pensée. Elle se releva.

— Je suis content que vous soyez encore ici, lui dit Fred. Vous allez rester longtemps ?

Mariana haussa les épaules.

— Je ne sais pas. Je suis ici pour ma nièce, elle a reçu de mauvaises nouvelles.

— Vous parlez du meurtre ? Votre nièce est à St Christopher, c'est ça ?

Mariana cligna des yeux, désorientée.

— Je ne me rappelle pas vous l'avoir précisé.

— Oh, eh bien, vous l'avez fait, répliqua aussitôt Fred. Tout le monde en parle, tout le monde parle de ce qui s'est passé. J'y ai beaucoup réfléchi. J'ai quelques théories.

— Quel genre de théories ?

— Au sujet de Conrad.

Le jeune homme jeta un coup d'œil à sa montre.

— Je dois filer, mais je suppose que vous n'êtes pas

partante pour un verre ? Disons… ce soir ? On pourrait discuter.

Il lui lança un regard plein d'espoir.

— Enfin, juste si vous voulez, évidemment. Rien ne presse, pas de problème.

Il s'embrouillait. Mariana était sur le point de refuser son invitation et de mettre fin à son supplice, mais quelque chose la freina. Que savait-il sur Conrad ? Peut-être pourrait-elle faire appel à ses lumières ? Il pourrait lui fournir des informations utiles. Ça valait le coup d'essayer.

— D'accord.

Fred eut l'air surpris et impatient.

— Vraiment ? Génial. Vingt et une heures, ça vous irait ? À l'Eagle ? Je vous donne mon numéro.

— Je n'en ai pas besoin. J'y serai.

— OK, dit-il, un large sourire aux lèvres. C'est un vrai rendez-vous.

— Pas dans le sens où vous l'entendez.

— Non, bien sûr que non. Je ne sais pas pourquoi j'ai dit ça. OK. À tout à l'heure.

Il enfourcha son vélo.

Mariana le regarda s'éloigner sur le sentier qui longeait la rivière. Puis elle fit demi-tour et retourna vers l'université.

Il était temps de commencer. De retrousser ses manches et de se mettre au travail.

Chapitre 4

Mariana traversa Main Court d'un pas rapide en direction d'un groupe de femmes entre deux âges, mug à la main, qui sirotaient du thé et grignotaient des biscuits en échangeant des potins. C'étaient les *bedders* en train de prendre leur pause.

Bedder était un terme propre à l'université, et une sorte d'institution. Depuis des centaines d'années, des armées de femmes des environs étaient employées dans les facs pour faire les lits, vider les poubelles et nettoyer les chambres. Cependant, le contact quotidien avec les étudiants impliquait qu'au-delà de leurs tâches de ménage, elles avaient souvent un rôle d'écoute et de soutien. La *bedder* de Mariana avait parfois été la seule personne à qui elle parlait de la journée.

Les *bedders* formaient une formidable équipe. En s'approchant, Mariana se sentit un peu intimidée. Elle se demandait, et pas pour la première fois, quel regard portaient vraiment sur les étudiants ces femmes de la classe ouvrière qui ne jouissaient d'aucun des avantages de ces jeunes gens privilégiés, souvent gâtés.

Peut-être qu'elles nous détestent tous, songea soudain Mariana. Et quand bien même, elle ne leur en aurait pas voulu.

— Bonjour, mesdames, les salua-t-elle.

Leurs conversations cessèrent. Les *bedders* lui lancèrent des regards un peu suspicieux. Mariana leur sourit.

— Je me demandais si vous pourriez m'aider. Je cherche la *bedder* de Tara Hampton.

Plusieurs têtes se tournèrent vers une femme qui se tenait en retrait, en train d'allumer une cigarette.

Elle avait la soixantaine, peut-être plus. Elle était vêtue d'une blouse bleue. À côté d'elle étaient posés un seau contenant divers produits d'entretien et un plumeau. Elle n'était pas dodue, mais elle avait un visage rond, et un air impassible. Ses cheveux teints en roux étaient blancs aux racines et elle se dessinait sûrement les sourcils au crayon tous les matins. Ce jour-là, ils étaient haut sur son front, ce qui lui donnait l'air étonnée. Elle semblait un peu agacée d'avoir été désignée. Elle gratifia Mariana d'un sourire forcé.

— C'est moi que tu cherches, ma chérie. Je suis Elsie. Que puis-je faire pour toi ?

— Je m'appelle Mariana. J'ai été étudiante ici. Et je…

Elle continua en improvisant.

— Je suis psychothérapeute. Le doyen m'a demandé de parler de l'impact du décès de Tara avec différents membres de l'université. Je me demandais si nous pourrions discuter un moment.

Sa conclusion était assez maladroite et elle avait peu d'espoir qu'Elsie se laisse appâter. Elle avait raison.

La *bedder* fit la moue.

— Je n'ai pas besoin d'une psychologue, ma chérie. Ma tête va très bien, je te remercie.

— Ce n'est pas ce que je voulais dire, c'est juste pour moi, pour des recherches que je mène.

— Eh bien, je n'ai vraiment pas le temps.

— Ça ne sera pas long. Je peux peut-être vous offrir une tasse de thé. Une pâtisserie ?

Quand Mariana mentionna la pâtisserie, le regard d'Elsie pétilla. Elle s'adoucit. Elle haussa les épaules et tira sur sa cigarette.

— Très bien. Faisons ça vite. J'ai encore un escalier à faire avant le déjeuner.

Elle écrasa sa cigarette sur les pavés, retira son tablier, le passa à une autre *bedder*, qui le prit sans rien dire, puis elle rejoignit Mariana.

— Suis-moi, ma chérie. Je connais le meilleur endroit.

Elsie partit d'un pas décidé. Mariana lui emboîta le pas et, dès qu'elle eut le dos tourné, elle entendit les autres dames se mettre à chuchoter frénétiquement.

Chapitre 5

Mariana suivit Elsie le long de King's Parade. Elles longèrent Market Square et ses tentes vert et blanc, ses stands de fleurs, de livres et de vêtements, et le Senate House, étincelant de blanc derrière sa grille noire brillante. Elles passèrent devant la boutique de fudge qui diffusait par ses portes ouvertes une odeur douce et entêtante de sucre et de caramel chaud.

La *bedder* s'arrêta devant le store rouge et blanc du Copper Kettle.

— C'est mon QG, plaisanta-t-elle.

Mariana gardait en mémoire le salon de thé de ses années d'étudiante.

— Après vous, dit-elle.

Elle emboîta le pas à Elsie. La salle bondée d'étudiants auxquels se mêlaient des touristes résonnait d'un brouhaha en différentes langues.

Elsie se dirigea directement vers le comptoir en verre où étaient présentées toutes les pâtisseries. Elle considéra attentivement le choix de brownies, gâteaux au chocolat ou à la noix de coco fourrés à la confiture, tartes aux pommes et tartes au citron meringuées.

— Je ne devrais pas, dit-elle. Ou bien peut-être juste un.

Elle héla la serveuse âgée aux cheveux blancs derrière le comptoir.

— Une part de gâteau au chocolat. Et une théière d'english breakfast.

Elle désigna Mariana d'un signe de tête.

— C'est elle qui règle.

Mariana commanda un thé, puis les deux femmes s'assirent à une table près de la fenêtre.

Il y eut un instant de silence. Mariana sourit.

— Je me demandais si vous connaissiez ma nièce, Zoé ? Tara et elle étaient amies.

Elsie grogna. Elle ne paraissait pas impressionnée.

— Ah, c'est ta nièce. Oui, je m'occupe d'elle. C'est une petite pimbêche.

— Zoé ? Comment ça ?

— Elle s'est montrée très impolie avec moi, plusieurs fois.

— Oh, je suis désolée. Ça ne lui ressemble pas. Je lui en toucherai un mot.

— Fais donc, mon petit.

Il y eut un moment de gêne qui fut interrompu par l'arrivée d'une jeune et jolie serveuse aux traits d'Europe de l'Est apportant leurs thés et la part de gâteau. Le visage de la *bedder* s'illumina.

— Comment allez-vous, Paulina ?

— Bien, Elsie. Et vous ?

— Vous n'êtes pas au courant ?

Elle ouvrit de grands yeux, puis les trémolos de sa voix trahirent une émotion feinte.

— Une de mes petites s'est fait tuer. Découpée en morceaux près de la rivière.

— Oui, oui, j'ai entendu dire. Je suis désolée.

— Faites attention quand vous sortez, maintenant. Ce n'est pas sûr ici. Une jolie fille comme vous, dehors la nuit…

— Je serai prudente.

— Bien.

Elsie sourit et regarda la serveuse s'éloigner. Puis elle porta son attention sur le gâteau, qu'elle attaqua avec délectation.

— Pas mauvais, dit-elle entre deux bouchées.

Elle avait des traces de chocolat autour de la bouche.

— Tu en veux un bout ?

Mariana hocha la tête.

— Non, merci.

Le gâteau remplit son office, adoucissant l'humeur de la *bedder*. Tout en mâchant, elle observait Mariana d'un air songeur.

— Bien, mon petit chou, j'espère que tu ne t'attendais pas à ce que je croie ton histoire de psychothérapie. De la recherche, bien sûr.

Elle gloussa et mit un sucre dans son thé.

— Elsie ne passe pas à côté de grand-chose.

Cette femme parlait de manière déconcertante à la troisième personne. Elle jeta un regard inquisiteur à Mariana.

— Allez, de quoi il s'agit exactement ?

— Je veux juste vous poser des questions sur Tara. Quand l'avez-vous vue pour la dernière fois ?

— Le jour de sa mort, évidemment. Je ne l'oublierai jamais. J'ai vu cette pauvre enfant marcher vers sa fin.

— Que voulez-vous dire ?

— Eh bien, j'étais dans la cour, j'attendais deux des autres *bedders*. Nous prenons toujours le bus ensemble pour rentrer. Et j'ai vu Tara quitter sa chambre. Elle avait l'air très chamboulée. Je lui ai fait un signe de la main et je l'ai appelée, mais j'ai bien vu qu'elle ne m'entendait pas. Je l'ai vue s'éloigner et elle n'est jamais revenue.

— Quelle heure était-il ? Vous vous rappelez ?

— Dix-neuf heures quarante-cinq précises. Je m'en souviens parce que j'ai regardé l'heure à ma montre. On risquait de rater le bus. Même s'il n'est plus jamais à l'heure, de nos jours.

Mariana lui versa un peu de thé et poursuivit sur le ton de la confidence.

— Vous étiez proche de Tara, n'est-ce pas ?

Elsie la regarda d'un air un peu méfiant.

— Qui t'a dit ça ? Zoé ?

— Non, j'ai juste supposé qu'en tant que *bedder*, vous la voyiez souvent. J'aimais beaucoup la mienne.

— Vraiment, mon petit chou ? C'est mignon.

— Eh bien, le service que vous fournissez est inestimable. Je ne suis pas certaine qu'on vous apprécie tout le temps à votre juste valeur.

Elsie acquiesça avec enthousiasme.

— Tu as raison. Les gens pensent qu'une *bedder* est juste là pour faire un peu la poussière et vider la poubelle de temps en temps. Mais les petits sont loin de chez eux pour la première fois. On ne peut pas les laisser se débrouiller tout seuls. Ils ont besoin qu'on s'occupe d'eux.

Elle marqua une pause et sourit gentiment.

— C'est Elsie qui veille sur eux. C'est Elsie qui prend de leurs nouvelles tous les jours, et les réveille tous les matins. Ou les retrouve morts, s'ils se sont pendus pendant la nuit.

Mariana laissa passer quelques instants, puis demanda :

— Je me posais des questions sur ses amis. Quelle impression vous font-ils ?

Elsie sourcilla.

— Ah, tu veux dire, elles, c'est ça ?

— Elles ?

Elsie sourit, mais ne répondit pas. Mariana poursuivit prudemment.

— Quand j'ai parlé à Conrad, il les a appelées les « sorcières ».

— Ah bon ? Vraiment ?

Elsie gloussa.

— « Garces », ça conviendrait mieux.

— Vous ne les aimez pas ?

Elsie haussa les épaules.

— Ce n'étaient pas ses amies, pas vraiment. Tara les détestait. Ta nièce était la seule à être gentille avec elle.

— Et les autres ?

— Oh, elles la harcelaient, la pauvre petite. Elle pleurait sur mon épaule. Elle me disait : « Vous êtes ma seule amie, Elsie. » « Je vous aime tellement, Elsie. »

Elle essuya une larme imaginaire. Mariana était écœurée. Cette prestation était aussi écœurante que le gâteau au chocolat que la *bedder* venait de dévorer. Et Mariana n'en croyait pas un mot. Soit Elsie était mythomane, soit c'était une menteuse à l'ancienne. Dans tous les cas, Mariana se sentait de plus en plus mal à l'aise en sa compagnie. Mais elle persévéra malgré tout.

— Pourquoi harcelaient-elles Tara ? Je ne comprends pas.

— Elles étaient jalouses. Parce qu'elle était très belle.

— Je vois. Je me demande s'il pourrait y avoir autre chose.

— Eh bien, tu aurais mieux fait de poser cette question-là à Zoé.

— Zoé ? s'étonna Mariana. Que voulez-vous dire ? Qu'est-ce que Zoé vient faire là-dedans ?

Pour toute réponse, Elsie lui décocha un sourire énigmatique.

— Eh bien, ça, c'est une bonne question, n'est-ce pas, ma chérie ?

Elle ne développa pas davantage. Mariana était agacée.

— Et qu'en est-il du professeur Fosca ?

— Qu'en est-il ?

— Conrad a dit qu'il avait un faible pour Tara.

Elsie n'eut l'air ni impressionnée ni surprise.

— C'est un homme, n'est-ce pas ? Comme tous les autres.

— C'est-à-dire ?

Elsie renifla, mais ne fit pas de commentaire. Mariana sentait que la conversation touchait à son terme. Si elle la sondait davantage, elle n'obtiendrait rien de plus qu'un silence glacial. Alors, avec toute la désinvolture possible, elle lui glissa la raison pour laquelle elle l'avait conduite là – et soudoyée à grand renfort de flatteries et de gâteau.

— Pensez-vous que je pourrais voir la chambre de Tara ?

— Sa chambre ?

Elsie semblait sur le point de refuser. Mais elle haussa les épaules.

— Ça ne peut pas faire de mal, je suppose. La police l'a déjà fouillée de fond en comble. J'allais y donner un bon coup de propre demain. Tu sais quoi ? Laisse-moi finir ce thé et on pourra y aller ensemble.

Mariana sourit, ravie.

— Merci, Elsie.

Chapitre 6

Elsie ouvrit la porte de la chambre de Tara, entra et alluma la lumière. Mariana la suivit.

La chambre ressemblait à celle de n'importe quel jeune, mais avec davantage de désordre que dans la plupart d'entre elles. La police avait fouillé très discrètement dans les affaires de Tara. On aurait cru que la jeune fille venait de sortir et pouvait rentrer d'une seconde à l'autre. Son parfum flottait encore dans l'air et on sentait l'odeur musquée de la marijuana imprégnée dans les textiles.

Mariana ne savait pas ce qu'elle cherchait. Quelque chose qui aurait échappé à la police, mais quoi ? Tout ce sur quoi Zoé avait fondé ses espoirs pour trouver une piste avait été saisi. L'ordinateur de Tara, son téléphone et son iPad avaient disparu. Il restait ses vêtements, dans la penderie, éparpillés sur le fauteuil ou en tas par terre : des vêtements chers, traités comme des chiffons. Les livres gisaient abandonnés de la même manière, sans respect, à moitié lus, ouverts, le dos cassé.

— Elle était toujours aussi désordonnée ? demanda Mariana.

— Oh, oui, ma chérie.

Elsie laissa échapper un soupir de désapprobation suivi d'un petit rire indulgent.

— Un cas désespéré. Je ne sais pas ce qu'elle aurait fait si je n'avais pas été là pour m'occuper d'elle.

Elsie s'assit sur le lit. Visiblement, elle ne répugnait plus aux confidences. Et elle ne se tenait plus sur la réserve, bien au contraire.

— Ses parents vont mettre ses affaires dans des cartons aujourd'hui. J'ai proposé de m'en occuper. Pour leur épargner la corvée. Ils ont refusé, je ne sais pas pourquoi. Ils n'ont pas été très agréables. Ça ne m'étonne pas. Je sais ce que Tara pensait d'eux. Elle me l'a dit. Cette lady Hampton est une vraie garce qui se la raconte. Pas une *lady*, laisse-moi te le dire. Quant à son mari…

Mariana n'écoutait que d'une oreille et espérait qu'Elsie s'en irait et la laisserait se concentrer. Elle s'approcha d'une petite coiffeuse. Elle l'inspecta. Quelques photos étaient glissées sous le châssis d'un miroir. L'une d'elles montrait Tara en compagnie de ses parents. Elle était incroyablement belle, d'une beauté lumineuse. Elle avait de longs cheveux roux et des traits fins, un visage de déesse grecque.

Mariana examina ensuite les autres objets posés sur la coiffeuse. Deux bouteilles de parfum, du maquillage et une brosse à cheveux. Elle scruta la brosse. Une mèche de longs cheveux roux était prise entre les picots.

— Ses cheveux étaient magnifiques, dit Elsie. Je les lui brossais. Elle adorait ça.

Mariana sourit poliment. Elle ramassa un petit lapin en peluche aux poils duveteux appuyé contre le miroir. Contrairement au zèbre de Zoé, usé et abîmé par des années de mauvais traitements, celui-ci avait l'air étrangement neuf, presque intact.

Elsie résolut vite le mystère.

— Je le lui ai acheté. Elle était si seule quand elle est arrivée… Elle avait besoin de quelque chose de doux à câliner. Alors, je lui ai acheté le lapin.

— Quelle gentille attention de votre part.

— Elsie a un grand cœur. Je lui ai acheté une bouillotte, aussi. Il fait terriblement froid ici la nuit. La couverture qu'ils leur fournissent ne sert à rien. Elle est fine comme du carton.

Elle bâilla, l'air de s'ennuyer un peu.

— Tu penses en avoir encore pour longtemps ? C'est juste que je devrais vraiment y aller. J'ai encore un escalier à faire.

— Je ne veux pas vous retenir. Je pourrais peut-être rester quelques minutes et refermer la porte en sortant.

La *bedder* réfléchit une seconde.

— D'accord. Je vais m'en griller une et je me remets au travail. Claque la porte quand tu pars.

— Merci.

Elsie quitta la pièce et Mariana soupira. *Dieu merci*. Elle regarda autour d'elle. Elle n'avait pas encore trouvé, mais elle espérait tomber sur quelque chose qui se révèle être exactement ce qu'elle cherchait. Une piste, un éclairage sur l'état d'esprit de Tara. Quelque chose qui l'aiderait à comprendre, mais quoi ?

Elle se dirigea vers la commode. Elle ouvrit tous les tiroirs, examina leur contenu. Une tâche morbide et déprimante. Cela lui semblait chirurgical, comme si elle disséquait le corps de Tara et inspectait ses organes internes. Elle fouilla dans ses affaires les plus intimes : sous-vêtements, maquillage, produits pour les cheveux, passeport, permis de conduire, cartes bancaires, photos d'enfance, instantanés d'elle bébé, petits souvenirs et notes rédigées pour elle-même, vieux tickets de caisse, tampons, sachets de cocaïne, tabac en vrac et fonds de sachet de marijuana.

C'était étrange. Comme Sebastian, Tara avait disparu en laissant toutes ses affaires. *Après notre mort*, songea Mariana, *il ne reste de nous qu'un mystère, et nos objets personnels, bien entendu, que d'autres se partagent.*

Elle décida d'abandonner. Ce qu'elle cherchait, quoi que ce soit, n'était pas là. Peut-être n'y avait-il jamais rien eu. Elle referma le dernier tiroir, et s'apprêta à quitter la pièce.

Mais, quand elle atteignit la porte, quelque chose l'arrêta et la poussa à se retourner. Elle jeta un dernier coup d'œil à la pièce.

Son regard s'arrêta sur un panneau de liège fixé au mur au-dessus du bureau. Des annonces, des prospectus, des cartes postales et deux photos y étaient punaisés.

Mariana reconnut un tableau sur l'une des cartes postales : *Tarquin et Lucrèce*, de Titien. Elle s'immobilisa. L'examina de plus près.

Lucrèce gisait sur son lit, nue et sans défense ; au-dessus d'elle, Tarquin, prêt à assener le coup, tenait à la main une dague dont la lame étincelait dans la lumière. La toile était magnifique, mais extrêmement troublante.

Mariana décrocha la carte postale, puis la retourna.

Là, au dos, elle découvrit une citation écrite à la main à l'encre noire. Quatre vers, en grec ancien :

ἓν δὲ πᾶσι γνῶμα ταὐτὸν
ἐμπρέπει : σφάξαι κελεύουσίν
με παρθένον κόρῃ

Δήμητρος, ἥτις ἐστὶ πατρὸς
εὐγενοῦς, τροπαῖά τ᾽ ἐχθρῶν καὶ πόλει
σωτήριαν.

Elle les contempla, perplexe.

Chapitre 7

Mariana trouva Clarissa assise dans son fauteuil en train de corriger une pile de devoirs posée sur ses genoux, pipe à la main et enveloppée de volutes de fumée.

Elle hésita sur le pas de la porte.

— Je peux te parler ?

— Oh, Mariana ? Tu es encore là ? Entre, entre, répondit Clarissa en l'y invitant d'un signe. Assieds-toi.

— Je ne te dérange pas ?

— Tout ce qui me distrait des dissertations de mes étudiants de premier cycle est un sursis vraiment bienvenu.

Clarissa sourit, posa les devoirs, puis s'assit sur le canapé en interrogeant Mariana du regard.

— Tu as décidé de rester ?

— Juste pour quelques jours. Zoé a besoin de moi.

— Bien. Très bien. Ça me fait tellement plaisir !

Clarissa ralluma sa pipe et fuma un moment.

— Bien, que puis-je faire pour toi ?

Mariana glissa la main dans sa poche et en retira la carte postale qu'elle tendit à Clarissa.

— J'ai trouvé ça dans la chambre de Tara. Je me demandais ce que tu en penserais.

Clarissa observa le tableau un moment, puis retourna la carte. Elle leva un sourcil et se mit à lire la citation à voix haute :

— ἓν δὲ πᾶσι γνῶμα ταὐτὸν ἐμπρέπει : σφάξαι κελεύουσίν με παρθένον κόρῃ Δήμητρος, ἥτις ἐστὶ πατρὸς εὐγενοῦς, τροπαῖά τ' ἐχθρῶν καὶ πόλει σωτήριαν[1].

— Qu'est-ce que c'est ? demanda Mariana.

— Je pense que c'est d'Euripide. *Les Héraclides*, si je ne me trompe pas. Tu connais la pièce ?

Mariana eut un peu honte de n'en avoir jamais entendu parler.

— Rappelle-moi de quoi il s'agit ?

— Elle se passe à Athènes, répondit Clarissa. Le roi Démophon se prépare à entrer en guerre pour protéger la ville contre les Mycéniens.

Elle cala sa pipe au coin de sa bouche, gratta une allumette et la ralluma. Elle reprit entre deux bouffées :

— Démophon consulte l'oracle pour connaître ses chances de succès. La citation est tirée de ce passage de la pièce.

— Je vois.

— Est-ce que ça t'aide ?

— Pas vraiment.

— Non ?

Clarissa écarta un nuage de fumée.

---

1. « Beaucoup de ces oracles diffèrent entre eux ; mais tous s'accordent en une seule pensée : Ils m'ordonnent de sacrifier une vierge, née d'un père illustre, à Coré, fille de Déméter. » Euripide, *Les Héraclides*, traduit par Leconte de Lisle, Alphonse Lemerre (éd.), 1884.

— Quelque chose t'échappe ?

La question fit sourire Mariana. Parfois, le génie de Clarissa la rendait un peu obtuse.

— Hélas, mon grec ancien est un peu rouillé.

— Ah, oui. Bien sûr, excuse-moi.

Clarissa jeta un coup d'œil à la carte postale.

— Pour faire simple, il est écrit : « L'oracle est d'accord : pour vaincre l'ennemi et sauver la ville… une jeune fille doit être sacrifiée… une jeune fille de noble naissance. »

Surprise, Mariana cligna des yeux.

— De noble naissance ? C'est ce que ça dit ?

Clarissa opina.

— La fille de πατρὸς εὐγενοῦς, un noble… doit être sacrifiée à κόρῃ Δήμητρος.

— Δήμητρος ?

— La déesse Déméter. Et κόρῃ, bien entendu, signifie…

— Fille.

— C'est ça. Une jeune fille noble doit être sacrifiée à la fille de Déméter, à savoir Perséphone.

Mariana sentit les battements de son cœur s'accélérer.

C'est une simple coïncidence. Ça ne veut rien dire.

Clarissa lui rendit la carte en souriant.

— Perséphone était une déesse assez revancharde, comme tu le sais certainement.

Mariana n'était pas sûre d'arriver à parler. Elle acquiesça d'un signe de tête.

Clarissa la dévisagea.

— Ça va, ma chérie ? Tu as l'air un peu…

— Ça va. C'est juste que…

Pendant une seconde, elle envisagea d'essayer

d'expliquer à Clarissa ce qu'elle ressentait. Mais que pouvait-elle dire ? Qu'elle entretenait le fantasme, proche de la superstition, que cette déesse vengeresse avait joué un rôle dans la mort de son mari ? Comment aurait-elle pu le formuler à voix haute sans paraître complètement folle ? Elle se contenta de hausser les épaules et de répondre :

— C'est un peu ironique, c'est tout.

— Comment ? Ah, parce que Tara était « de noble naissance », et a été « sacrifiée », pour ainsi dire ? En effet, une ironie des plus fâcheuses.

— Et tu ne crois pas qu'il pourrait y avoir davantage ?

— C'est-à-dire ?

— Je ne sais pas. Pourquoi la carte se trouvait-elle là ? Dans sa chambre ? D'où vient-elle ?

Clarissa agita dédaigneusement sa pipe.

— Oh, c'est simple. Tara étudiait la tragédie grecque ce semestre. Il n'est pas impossible qu'elle ait recopié une citation dans l'une des pièces, n'est-ce pas ?

— Non, je suppose que non.

— Ça ne correspond pas vraiment au personnage, je te l'accorde. Mais je ne doute pas que le professeur Fosca le confirmerait.

Mariana sourcilla.

— Le professeur Fosca ?

— Son enseignant.

— Je vois, dit Mariana sur un ton qui se voulait détaché. Il lui donnait des cours sur la tragédie grecque ?

— Oh, oui. C'est lui l'expert, après tout. Il est assez brillant. Tu devrais assister à un de ses cours, pendant que tu es ici. Très impressionnants. Ils sont de loin les plus suivis de la faculté. Les étudiants font la queue au bas de l'escalier pour entrer et s'assoient par terre s'il n'y a pas de sièges libres. Tu as déjà vu une chose pareille ?

Clarissa rit, puis ajouta aussitôt :

— Bien sûr, mes cours ont toujours attiré beaucoup d'étudiants. J'ai eu beaucoup de chance à cet égard. Mais pas à ce point-là, je dois l'admettre. Si tu veux en savoir plus sur Fosca, tu devrais parler à Zoé. Elle le connaît mieux.

— Zoé ? fit Mariana, déconcertée. Elle le connaît mieux ? Pourquoi ?

— Eh bien, c'est son directeur d'études, après tout.

Mariana hocha pensivement la tête.

— Oh, je vois. Oui, bien sûr.

Chapitre 8

Mariana invita Zoé à déjeuner. Elles se rendirent dans une brasserie française des environs récemment ouverte et appréciée par les étudiants affamés qui recevaient des proches.

La décoration était bien plus raffinée que celle des restaurants dont Mariana se souvenait. Il régnait une atmosphère animée ; on entendait le bruit des conversations, des rires et des couverts tintant dans les assiettes. Une odeur alléchante d'ail, de vin et de viande grillée planait dans l'air. Un serveur élégant, portant un gilet et une cravate, les dirigea vers un box dans un angle où une table couverte d'une nappe blanche et des sièges habillés de cuir noir les attendaient.

Sans regarder à la dépense, Mariana commanda d'abord une demi-bouteille de champagne rosé. Cela ne lui ressemblait pas, et Zoé tiqua.

— Eh bien, pourquoi pas ? se défendit Mariana avec un haussement d'épaules. Un petit remontant ne nous fera pas de mal.

— Mais je ne me plains pas, répondit Zoé.

Quand le champagne arriva, les bulles roses pétillantes dans d'épais verres en cristal leur remontèrent considérablement le moral. Au début, elles ne parlèrent ni de Tara ni du meurtre. Elles passaient d'un sujet à l'autre, elles se retrouvaient. Elles évoquèrent les études de Zoé à St Christopher, ses impressions à l'idée d'entamer sa troisième année et son manque frustrant de perspectives et de projets d'avenir.

Puis elles parlèrent d'amour. Mariana demanda à Zoé si elle voyait quelqu'un.

— Bien sûr que non, lui répondit-elle. Il n'y a vraiment que des gamins, ici. Je suis parfaitement heureuse en célibataire. Je ne tomberai jamais amoureuse.

Mariana sourit. Sa nièce semblait si juvénile quand elle tenait ce discours. *Les eaux calmes*. Elle soupçonnait que, malgré ses protestations, le jour où elle tomberait amoureuse, ce serait compliqué et intense.

— Ça finira par arriver, tu verras.

— Non. Non, merci. À ce que je vois, l'amour n'apporte que du chagrin.

Mariana ne put qu'en rire.

— C'est un peu pessimiste.

— Tu ne veux pas dire plutôt réaliste ?

— Loin de là.

— Et Sebastian et toi alors ?

Mariana n'était pas préparée à un coup si bas, et porté avec autant de désinvolture. Il lui fallut une seconde pour retrouver sa voix.

— Il m'a apporté bien plus que du chagrin.

— Désolée, s'excusa Zoé. Je ne voulais pas te blesser.

— Tu ne m'as pas blessée. Tout va bien.

Mais tout n'allait pas bien. Se trouver là, dans ce restaurant charmant, à boire du champagne leur donnait l'illusion d'oublier le meurtre et tous les soucis et d'exister tranquillement dans la petite bulle de l'instant présent. Mais Zoé venait de percer cette bulle et Mariana sentait resurgir toute sa tristesse, son inquiétude et sa peur.

Elles mangèrent un moment en silence. Puis Mariana demanda à voix basse :

— Zoé ? Comment tu t'en sors ? À propos de Tara.

Sa nièce ne répondit pas tout de suite. Elle haussa les épaules et ne leva pas les yeux.

— Ça va. Mais pas super bien. Je n'arrête pas d'y penser. À la manière dont elle est morte, je veux dire. Je n'arrive pas à penser à autre chose.

Elle regarda Mariana et celle-ci ressentit un pincement au cœur à voir ainsi son empathie contrariée. Elle voulait tout arranger, mettre fin à la douleur de Zoé, comme quand celle-ci était une petite fille, mettre un pansement sur la plaie et lui faire un bisou pour que ça passe, mais elle savait que c'était impossible. Elle tendit la main et serra celle de Zoé.

— Je sais que c'est difficile à croire pour le moment, mais avec le temps, ça ira mieux.

— Vraiment ? Ça fait plus d'un an que Sebastian est mort, et ça ne va pas mieux. Ça fait encore mal.

— Je sais.

Mariana ne pouvait pas se résoudre à la contredire. Elle avait raison, alors à quoi bon ?

— Tout ce qu'on peut faire, c'est essayer d'honorer leur mémoire, du mieux qu'on peut.

Zoé soutint son regard et opina de la tête.

— D'accord.

— Et la meilleure façon d'honorer Tara…

— C'est d'arrêter le meurtrier ?

— Oui. Et on va y arriver.

L'idée semblait réconforter Zoé.

— Alors, tu as avancé ?

— J'ai avancé, répondit Mariana en souriant. J'ai parlé avec la *bedder* de Tara, Elsie. Et elle m'a dit…

— Bon sang, la coupa Zoé en levant les yeux au ciel. Juste pour info, Elsie est une sociopathe. Et Tara la détestait.

— Ah oui ? Elsie m'a raconté qu'elles étaient très proches. Elle a aussi dit que tu étais impolie avec elle.

— Parce que c'est une malade mentale, voilà pourquoi. Elle me file les jetons.

Malade mentale n'était pas le terme que Mariana aurait utilisé, mais elle était plutôt d'accord avec sa nièce.

— Quand même, ça ne te ressemble pas.

Elle hésita, puis ajouta :

— Elsie a aussi sous-entendu que tu en sais plus que tu m'en dis.

Elle observa Zoé attentivement. Mais Zoé l'ignora.

— Enfin bref, est-ce qu'elle t'a aussi expliqué que Tara lui avait interdit d'entrer dans sa chambre ? Parce que Elsie entrait sans arrêt sans frapper, pour essayer de la surprendre quand elle sortait de la douche. Elle la traquait quasiment.

— Je vois.

Mariana réfléchit un moment, puis glissa la main dans sa poche.

— Et que penses-tu de ça ?

Elle sortit la carte postale qu'elle avait trouvée dans la chambre de Tara, puis traduisit la citation.

— Tu crois que Tara peut l'avoir écrite ?

Zoé hocha la tête.

— J'en doute.

— Pourquoi ?

— Eh bien, pour tout te dire, Tara n'en avait rien à secouer de la tragédie grecque.

Mariana ne put s'empêcher de sourire.

— Tu as une idée de qui pourrait l'avoir envoyée ?

— Pas vraiment. C'est super bizarre d'écrire un truc comme ça. Ça fait vraiment flipper.

— Et le professeur Fosca ?

— Oui ?

— Tu crois que ça pourrait être lui ?

Zoé haussa les épaules. Elle ne semblait pas convaincue.

— Peut-être. Mais pourquoi envoyer un message en grec ancien ? Et pourquoi ce message-là ?

— Oui, pourquoi ?

Mariana hocha la tête pour elle-même, puis dévisagea Zoé un moment.

— Parle-moi de lui. Du professeur.

— Oui ?

— Eh bien, comment il est ?

Zoé fronça un peu les sourcils.

— Tu te rappelles, Mariana, je t'ai parlé de lui quand j'ai commencé à suivre ses cours. Je vous en ai parlé, à toi et Sebastian.

— Ah bon ? s'étonna Mariana. Ah, oui, le prof américain. C'est ça. Je me rappelle maintenant.

— Vraiment ?

— Oui, bizarrement, ça m'est resté en tête. Je m'en souviens parce que Sebastian pensait que tu craquais pour lui.

— Eh bien, il avait tort, répliqua Zoé en grimaçant.

Elle était sur la défensive et sa véhémence était si surprenante que Mariana se demanda si sa nièce avait en effet un faible pour lui. Et quand bien même ? Ce n'était pas rare que des étudiants se sentent attirés par leurs tuteurs, surtout quand ils étaient aussi charismatiques et séduisants qu'Edward Fosca.

Mais elle interprétait peut-être mal la réaction de Zoé. Elle comprenait peut-être tout autre chose.

Elle décida de ne pas insister, pour le moment.

Chapitre 9

Après le déjeuner, elles retournèrent à la fac en longeant la rivière.

Zoé acheta une glace au chocolat et la dégusta consciencieusement pendant qu'elles déambulaient en silence, heureuses d'être ensemble.

Une image se superposait dans l'esprit de Mariana, un souvenir de sa nièce, petite fille, marchant sur ce même sentier de dalles de pierre cassées et fissurées, mangeant une autre glace. C'est lors de ce séjour, à l'époque où Mariana était étudiante, que la petite Zoé avait rencontré Sebastian. Elle se souvenait de la timidité de la fillette, que Sebastian avait dissipée grâce à un petit tour de magie, en faisant apparaître une pièce derrière l'oreille de Zoé, un tour dont elle s'était émerveillée pendant des années.

Et maintenant, Sebastian les accompagnait aussi, bien entendu ; autre image fantôme projetée sur le présent.

C'est drôle, les choses dont on se souvient. Le regard de Mariana s'arrêta un instant sur un vieux banc en bois sur lequel Sebastian et elle s'étaient assis après les examens finaux de Mariana, fêtés avec du prosecco mélangé à de la crème de cassis, en fumant des Gauloises bleues que Sébastien avait volées la veille lors d'une fête. Elle se souvenait de l'avoir embrassé, de la douceur de ses baisers, du léger goût de liqueur sucrée mêlé à celui du tabac sur ses lèvres.

Zoé se tourna vers elle.

— Tu es bien silencieuse. Ça va ?

Mariana acquiesça.

— On peut s'asseoir un peu ? demanda-t-elle.

Mais elle précisa très vite :

— Pas sur ce banc.

Elle en désigna un autre, un peu plus loin sur le chemin.

— Celui-là.

Elles marchèrent jusqu'au banc et s'y assirent.

L'endroit était paisible, juste au bord de l'eau, sous un saule à l'ombre pailletée. Les branches de l'arbre se balançaient dans la brise et ses extrémités traînaient paresseusement dans l'eau. Mariana observa une barque qui passait sous le pont.

Puis elle suivit des yeux un cygne qui glissait devant elle.

L'oiseau, au bec orange et aux taches noires autour des yeux, semblait un peu fatigué. Son cou était sale et ses plumes ne luisaient plus, verdies par la rivière. Il n'en restait pas moins une créature impressionnante, épuisée mais sereine, le port altier. Il tourna son long cou dans la direction de Mariana.

Était-ce le fruit de son imagination ou la regardait-il ?

Pendant une seconde, le cygne posa sur elle ses yeux noirs. Il semblait la jauger avec une froide perspicacité.

Puis l'examen se termina. Il tourna la tête et Mariana fut rejetée, oubliée. Elle l'observa en train de disparaître sous le pont et s'adressa ensuite à Zoé.

— Dis-moi, tu ne l'aimes pas beaucoup, c'est ça ?

— Le professeur Fosca ? Je n'ai jamais dit ça.

— C'est juste mon impression. Alors ?

Zoé haussa les épaules.

— Je n'en sais rien. C'est comme s'il m'éblouissait.

La réponse surprit Mariana. Elle n'était pas certaine de bien la comprendre.

— Et tu n'aimes pas être éblouie ?

— Bien sûr que non. J'aime savoir où je vais. Et il y a quelque chose chez lui, je ne sais pas comment le décrire, on dirait qu'il joue la comédie, qu'il n'est pas celui qu'il prétend être. Comme s'il ne voulait pas qu'on voie qui il est vraiment. Mais peut-être que je me trompe. Tout le monde le trouve génial.

— Oui, Clarissa m'a dit qu'il était très apprécié.

— Tu n'imagines même pas. C'est comme un gourou. Pour les filles, surtout.

Mariana pensa soudain aux étudiantes en blanc regroupées autour de Fosca lors de la cérémonie à la mémoire de Tara.

— Tu parles des amies de Tara ? Ce groupe de filles ? Ce ne sont pas tes amies aussi ?

Zoé agita énergiquement la tête.

— Ça ne risque pas. Je les fuis comme la peste.

— Elles n'ont pas l'air très appréciées.

Zoé lui jeta un regard sans équivoque.

— Ça dépend à qui tu demandes.

— C'est-à-dire ?

— Ce sont les préférées de Fosca. Son fan-club.

— Que veux-tu dire, son « fan-club » ?

— Elles sont dans son groupe d'étude personnel. Une société secrète.

— Pourquoi secrète ?

— Elle est réservée à ses étudiantes « spéciales ».

Zoé leva les yeux au ciel.

— Il les appelle les « Muses ». Tu as déjà entendu un truc aussi idiot ?

— Les Muses ? Il n'y a que des filles ?

— Hmm, hmm.

— Je vois.

Et Mariana voyait, en effet, ou du moins commençait à entrevoir où tout ça pouvait mener et pour quelle raison Zoé avait été si réticente.

— Et Tara était l'une des Muses ?

— Oui. C'en était une.

— Et les autres ? Je peux les rencontrer ?

Zoé grimaça.

— Tu veux les rencontrer ? Elles ne sont pas franchement sympas.

— Où sont-elles en ce moment ?

— En ce moment ?

Zoé consulta sa montre.

— Eh bien, Fosca donne son cours dans une demi-heure. Tout le monde sera là.

— Alors nous aussi.

Chapitre 10

Quand elles arrivèrent à la faculté d'anglais, Mariana et Zoé avaient peu de temps devant elles.

Elles consultèrent le programme de la journée sur le panneau devant le bâtiment des amphithéâtres. Fosca donnait son cours de l'après-midi dans le plus grand à l'étage. Elles s'y rendirent.

L'amphithéâtre était bien éclairé et ses gradins de pupitres en bois foncé descendaient vers une estrade où se trouvait un podium équipé d'un micro.

Clarissa avait raison à propos de la popularité des cours de Fosca, la salle était pleine à craquer. Mariana et Zoé trouvèrent deux sièges encore libres, tout en haut. L'excitation était palpable dans le public. Plus semblable, songea Mariana, à celle d'un concert ou d'une pièce de théâtre qu'à celle d'un cours sur la tragédie grecque.

Et puis le professeur fit son entrée.

Vêtu d'un costume noir chic, les cheveux ramenés en arrière en chignon serré, un classeur de notes à la main, il traversa l'estrade pour rejoindre le podium. Il ajusta le micro, inspecta la salle du regard un moment, puis esquissa une révérence.

Un frisson d'excitation parcourut l'assemblée. Toutes les conversations cessèrent. Mariana était un peu sceptique ; son expérience de la thérapie de groupe l'amenait à se méfier de tout groupe amoureux d'un enseignant ; ces situations finissaient rarement bien. Fosca lui évoquait davantage une pop star menaçante qu'un professeur d'université et elle s'attendait presque à ce qu'il se mette à chanter. Mais quand il releva la tête, il ne chanta pas. À la grande surprise de Mariana, il avait les larmes aux yeux.

— Aujourd'hui, déclama-t-il, je veux parler de Tara.

Mariana entendit des chuchotements autour d'elle et vit que des têtes se tournaient, qu'on échangeait des regards. Elle nota même que quelques élèves se mettaient à pleurer.

Quant à Fosca, les larmes coulaient sur ses joues et il ne les essuyait pas. Il refusait de les retenir et sa voix restait calme et ferme. Il la projetait tellement bien qu'il aurait pu se passer de micro.

Qu'avait dit Zoé ? Qu'il était toujours en représentation ? Si c'était le cas, son jeu se montrait si juste que Mariana, comme le reste de l'assistance, ne pouvait s'empêcher d'être émue.

Et Fosca commença à parler.

— Comme beaucoup d'entre vous le savent, Tara était une de mes étudiantes. Et je me trouve ici dans un état d'immense chagrin. J'ai failli dire « désespoir ». Je voulais annuler le cours d'aujourd'hui. Mais ce que j'aimais le plus chez Tara, c'était sa force, son courage, et elle n'aurait pas voulu que nous nous laissions aller au désespoir, et que nous cédions à la haine. Nous devons continuer. C'est notre défense contre le mal. Et le meilleur moyen d'honorer notre amie. Je suis ici aujourd'hui pour Tara. Tout comme vous.

Un tonnerre d'applaudissements et d'acclamations retentit dans l'assistance. Fosca les accueillit en inclinant la tête, puis il rassembla ses notes.

— Et maintenant, mesdames et messieurs, au travail.

C'était un orateur impressionnant. Il consultait rarement ses documents et donnait l'impression d'improviser le cours entier. Il se révélait animé, captivant, spirituel, passionné, et surtout présent. Il semblait s'adresser directement à chaque membre de son public.

— Aujourd'hui, reprit-il, j'ai pensé qu'il serait approprié de nous intéresser, entre autres choses, à la liminarité dans la tragédie grecque. Que signifie ce terme ? Eh bien, pensez à Antigone, poussée à choisir entre la mort et le déshonneur. Ou à Iphigénie, qui se prépare à mourir pour la Grèce. Ou encore à Œdipe, qui choisit de devenir aveugle et d'errer sur les routes. La liminarité se situe entre deux mondes, à la limite de la vie humaine, quand tout nous est ôté, quand on transcende cette vie ; quand on fait l'expérience de quelque chose au-delà. Et quand les tragédies fonctionnent, elles nous en offrent un aperçu.

Il projeta une diapositive sur le grand écran derrière lui, un haut-relief en marbre représentant deux femmes se tenant de chaque côté d'un homme nu, la main droite tendue vers lui.

— Quelqu'un sait-il qui sont ces deux femmes ?

Une marée de hochements de tête. Mariana en avait une vague idée, et elle espérait sincèrement se tromper.

— Ces deux déesses sont sur le point d'initier ce jeune homme au culte des Mystères d'Éleusis. Il s'agit, bien entendu, de Déméter et de sa fille, Perséphone.

Mariana retint son souffle. Elle faisait de son mieux pour ne pas se laisser distraire.

— Le rituel des Mystères permet de faire l'expérience de la liminarité, cet état entre la vie et la mort, et de transcender la mort. En quoi consistait donc ce culte ? Eh bien, Éleusis, c'est l'histoire de Perséphone, connue sous le nom de Coré, la « jeune fille », la divinité de la mort, la reine des Enfers.

Tandis qu'il parlait, Fosca croisa le regard de Mariana une seconde. Il sourit, très légèrement.

Il sait. Il sait ce qui est arrivé à Sebastian, et il fait ça exprès. Pour me tourmenter.

Mais comment pouvait-il être au courant ? C'était impossible. Elle ne l'avait raconté à personne, pas même à Zoé. Il s'agissait d'une simple coïncidence, voilà tout ; cela ne voulait rien dire. Elle se força à se calmer et à se concentrer sur l'exposé de Fosca.

— Quand elle perd sa fille, à Éleusis, Déméter plonge le monde dans l'obscurité hivernale à tel point que Zeus est forcé d'intervenir. Il permet à Perséphone de revenir d'entre les morts, chaque année, pendant six mois. Qui sont nos printemps et été. Et ensuite, pendant les six mois où elle réside aux Enfers, nous avons l'automne et l'hiver. La lumière et l'obscurité, la vie et la mort. Ce voyage qu'entreprend Perséphone, de la vie à la mort et inversement, a donné naissance au culte d'Éleusis. Et là, à Éleusis, à l'entrée des Enfers, vous pourriez vous aussi prendre part à ce rite secret, qui vous fait vivre la même expérience que la déesse.

Il baissa la voix, et Mariana vit les têtes se pencher, les cous se tendre pour absorber chaque mot. Il avait son public dans la poche.

— La nature exacte des rites pratiqués à Éleusis est restée secrète pendant des milliers d'années. Les rites, les mystères, étaient « indicibles » parce qu'ils représentaient une tentative d'initier à quelque chose qui dépasse les mots. Ceux qui en faisaient l'expérience s'en trouvaient changés à jamais. On parlait de visions, de visites de fantômes et de voyages dans l'au-delà. Comme les rites étaient accessibles à tous – hommes, femmes, esclaves et enfants –, nul besoin d'être grec. Le seul prérequis était de comprendre le grec, pour saisir ce qu'on vous disait. Pour vous préparer, vous buviez une boisson appelée *kykeon*, à base d'orge. Sur cet orge-là poussait un champignon noir appelé ergot, qui possédait des propriétés hallucinogènes ; des milliers d'années plus tard, on l'utiliserait pour fabriquer le LSD. Que les Grecs l'aient su ou non, ils tripaient peut-être tous légèrement. Ce qui pourrait expliquer certaines des visions.

Fosca prononça cette phrase avec un clin d'œil et obtint des rires. Il attendit qu'ils cessent et poursuivit sur un ton plus sérieux.

— Imaginez. Juste une seconde. Imaginez vous trouver là, imaginez l'excitation et l'appréhension. Tous ces gens qui se réunissent à minuit devant le Plutonion et sont conduits par les prêtres dans les chambres du rocher, dans les grottes. La seule source lumineuse vient des torches portées par les prêtres. Ce devait être extrêmement sombre et enfumé. De la pierre froide et humide, s'enfonçant de plus en plus profondément sous terre, jusqu'à une vaste pièce, un espace de liminarité, à la frontière des Enfers. Le Télestérion, où ont lieu les mystères. Immense, quarante-deux colonnes de marbre. Une forêt de pierre. Il pouvait accueillir des milliers d'initiés et était assez grand pour abriter un autre temple, l'Anaktoron, l'espace sacré où seuls les prêtres pouvaient entrer, et où l'on conservait les reliques de la jeune fille.

Les yeux noirs de Fosca brillaient. Il voyait tout ça devant lui en le faisant apparaître avec ses mots comme s'il jetait un sort.

— Nous ne saurons jamais exactement ce qu'il s'y est passé. Les Mystères d'Éleusis demeurent, après tout, un mystère. Mais, à l'aube, les initiés émergeaient dans la lumière, après avoir fait l'expérience de la mort et de la renaissance, et compris d'une nouvelle manière ce que signifie être humain : être en vie.

Il marqua une pause et braqua son regard sur l'auditoire un moment. Il reprit ensuite sur un ton différent, calme et à la fois passionné.

— Laissez-moi vous dire quelque chose, c'est de ça qu'il s'agit dans ces tragédies grecques. De ce qu'être humain signifie. De ce qu'être en vie signifie. Et si vous loupez ça en les lisant, si tout ce que vous voyez n'est qu'un tas de mots morts, alors vous passez complètement à côté. Je ne parle pas uniquement des pièces, je parle de vos vies, en ce moment même. Si vous n'avez pas conscience de la transcendance, du magnifique mystère de la vie et de la mort que vous avez la chance de connaître, si être en vie ne vous emplit pas de joie et ne vous stupéfie pas, vous pourriez aussi bien ne pas être vivants. C'est cela, le message des tragédies. Participez au merveilleux. Pour vous, pour Tara, vivez-le.

On aurait pu entendre une mouche voler. Et puis, soudain, sonores, vibrants d'émotion, retentirent des applaudissements.

Qui se prolongèrent un moment.

Chapitre 11

Zoé et Mariana firent la queue dans l'escalier pour sortir de l'amphithéâtre.

— Alors ? dit Zoé en adressant un regard curieux à Mariana. Qu'est-ce que tu en as pensé ?

Mariana eut un petit rire.

— Tu sais, « éblouissant » convient bien.

Zoé sourit.

— Je te l'avais dit.

Elles sortirent dans la lumière du soleil. Mariana observa les groupes d'étudiants qui grouillaient dehors.

— Elles sont ici ? Les Muses ?

— Là-bas.

Zoé désigna six jeunes femmes réunies autour d'un banc, en train de discuter. Quatre debout, deux assises. Deux fumaient.

Contrairement aux autres étudiants qui déambulaient dans la fac, les Muses n'étaient ni négligées ni habillées de façon excentrique. Elles portaient des tenues élégantes et visiblement loin d'être bon marché. Maquillées, soignées, manucurées, elles prenaient manifestement soin d'elles. Mais ce qui les distinguait le plus était leur façon de se comporter. Elles affichaient une grande assurance, un air supérieur, même.

Mariana les observa un moment.

— Elles n'ont pas l'air sympathiques, tu as raison.

— Elles ne le sont pas. Ce sont de vraies snobs. Elles se croient très « importantes ». Je suppose qu'elles le sont, mais quand même…

— Pourquoi dis-tu ça ? Pourquoi sont-elles importantes ?

Zoé haussa les épaules, puis désigna du doigt une grande blonde élancée perchée sur l'accoudoir du banc.

— Eh bien, par exemple, elle, c'est Carla Clarke. C'est la fille de Cassian Clarke.

— Qui ça ?

— Enfin, Mariana ! C'est un acteur. Il est très célèbre.

Mariana sourit.

— OK. Et les autres ?

Zoé pointa discrètement le doigt sur les autres filles du groupe, tour à tour.

— Celle-là sur la gauche, jolie, avec les cheveux bruns coupés court ? C'est Natasha. Elle est russe. Son père est oligarque ou un truc comme ça, il possède la moitié de la Russie. Diya, c'est une princesse indienne, elle est sortie major l'année dernière, quasiment un génie. Là, elle parle avec Veronica, une fille de sénateur, je crois qu'il s'est présenté à la présidence américaine.

Zoé jeta un coup d'œil à Mariana.

— Tu vois le topo ?

— Oui, je vois. Tu veux dire qu'elles sont intelligentes, et très privilégiées.

Zoé acquiesça.

— Rien que de les écouter raconter leurs vacances, ça donne envie de vomir. Toujours des histoires de yachts, d'îles privées et de chalets à la montagne.

— J'imagine, commenta Mariana, amusée.

— Ce n'est pas étonnant que tout le monde les déteste.

— Tout le monde les déteste ?

— Tout le monde en est jaloux, en tout cas.

Mariana réfléchit une seconde.

— OK. D'accord. Tentons notre chance.

— C'est-à-dire ?

— Allons leur parler de Tara et de Fosca.

— Maintenant ? Ce n'est pas la peine. Ça ne marchera jamais.

— Pourquoi pas ?

— Elles ne te connaissent pas, elles vont se fermer comme des huîtres, ou te prendre à partie, surtout si tu mentionnes le professeur. Crois-moi, évite.

— On dirait qu'elles te font peur.

— Je suis terrifiée, acquiesça Zoé.

Avant que Mariana puisse réagir, elle aperçut Fosca qui sortait de l'amphithéâtre. Il se dirigea vers les filles ; elles se rassemblèrent près de lui et ils se mirent à chuchoter.

— Allez, dit Mariana.

— Mariana…

Mais celle-ci ignora Zoé et avança d'un pas déterminé vers Fosca et ses étudiantes.

Il leva les yeux quand elle s'approcha et sourit.

— Bonjour, Mariana, lui lança-t-il. J'ai cru vous voir dans l'amphi.

— J'y étais.

— J'espère que ça vous a plu.

Mariana chercha des termes appropriés.

— C'était très instructif. Très impressionnant.

— Merci.

Mariana regarda les jeunes femmes regroupées autour du professeur.

— Ce sont vos étudiantes ?

Fosca leur jeta un coup d'œil avec un léger sourire.

— Certaines. Certaines des plus intéressantes.

Mariana leur sourit. Les Muses lui jetèrent un regard glacial ; un mur de pierres.

— Je suis Mariana, se présenta-t-elle. La tante de Zoé.

Elle chercha Zoé des yeux, mais Zoé ne l'avait pas suivie et n'était nulle part en vue. Mariana se retourna, souriante.

— Je vous ai remarquées à la cérémonie en l'honneur de Tara. Vous sortiez du lot, toutes en blanc. Pourquoi cette couleur ?

Il y eut une légère hésitation. Puis l'une des Muses, Diya, jeta un coup d'œil à Fosca et répondit :

— C'était mon idée. En Inde, nous portons toujours du blanc lors des funérailles. Et c'était la couleur préférée de Tara, alors…

Elle haussa les épaules, puis une autre fille termina sa phrase :

— Alors nous avons porté du blanc en son honneur.

— Elle détestait le noir, ajouta une autre.

— Je comprends, fit Mariana en hochant la tête. C'est intéressant.

Elle sourit aux Muses. Elles ne lui sourirent pas en retour.

Il y eut une courte pause. Mariana tourna les yeux vers Fosca.

— Professeur, j'ai un service à vous demander.

— Je vous écoute.

— Le doyen m'a demandé, en ma qualité de psychothérapeute, de m'entretenir de manière informelle avec les étudiants, pour voir comment ils surmontent les événements.

Elle jeta un regard aux filles.

— Puis-je vous emprunter l'une de vos étudiantes ?

Elle avait posé la question sur un ton aussi innocent que possible, mais maintenant, en continuant de les observer, elle sentait sur elle le regard acéré de Fosca, qui la jaugeait. Elle l'imaginait en train de réfléchir, se demandant si elle était sincère ou si elle essayait de se renseigner sur lui en douce. Il jeta un coup d'œil à sa montre.

— Mon cours va bientôt commencer. Mais j'imagine que je peux vous en prêter deux.

Il fit un mouvement de tête en direction de ses protégées.

— Veronica ? Serena ? Ça vous dit ?

Les deux jeunes femmes jetèrent un coup d'œil à Mariana. L'expression de leur visage était impossible à déchiffrer.

— Pas de problème, répondit Veronica avec un accent américain. Enfin… j'ai déjà un psy. Mais je prendrai un verre si elle invite.

Serena acquiesça.

— Moi aussi.

— Très bien. Allons-y pour un verre.

Mariana sourit à Fosca et le remercia.

Fosca la fixa de ses yeux noirs et lui rendit son sourire.

— Avec plaisir, Mariana. J'espère sincèrement que vous obtiendrez ce que vous voulez.

Chapitre 12

Quand elle quitta la faculté d'anglais, Mariana trouva Zoé en train d'errer près de l'entrée. Elle lui proposa de se joindre à elle et ses camarades et l'invitation à prendre un verre convainquit Zoé d'accepter, prudemment. Le petit groupe se dirigea vers le bar de St Christopher, situé dans un coin de Main Court.

Le bar de l'université était entièrement construit en bois : vieux plancher grinçant et noueux, murs en lambris et grand bar en bois. Mariana et les trois jeunes femmes s'assirent à une grande table en chêne près d'une fenêtre donnant sur un mur tapissé de lierre, Mariana assise à côté de Zoé, face à Veronica et Serena.

Elle avait reconnu Veronica. C'était l'étudiante qui avait fait une émouvante lecture de la Bible lors de la cérémonie pour Tara ; Veronica Drake, issue d'une famille américaine aisée gravitant dans les hautes sphères politiques. Son père occupait un poste de sénateur à Washington.

Veronica attirait les regards, et elle le savait. Elle jouait sans cesse avec ses longs cheveux blonds, les rejetant en arrière lorsqu'elle parlait. Son maquillage chargé mettait en valeur sa bouche et ses grands yeux bleus. Elle exhibait sa silhouette splendide dans un jean slim. Et elle se tenait avec l'aisance et l'assurance de ceux qui ont connu tous les avantages dès leur naissance.

Elle commanda une pinte de Guinness, qu'elle but rapidement. Elle parla beaucoup. Il y avait quelque chose d'un peu guindé dans sa façon de s'exprimer. Mariana se demanda si elle avait pris des cours d'élocution. Quand Veronica confia qu'après l'obtention de son diplôme elle avait l'intention de devenir actrice, elle ne fut pas surprise. Elle songea que derrière le maquillage, le maintien et l'éloquence se cachait une tout autre personne, mais elle ne savait absolument pas qui et elle soupçonnait que Veronica elle-même l'ignorait.

Elle allait fêter son vingtième anniversaire la semaine suivante. Elle essayait d'organiser une fête, malgré les sinistres événements qui venaient de se produire.

— La vie doit continuer, n'est-ce pas ? C'est ce que Tara aurait voulu. De toute façon, je loue une salle privée au Groucho Club à Londres.

Sur un ton peu convaincant, elle ajouta :

— Zoé, il faut que tu viennes.

Celle-ci grommela une vague réponse et se concentra sur sa boisson.

Mariana regarda l'autre fille, Serena Lewis, qui sirotait son vin blanc en silence. Mince et menue, perchée sur son siège, elle lui faisait penser à un petit oiseau, qui observait tout, mais ne disait rien.

Au contraire de Veronica, Serena n'était pas maquillée. Non pas qu'elle en aurait eu besoin au vu de sa peau parfaite. Ses longs cheveux bruns étaient tressés en une natte serrée et elle portait un chemisier rose pâle et une jupe sous le genou.

Originaire de Singapour, elle avait grandi dans divers pensionnats anglais. Sa voix était douce et son accent issu de la haute bourgeoisie anglaise, incontestablement. Elle se montrait aussi réservée que Veronica était expansive. Elle consultait constamment son téléphone, sa main comme attirée par un aimant. Mariana s'adressa donc à Veronica.

— Parlez-moi du professeur Fosca.

— Qu'est-ce que vous voulez savoir ?

— J'ai entendu dire que Tara et lui étaient assez proches.

— Je ne sais pas où vous avez entendu ça. Ils n'étaient pas proches du tout.

Veronica se tourna vers Serena.

— Tu es d'accord ?

À point nommé, Serena leva les yeux de son téléphone et interrompit la rédaction de son texto. Elle hocha la tête.

— Oui. Le professeur était gentil avec elle, mais elle se servait de lui.

— Elle se servait de lui ? De quelle manière ?

— Ce n'est pas ce que Serena a voulu dire. Elle veut dire qu'elle lui faisait perdre son temps et son énergie. Le professeur Fosca s'investit beaucoup dans son métier, vous savez. C'est le meilleur de tous les profs.

— C'est le prof le plus formidable du monde, approuva Serena. Le plus brillant, et…

Mariana écourta l'éloge.

— Je me pose des questions sur la nuit du meurtre.

— Nous sommes restées avec le professeur Fosca toute la soirée. Il nous a donné un cours particulier chez lui. Tara était censée y assister, mais elle n'est pas venue.

— Et quelle heure était-il ?

Veronica tourna la tête vers Serena.

— Le cours a commencé à vingt heures, c'est ça ? Et il a duré jusqu'à quoi ? Vingt-deux heures ?

— Oui, je crois. Vingt-deux heures ou à peine plus tard.

— Et il est resté avec vous tout le temps ?

Les deux filles répondirent en même temps.

Veronica dit :

— Oui.

Serena dit :

— Non.

Veronica parut agacée. Elle lança à Serena un regard accusateur.

— De quoi tu parles ?

Serena semblait troublée.

— Oh, de rien. Je veux dire, il n'est parti que deux minutes, c'est tout. Pour fumer une cigarette dehors.

Veronica fit machine arrière.

— Oui, c'est vrai. J'avais oublié. Il n'est parti qu'une minute.

Un sourire se dessina sur les lèvres de Serena.

— Il ne fume pas à l'intérieur quand je suis là, parce que je suis asthmatique. Il est très prévenant.

Son téléphone bipa. Elle venait de recevoir un texto. Elle se jeta dessus. Quand elle lut le message, son visage s'éclaira.

— Il faut que j'y aille. Je dois voir quelqu'un.

— Oh, lui ? fit Veronica en levant les yeux au ciel. L'homme mystère ?

Serena lui lança un regard furieux.

— Arrête.

Veronica se mit à rire, puis railla d'une voix chantante :

— Serena a un petit ami secret.

— Ce n'est pas mon petit ami.

— Mais c'est un secret. Elle ne veut pas nous dire qui c'est. Même pas à moi.

Elle fit un clin d'œil entendu.

— Je me demandais… Il est marié ?

— Non, il n'est pas marié, répondit Serena en rougissant. Il n'est rien du tout, juste un ami. Je dois y aller.

— En fait, moi aussi, je dois y aller, dit Veronica. J'ai une répétition.

Elle gratifia Zoé d'un gentil sourire.

— C'est vraiment dommage que tu n'aies pas été retenue pour *La Duchesse d'Amalfi*. Ça va être un spectacle extraordinaire. Nikos, le metteur en scène, est un génie. Un jour, il sera très célèbre.

Veronica adressa un regard triomphant à Mariana.

— C'est moi qui joue la duchesse.

— Évidemment. Eh bien, merci de m'avoir parlé, Veronica.

— Pas de problème.

Veronica regarda Mariana d'un air espiègle, puis quitta le bar, suivie de Serena.

— Berk, fit Zoé.

Elle repoussa son verre vide en poussant un long soupir.

— Je t'avais prévenue. Complètement toxiques.

Mariana ne la contredit pas. Elle ne les aimait pas beaucoup non plus.

Mais surtout, elle pressentait, grâce à des années de pratique auprès des patients, que Veronica et Serena lui avaient toutes les deux menti.

Mais à quel sujet ? Et pourquoi ?

Chapitre 13

Pendant des années, j'ai eu peur d'ouvrir le placard où elle était rangée. Mais aujourd'hui, je me suis retrouvé debout sur une chaise, en train de retirer la petite mallette en osier, cette collection d'objets que je voulais oublier.

Je me suis assis près de la lumière, et je l'ai ouverte. J'ai passé au crible le contenu : les pathétiques lettres d'amour que j'ai écrites à deux filles mais jamais envoyées, des histoires enfantines sur la vie à la ferme, de mauvais poèmes dont j'avais oublié l'existence.

Mais le dernier objet dans cette boîte de Pandore, je ne m'en souvenais que trop bien. Le journal en cuir marron que j'ai tenu cet été-là, celui de mes douze ans, l'été où j'ai perdu ma mère.

Je l'ai ouvert et j'ai feuilleté ses pages, de longues pages d'une écriture immature et enfantine. Elles m'ont paru sans intérêt. Mais, sans leur contenu, ma vie serait très différente.

Parfois, j'avais du mal à déchiffrer cette écriture irrégulière, ces gribouillages, surtout vers la fin, comme si les phrases étaient rédigées dans l'urgence, dans un accès de folie. Ou de lucidité. Alors que j'étais assis là à lire, j'ai eu l'impression qu'un brouillard se levait.

Un chemin est apparu, qui me ramenait à cet été-là. À ma jeunesse.

C'est un voyage que je connais bien. Je le fais assez souvent dans mes rêves. Je reviens sur le chemin de terre sinueux qui mène à la ferme.

Je ne veux pas y retourner.

Je ne veux pas me souvenir.

Et pourtant j'en ai besoin. Parce que c'est plus qu'une simple confession. C'est une quête de ce que j'ai perdu, de tous les espoirs disparus, et des questions oubliées. C'est une quête pour expliquer les terribles secrets évoqués dans le journal de cet enfant, que je consulte maintenant comme une voyante regarderait dans une boule de cristal.

Mais je ne cherche pas à connaître l'avenir.

Je cherche à connaître le passé.

Chapitre 14

À vingt et une heures, Mariana alla retrouver Fred à l'Eagle.

Il s'agissait du plus vieux pub de Cambridge, aussi célèbre aujourd'hui qu'au XVIIe siècle ; un ensemble de petits box lambrissés communicants éclairés à la bougie et qui sentaient le rôti d'agneau, le romarin et la bière.

Dans la salle principale, connue sous le nom d'Airforce Bar, plusieurs piliers maintenaient le plafond irrégulier couvert de graffitis de la Seconde Guerre mondiale. Pendant qu'elle attendait au bar, Mariana remarqua au-dessus de sa tête les messages d'hommes décédés. Se servant de stylos, de bougies et de briquets, des pilotes anglais et américains avaient écrit sur le plafond leur nom et leur numéro d'escadron et même griffonné des dessins et des croquis de femmes nues, au rouge à lèvres parfois.

Mariana attira l'attention du serveur au visage poupin en chemise à carreaux verts et noirs. Il retirait un plateau de verres embués du lave-vaisselle tout en lui souriant.

— Qu'est-ce que je vous sers, ma belle ?

— Un verre de sauvignon blanc, s'il vous plaît.

— Ça marche.

Il lui versa un verre de vin blanc. Mariana paya, puis chercha une place où s'asseoir.

Partout, de jeunes couples se tenaient la main, plongés dans des conversations amoureuses. Elle refusa de tourner les yeux vers la table dans l'angle, celle où Sebastian et elle s'installaient.

Elle regarda l'heure à sa montre. Vingt et une heures dix.

Fred était en retard. Peut-être ne viendrait-il pas. Cette pensée lui donna de l'espoir. Elle attendrait dix minutes, puis s'en irait.

Elle abandonna et jeta un coup d'œil à la table dans l'angle. Elle était vide. Elle s'en approcha, puis s'assit.

Elle caressa du bout des doigts les fissures du bois, exactement comme elle le faisait à l'époque. Assise dans ce bar, à siroter du vin, les yeux fermés, écoutant le bruit intemporel des conversations et des rires, elle s'imaginait transportée dans le passé. Tant qu'elle gardait les yeux fermés, elle pouvait se trouver là, à dix-neuf ans, attendant l'arrivée de Sebastian vêtu de son tee-shirt blanc et de son jean délavé déchiré au genou.

— Salut, lui dit-il.

Mais la voix de cet homme n'était pas la bonne, celle de Sebastian, et Mariana fut un instant confuse avant d'ouvrir les yeux. Le charme se rompit.

Fred se tenait devant elle, une pinte de Guinness à la main, et lui souriait. Il avait le regard brillant et les joues rouges.

— Désolé pour le retard. Ma séance de tutorat s'est éternisée, alors j'ai pédalé aussi vite que j'ai pu. Je me suis pris un lampadaire.

— Tu vas bien ?

— Je vais bien. Le lampadaire a plus souffert que moi. Je peux m'asseoir ?

Mariana acquiesça d'un signe de tête et Fred s'assit, à la place de Sebastian. Pendant une seconde, Mariana songea à lui demander s'ils pouvaient changer de table. Mais elle se retint. Comment Clarissa l'avait-elle formulé ? Il fallait regarder devant soi. Elle devait se concentrer sur le présent.

Fred afficha un large sourire. Il sortit de sa poche un petit paquet de noix de cajou qu'il tendit à Mariana. Elle hocha la tête.

Il en lança quelques-unes dans sa bouche, les croqua en fixant Mariana. Il y eut un moment de silence gêné pendant qu'elle attendait qu'il parle. Elle était en colère contre elle-même. Que faisait-elle là avec ce jeune homme sérieux ? C'était une idée vraiment idiote. Elle décida de se montrer directe en dépit de ses habitudes. Après tout, elle n'avait rien à perdre.

— Écoute, lui dit-elle. Il ne va rien se passer entre nous. Tu comprends ? Jamais.

Fred s'étouffa avec une noix de cajou et se mit à tousser. Il but une gorgée de bière et reprit son souffle.

— Désolé, dit-il, l'air confus. Je ne m'attendais pas à ça. Message reçu. Tu es trop bien pour moi visiblement.

Mariana hocha la tête.

— Ne sois pas bête. Ce n'est pas ça.

— Alors pourquoi ?

Elle haussa les épaules, mal à l'aise.

— Pour un million de raisons.

— Donne-m'en une.

— Tu es trop jeune pour moi.

— Pardon ?

Fred rougit. Il semblait indigné et gêné.

— C'est complètement ridicule.

— Quel âge as-tu ?

— Je ne suis pas si jeune, je vais bientôt avoir vingt-neuf ans.

Mariana se mit à rire.

— Ça, c'est ridicule.

— Pourquoi ? Quel âge as-tu ?

— Je suis assez vieille pour ne pas arrondir mon âge. J'ai trente-six ans.

— Et alors ? L'âge n'a pas d'importance. Pas quand on se sent… comme on se sent. Tu sais, quand je t'ai vue pour la première fois, dans le train, j'ai eu une très forte prémonition : un jour, je te demanderai de m'épouser. Et tu diras oui.

— Eh bien, tu te trompais.

— Pourquoi ? Tu es mariée ?

— Oui. Non, mais…

— Ne me dis pas qu'il t'a quittée ? Quel idiot.

— Oui, je me dis souvent ça.

Elle soupira, puis enchaîna rapidement pour clore le sujet.

— Il est mort. Il y a environ un an. C'est difficile d'en parler.

— Excuse-moi.

Fred eut l'air déconfit. Il resta un moment sans rien dire.

— Je me sens bête, maintenant.

— Il n'y a pas de quoi. Tu n'y es pour rien.

Mariana se sentit soudain épuisée, et elle s'en voulait. Elle finit son verre d'une traite.

— Je devrais y aller.

— Non, pas encore. Je ne t'ai pas donné mon point de vue à propos du meurtre. À propos de Conrad. C'est pour ça que tu es venue, non ?

— Alors ?

Fred lui lança un regard espiègle.

— Je pense qu'ils n'ont pas arrêté le bon type.

— Vraiment ? Qu'est-ce qui te fait dire ça ?

— J'ai rencontré Conrad. Je le connais. Ce n'est pas un meurtrier.

— Je ne le pense pas non plus. Mais la police si.

— J'ai réfléchi. J'ai presque envie d'essayer de résoudre l'affaire moi-même. J'aime les énigmes. J'ai ce genre d'esprit. Qu'en penses-tu ?

— Qu'est-ce que je pense de quoi ?

Fred répondit avec un large sourire.

— Qu'on fasse équipe, toi et moi. Pour la résoudre ensemble.

Mariana réfléchit un instant. L'aide de Fred pourrait lui être utile, mais elle hésitait, tout en sachant qu'elle le regretterait. Elle hocha la tête.

— Je crois que ce n'est pas une bonne idée, mais merci.

— Fais-moi savoir si tu changes d'avis.

Il sortit un stylo de sa poche, griffonna son numéro de téléphone au dos de son sous-bock, puis le lui tendit.

— Tiens. Si tu as besoin de quelque chose, quoi que ce soit, appelle-moi.

— Merci. Mais je ne vais pas rester longtemps.

— Tu n'arrêtes pas de dire ça, mais tu es encore là, répliqua-t-il en souriant. Tu me fais une bonne impression, Mariana. C'est une intuition. Je crois beaucoup aux intuitions.

Quand ils eurent quitté le pub, Fred entama la conversation sur un ton enjoué.

— Tu es grecque, n'est-ce pas ?

Elle acquiesça.

— Oui, j'ai grandi à Athènes.

— Ah, Athènes, c'est super. J'adore la Grèce. Tu as visité beaucoup d'îles ?

— Quelques-unes.

— Et Naxos ?

Mariana se figea, soudain incapable de le regarder dans les yeux.

— Pardon ? murmura-t-elle.

— Naxos ? J'y suis allé l'année dernière. J'aime beaucoup nager, enfin, faire de la plongée surtout, et c'est super pour ça là-bas. Tu y es allée ? Tu devrais vraiment.

— Je dois partir.

Mariana se détourna avant que Fred ne puisse voir les larmes dans ses yeux, puis elle s'éloigna sans regarder derrière elle et l'entendit dire sur un ton un peu choqué :

— Oh, OK. On se voit plus tard.

Mariana ne répondit pas. *C'est une simple coïncidence. Ça ne veut rien dire. Laisse tomber, ce n'est rien.*

Elle essaya d'oublier qu'il avait mentionné l'île et continua de marcher.

Chapitre 15

Après avoir quitté Fred, Mariana se pressa de retourner à la faculté.

Les soirées rafraîchissaient. La rivière était nimbée de brume et plus loin la rue disparaissait sous un fin brouillard qui flottait sur le sol comme une épaisse fumée.

Mariana se rendit bientôt compte qu'on la suivait.

Elle entendait le même bruit de pas derrière elle depuis qu'elle était sortie de l'Eagle. Des pas lourds, énergiques, ceux d'un homme ; le martèlement de chaussures à la semelle rigide sur les pavés résonnait dans la rue déserte. Difficile d'estimer à quelle distance se trouvait l'individu sans se retourner. Elle prit son courage à deux mains et jeta un coup d'œil par-dessus son épaule.

Il n'y avait personne aussi loin que son regard portait dans les nuages de brume qui enveloppaient la rue et l'avalaient.

Elle continua d'avancer. Elle tourna à l'angle d'une allée.

Quelques secondes plus tard, elle entendit de nouveau le bruit de pas.

Elle accéléra. Le bruit de pas aussi.

Elle regarda de nouveau derrière elle. Et cette fois, elle vit quelqu'un.

Une silhouette d'homme, pas très loin. Il marchait à l'écart des lampadaires, rasant les murs dans l'obscurité.

Mariana sentait son cœur s'emballer. Cherchant une issue de secours, elle aperçut de l'autre côté de la rue un homme et une femme qui marchaient bras dessus, bras dessous. Elle descendit vite du trottoir pour aller à leur rencontre.

Mais, à l'instant où elle atteignait le trottoir d'en face, le couple monta des marches menant à une porte d'entrée, l'ouvrit et disparut.

Elle continua d'avancer, guettant les bruits de pas, puis regarda encore par-dessus son épaule. Il était là. Un homme, en vêtements sombres, le visage dans l'ombre, qui traversait la rue embrumée à sa suite.

Mariana repéra une ruelle étroite sur sa gauche et, sans plus réfléchir ni se retourner, s'y engagea, puis se mit à courir.

Elle emprunta la ruelle jusqu'à la rivière. Le pont en bois se trouvait devant elle. Elle poursuivit sa course, filant au-dessus de l'eau pour rejoindre l'autre rive.

Il faisait plus sombre ici, sans lampadaire pour percer l'obscurité. La brume était plus épaisse, froide et humide sur sa peau et elle avait l'odeur de la neige.

Mariana rabattit prudemment quelques branches d'un arbre, le contourna et se cacha derrière. Elle s'agrippa au tronc, l'écorce douce et humide sous sa paume, et s'efforça de rester immobile et de faire le moins de bruit possible. Elle essaya de ralentir le rythme de sa respiration, de la calmer.

Puis, aux aguets, elle attendit.

Sans surprise, quelques secondes plus tard, elle

l'aperçut, ou plutôt son ombre, qui traversait furtivement le pont pour gagner la rive.

Elle le perdit de vue, mais elle entendait encore le bruit de ses pas sur le sol plus meuble, sur la terre. Il la traquait, à moins d'un mètre d'elle.

Et puis, plus rien. Aucun bruit. Elle retint sa respiration.

Où était-il ? Où était-il allé ?

Elle attendit un moment qui lui parut interminable, juste pour être sûre. Était-il parti ? Il semblait que oui.

Mariana sortit prudemment de sa cachette. Il lui fallut quelques secondes pour se repérer. Puis elle se rendit compte que la rivière se trouvait juste devant elle, luisant dans l'obscurité. Elle n'avait qu'à la longer.

Elle remonta la berge à pas pressés jusqu'à l'entrée de St Christopher. Là, elle prit le pont en pierre pour atteindre le grand portail.

Elle tendit le bras, saisit l'anneau de cuivre froid, tira. Le portail ne bougea pas. Il était fermé.

Elle hésita, ne sachant que faire. Et elle entendit les pas.

Rapides, les mêmes. Le même homme.

Il se rapprochait.

Elle regarda autour d'elle, mais ne vit rien que des nuages de brume disparaissant dans l'ombre.

Pourtant, elle l'entendait approcher, traverser le pont.

Elle essaya à nouveau d'ouvrir, mais le portail résistait. Elle était prise au piège. Elle paniquait.

— Qui êtes-vous ? lança-t-elle. Qui est là ?

Sa question resta sans réponse. Les pas se rapprochaient encore.

Mariana ouvrit la bouche pour crier quand, soudain, un peu plus loin sur sa gauche, elle entendit un grincement. Une petite porte en partie dissimulée par un buisson s'ouvrait. Mariana ne l'avait jamais remarquée. Elle était en bois brut sans vernis et trois fois plus petite que le portail principal. Le faisceau d'une torche apparut. Il éclaira son visage, l'aveuglant.

— Tout va bien, mademoiselle ?

Elle reconnut immédiatement la voix de Morris et se sentit profondément soulagée. Il écarta le faisceau de la torche et elle put le voir qui se redressait après s'être baissé pour franchir la porte basse. Il portait un manteau et des gants noirs. Il la dévisageait.

— Tout va bien ? répéta-t-il. Je faisais ma ronde. Le portail du fond ferme à vingt-deux heures, vous devriez le savoir.

— J'avais oublié. Oui, je vais bien.

Il fit glisser le faisceau de sa torche autour du pont. Mariana le suivit anxieusement des yeux. Personne.

Elle tendit l'oreille. Silence. Aucun bruit de pas.

L'homme était parti.

Elle regarda de nouveau Morris.

— Vous pouvez m'ouvrir ?

— Certainement. Entrez par là.

Il montra la petite porte derrière lui.

— Je l'utilise souvent comme raccourci. Suivez le corridor et vous arriverez dans Main Court.

— Merci. Je vous suis extrêmement reconnaissante.

— Je vous en prie, mademoiselle.

Elle passa devant lui pour franchir la petite porte. Elle inclina la tête et se pencha un peu pour entrer. Le vieux passage en brique était très sombre et sentait l'humidité. La porte se referma derrière elle. Elle entendit Morris la verrouiller.

Elle remonta prudemment le corridor en pensant à ce qui venait de se produire. Elle douta un instant. Quelqu'un l'avait-il vraiment suivie ? Et si oui, qui ? Ou était-ce simplement de la paranoïa ?

Quoi qu'il en soit, elle fut soulagée d'être de retour à St Christopher.

Elle émergea dans un couloir lambrissé de chêne qui faisait partie du bâtiment abritant la cafétéria dans Main Court. Elle s'apprêtait à sortir par la porte principale quand elle jeta un coup d'œil en arrière. Et s'arrêta.

Une rangée de portraits étaient accrochés au mur du couloir faiblement éclairé. Au bout, l'un d'eux attira son attention. Il occupait un pan entier de mur. Mariana le scruta du regard. Elle reconnut le visage.

Elle cligna des yeux plusieurs fois, doutant de voir correctement, puis s'approcha lentement du tableau, comme en transe.

Elle resta plantée devant, son visage à hauteur de celui de l'homme de la toile. Elle le fixa. Oui, c'était lui.

Tennyson.

Mais il ne s'agissait pas de Tennyson en vieil homme, les cheveux blancs et la barbe longue comme sur les autres portraits qu'elle avait vus. C'était Alfred Tennyson jeune homme. Un très jeune homme, même.

Il devait avoir trente ans au moment où ce portrait avait été peint, peut-être moins. Mais il s'agissait indéniablement de lui.

Elle avait rarement vu un aussi beau visage. Et là, de si près, sa beauté lui coupa presque le souffle. Il avait la mâchoire carrée, des lèvres sensuelles, et des cheveux châtains ébouriffés qui lui retombaient sur l'épaule. Un instant, il lui rappela Edward Fosca. Elle repoussa aussitôt cette image de son esprit. Leurs yeux étaient différents. Ceux de Fosca étaient marron et ceux de Tennyson bleu pâle, d'un bleu limpide.

Hallam devait être mort depuis environ sept ans quand cette toile avait été peinte. Tennyson avait donc encore dix longues années devant lui avant de terminer enfin *In Memoriam*.

Et pourtant ses traits n'étaient pas ravagés par le désespoir. Curieusement, ce visage exprimait très peu d'émotion, s'il en exprimait. Aucune tristesse, aucun signe de mélancolie. Il était impassible et il s'en dégageait une beauté glaciale. Mais guère davantage.

Pour quelle raison ?

Mariana supposa que Tennyson regardait quelque chose, quelque chose tout près de lui.

Oui, ses yeux bleu pâle semblaient fixer un point précis, sur un côté, derrière la tête de Mariana.

Que regardait-il ?

Elle s'éloigna du tableau, un peu dépitée, comme si le poète l'avait personnellement laissée tomber. Elle ne savait pas ce qu'elle avait espéré trouver dans son regard. Une certaine consolation peut-être ? Du réconfort ou de la force ? Même un chagrin d'amour eût été préférable.

Mais pas rien.

Elle cessa de s'interroger et se dépêcha de retourner dans sa chambre.

Quelque chose l'attendait devant sa porte.

Une enveloppe noire.

Elle la ramassa, puis l'ouvrit. À l'intérieur, elle découvrit un bout de papier plié en deux.

C'était un message rédigé à la main à l'encre noire, d'une écriture élégante et penchée.

Chère Mariana,

J'espère que vous allez bien. Je me demandais si vous voudriez me rejoindre pour discuter un peu demain matin. Disons, à dix heures au Fellows' Garden ?

Bien à vous

Edward Fosca

Chapitre 16

Si j'étais né dans la Grèce antique, de nombreux oracles et mauvais présages auraient prédit un désastre à ma naissance. Des éclipses, des comètes ardentes et des malédictions catastrophiques.

Mais il ne s'est rien passé. Et en réalité, ma naissance s'est illustrée par une absence d'événement. Mon père, l'homme qui allait pervertir ma vie et ferait de moi ce monstre, n'était même pas présent. Il jouait aux cartes avec des ouvriers de la ferme en fumant des cigares et en buvant du whisky jusque tard dans la nuit.

Si j'essaie de me représenter ma mère, si je plisse les yeux, je peux à peine la voir, floue, ma mère si belle, une toute jeune fille de dix-neuf ans, seule dans une chambre à l'hôpital. Elle peut entendre les infirmières qui parlent et rient au bout du couloir. Elle est seule, mais ce n'est pas un problème, elle peut trouver une certaine paix, elle peut réfléchir sans craindre d'être attaquée. Elle se rend compte qu'elle attend son bébé avec impatience, parce que les bébés ne parlent pas.

Elle sait que son mari veut un fils, mais, en secret, elle prie pour que ce soit une fille. Si c'est un garçon, il deviendra un homme.

Et on ne peut pas faire confiance aux hommes.

Elle est soulagée quand les contractions reprennent. Elles la détournent de ses pensées. Elle préfère se concentrer sur l'aspect physique : respirer, compter. La douleur fulgurante balaie toutes ses pensées, comme de la craie qu'on efface sur un tableau noir. Puis elle cède, à l'agonie, et se perd.

Jusqu'à ce que, à l'aube, je naisse.

Au grand désarroi de ma mère, je n'étais pas une fille. Quand mon père a appris la nouvelle, qu'il avait un garçon, il était fou de joie. Les paysans, comme les rois, ont besoin de beaucoup de fils. J'étais son premier.

Se préparant à célébrer ma naissance, il est arrivé à l'hôpital avec une bouteille de vin mousseux bon marché.

Mais était-ce une fête ?

Ou une catastrophe ?

Mon sort était-il déjà scellé, même à l'époque ? Était-ce trop tard ? Auraient-ils dû m'étouffer à la naissance ? Me laisser mourir et pourrir à flanc de coteau ?

Je sais ce que ma mère dirait si elle pouvait lire ceci, ma recherche de culpabilité, ma quête de faute. Elle n'aurait aucune patience.

Elle dirait : « Personne n'est responsable. N'idéalise pas les événements de ta vie pour essayer de leur donner du sens. Il n'y a pas de sens. La vie n'a aucun sens. La mort ne signifie rien. »

Mais elle n'a pas toujours pensé de cette façon.

Il y avait plus d'une personne en elle. À une époque, il y en avait une autre, qui faisait sécher des fleurs et soulignait les vers des poèmes : un passé secret que j'ai trouvé caché dans une boîte à chaussures, au fond d'un placard. De vieilles photos, des fleurs pressées, des poèmes d'amour de mon père mal orthographiés, écrits à l'époque où il lui faisait la cour. Mais mon père a rapidement cessé d'écrire de la poésie. Et ma mère a arrêté de la lire.

Elle a épousé un homme qu'elle connaissait à peine. Et il l'a emmenée loin de tous ceux qu'elle connaissait. Il l'a emmenée dans un univers inconfortable de longues journées d'un travail physique pénible dans le froid, qui commençaient tôt le matin. Peser les agneaux, les tondre, les nourrir. Encore, et encore. Et encore.

Il y avait des moments magiques, bien sûr, la saison de l'agnelage par exemple, quand d'innocentes petites créatures poussaient comme les champignons blancs. C'était le meilleur moment.

Mais elle ne s'est jamais autorisée à s'attacher aux agneaux. Elle a appris à ne pas le faire.

Le pire, c'était la mort. Une mort constante, sans fin, et tout ce qui y est associé. Le marquage des animaux à tuer, ceux qui prenaient trop peu ou trop de poids et les brebis stériles. L'arrivée du boucher, dans son horrible blouse tachée de sang. Et mon père qui rôdait, impatient de donner un coup de main. Il aimait se charger de l'abattage. Il semblait y prendre plaisir.

Ma mère courait toujours se cacher dans ces moments-là, elle prenait en douce une bouteille de vodka qu'elle emportait dans la salle de bains, sous la douche, où elle croyait qu'on ne pouvait pas entendre ses larmes. Et je me réfugiais dans la partie la plus éloignée de la ferme, aussi loin que possible. Je me couvrais les oreilles, mais j'entends encore les cris.

Quand je retournais à la ferme, la puanteur de la mort était partout. Des cadavres, découpés dans la grange ouverte, la plus proche de la cuisine, et des gouttières où coulait le sang rouge. Ça empestait la chair, pesée et emballée dans notre cuisine. Des morceaux de viande coagulée collaient à la table, et de grosses mouches tournaient un peu partout au-dessus des flaques de sang.

Mon père enterrait les parties des corps dont on ne voulait pas : les entrailles, les viscères et autres restes de l'animal. Il les jetait dans la fosse à l'arrière de la ferme.

On évitait toujours la fosse. Elle me terrifiait. Mon père menaçait de m'enterrer dedans vivant si je lui désobéissais, ou si je me comportais mal. Ou si je trahissais ses secrets.

« Personne ne te trouvera jamais, disait-il. Personne ne saura jamais. »

Je m'imaginais enterré vivant dans la fosse, au milieu des carcasses en décomposition, me tordant de douleur, grignoté par les asticots, les vers et les autres créatures grises mangeuses de chair, et je tremblais de peur.

Je tremble encore en y pensant.

Chapitre 17

Le lendemain matin, Mariana alla rejoindre le professeur Fosca.

La cloche de la chapelle sonnait dix heures quand elle arriva au Fellows' Garden. Le professeur était déjà là. Il portait une chemise blanche déboutonnée au col et une veste en velours côtelé gris foncé. Ses cheveux détachés lui retombaient sur l'épaule.

— Bonjour, dit-il, je suis content de vous voir. Je n'étais pas sûr que vous viendriez.

— Je suis là.

— Et très ponctuelle. Je me demande ce que ça dit de vous, Mariana.

Il sourit. Mariana ne lui rendit pas son sourire. Elle était bien résolue à laisser paraître le moins d'émotion possible.

Fosca ouvrit la porte en bois et fit un geste en direction d'un jardin.

— On y va ?

Mariana le suivit. Le Fellows' Garden était réservé aux seuls professeurs et à leurs invités. Les étudiants de premier cycle n'y étaient pas admis. Mariana ne se rappelait pas y être déjà entrée.

Elle fut tout de suite frappée par l'atmosphère

paisible et la beauté du lieu. C'était un jardin Tudor à la végétation basse, aménagé dans un creux et ceint d'un vieux mur de briques irrégulier. Des fleurs de valériane rouge sang perçaient entre les briques, dans les fissures, détruisant très lentement le mur. Et tout autour poussaient des plantes colorées dans des tons flamboyants de rose, bleu et rouge.

— C'est beau, s'enthousiasma Mariana.

— Oh, oui, acquiesça Fosca. Je viens souvent ici.

Ils longèrent le sentier et le professeur disserta sur la beauté du jardin et de Cambridge en général.

— Il se dégage une sorte de magie de ce lieu. Vous le sentez aussi, n'est-ce pas ?

Il jeta un coup d'œil à Mariana.

— Je suis sûr que vous l'avez senti dès le début, comme moi. Je vous imagine, étudiante en première année, fraîchement débarquée dans ce pays, à l'aube de cette nouvelle vie. Sans artifice, seule. Je me trompe ?

— Vous parlez de moi ou de vous ?

Fosca sourit.

— J'imagine que nous avons vécu des expériences similaires.

— J'en doute.

Il la dévisagea une seconde, comme s'il allait dire quelque chose mais qu'il décidait de se taire. Ils marchèrent en silence, puis finalement il se risqua.

— Vous êtes très silencieuse. Je m'attendais à tout autre chose.

— À quoi vous attendiez-vous ?

— Je ne sais pas. À un interrogatoire.

— Un interrogatoire ?

— Des questions, alors ?

Il lui offrit une cigarette. Elle la refusa d'un signe de tête.

— Je ne fume pas.

— Personne ne fume plus maintenant, sauf moi. J'ai essayé d'arrêter, mais je n'ai pas réussi. Je ne contrôle pas du tout mes pulsions.

Il glissa une cigarette entre ses lèvres. C'était une marque américaine, avec un filtre blanc. Il gratta une allumette, puis souffla un long ruban de fumée. Mariana le regarda danser dans l'air avant de se dissiper.

— Je vous ai demandé de me rejoindre ici, dit-il, parce que j'ai senti que nous devions parler. J'ai entendu dire que vous vous intéressiez à moi. Vous posez toutes sortes de questions à mes étudiantes. À ce propos, j'ai vérifié auprès du doyen. Pour autant qu'il sache, il ne vous a jamais demandé de parler à mes élèves, de manière informelle ou non. Alors, ma question, Mariana, est celle-ci : qu'avez-vous donc en tête ?

Mariana jeta un coup d'œil à Fosca et vit qu'il la fixait, qu'il essayait de lire dans ses pensées avec son regard pénétrant. Elle s'y déroba et haussa les épaules.

— Je suis intriguée, c'est tout.

— Par moi en particulier ?

— Au sujet des Muses.

— Des Muses ? demanda Fosca, visiblement surpris. Pourquoi donc ?

— Ça me semble étrange. Avoir un groupe d'étudiantes spéciales, cela doit engendrer des rivalités et du ressentiment chez les autres.

Fosca sourit et tira une longue bouffée de sa cigarette.

— Vous êtes thérapeute de groupe, c'est bien ça ? Alors, vous devez savoir mieux que quiconque que les petits groupes fournissent un environnement parfait pour que les esprits exceptionnels s'épanouissent. C'est tout ce que je fais, je crée cet espace.

— Un cocon, pour des esprits exceptionnels ?

— C'est bien formulé.

— Des esprits féminins.

Fosca cligna des yeux et lui lança un regard froid.

— Les femmes sont souvent les esprits les plus brillants. Est-ce si difficile à accepter ? Il ne se passe rien de sinistre. Je suis un prof insipide qui reçoit une généreuse allocation d'alcool, rien de plus. Si on abuse de quelqu'un, c'est de moi.

— Qui a parlé d'abus ?

— Ne jouez pas l'effarouchée, Mariana. Je vois bien que vous m'avez choisi pour jouer le méchant, le prédateur qui s'en prend à ses étudiantes vulnérables. Mais maintenant que vous avez rencontré ces jeunes femmes, vous voyez qu'elles n'ont rien de vulnérable. Il ne se passe absolument rien de déplacé lors de ces réunions. C'est simplement un petit groupe d'étude qui parle de poésie et apprécie le bon vin et le débat.

— Si ce n'est qu'à présent, une de ces jeunes femmes est morte.

Fosca fronça les sourcils. Un éclair de colère traversa son regard. Il dévisagea Mariana.

— Vous pensez pouvoir lire dans mon âme ?

Embarrassée par la question, Mariana détourna les yeux.

— Non, bien sûr que non. Je ne voulais pas dire…

— Laissez tomber.

Il tira de nouveau sur sa cigarette. Il ne semblait plus en colère.

— Le terme « psychothérapeute », comme vous le savez, vient du grec « *psyche* » qui signifie âme, et « *therapeia* » qui signifie guérison. Êtes-vous guérisseuse d'âmes ? Guéririez-vous la mienne ?

— Non. Vous seul pouvez le faire.

Fosca jeta sa cigarette sur le sentier et l'écrasa du pied.

— Vous êtes déterminée à me détester. Je ne sais pas pourquoi.

Mariana prit conscience, à son grand agacement, qu'elle ne le savait pas non plus.

— Et si nous rentrions ? proposa-t-elle.

Ils se dirigèrent vers l'entrée. Fosca lui jetait sans cesse des coups d'œil.

— Vous m'intriguez, lui dit-il. Je me demande ce que vous pensez.

— Je ne pense pas. J'écoute.

Sans être enquêtrice, elle était tout de même thérapeute, et elle savait écouter. Non seulement ce qui était dit, mais aussi tout ce qui ne l'était pas, tous les non-dits – les mensonges, les faux-fuyants, les projections, les transferts et autres phénomènes psychologiques à l'œuvre entre deux individus –, et cela demandait un type d'écoute particulier. Mariana devait être attentive à toutes les émotions exprimées à travers les réactions inconscientes de Fosca. Dans un contexte thérapeutique, ces réactions s'appellent « contre-transfert » et elles lui auraient appris tout ce qu'elle avait besoin de savoir sur cet homme, qui il était, et ce qu'il cachait. Tant qu'elle arrivait à ne pas faire interférer ses propres émotions, bien sûr, ce qui n'était pas simple. Pendant qu'ils marchaient, elle essayait d'être à l'écoute de son propre corps, et elle sentait une tension monter. Elle avait la mâchoire crispée, la chair de poule, l'estomac noué. Et elle associait cela à la colère.

Mais quelle colère ? La sienne ?

Non, c'était celle de Fosca.

Sa colère à lui. Elle la ressentait. Il était silencieux à présent, mais, sous le silence, la fureur grondait. Il la niait, bien entendu, mais elle était là, bouillonnant sous la surface. D'une manière ou d'une autre, elle l'avait poussé à bout ; elle s'était comportée de façon imprévisible, énigmatique, elle s'était montrée difficile. Et elle avait déclenché sa rage. *S'il peut se mettre en colère à ce point, aussi vite, que se passera-t-il si je le provoque ?*

Elle n'était pas certaine de vouloir le savoir.

Quand ils atteignirent le portail, Fosca s'arrêta. Il la regarda, le temps de délibérer, puis il se lança.

— Je me demandais si vous voudriez poursuivre cette conversation autour d'un dîner. Demain soir, ça vous irait ?

Il l'observait, attendant sa réponse. Mariana croisa son regard sans ciller.

— D'accord, dit-elle.

Fosca sourit.

— Bien. Dans mes appartements, à vingt heures ? Et encore une chose…

Avant qu'elle n'ait eu le temps de le repousser, il se pencha vers elle.

Et l'embrassa.

Le baiser ne dura qu'une seconde. Et, quand Mariana put enfin réagir, il avait déjà reculé.

Puis il se retourna et passa le portail. Tandis qu'il s'éloignait, elle l'entendit siffloter.

Elle effaça le baiser avec le poing.

Comment a-t-il osé ?

Elle avait l'impression qu'on l'avait agressée, attaquée, qu'il avait gagné, réussi à la prendre en défaut, à l'intimider.

Elle avait chaud et froid au soleil du matin, elle bouillait de colère, et elle avait une certitude.

Cette fois, la rage qu'elle ressentait n'était pas celle de Fosca.

C'était uniquement la sienne.

Chapitre 18

Après avoir quitté Fosca, Mariana sortit de sa poche le sous-bock que Fred lui avait donné, composa son numéro et lui demanda s'il était libre.

Vingt minutes plus tard, elle le retrouva à côté du portail principal de St Christopher. Elle le regarda accrocher son vélo à la grille. Il plongea la main dans son sac et en sortit deux pommes rouges.

— J'appelle ça le petit déjeuner. Tu en veux une ?

Il lui proposa une pomme. Elle allait refuser par automatisme, mais elle avait faim. Elle accepta.

Fred eut l'air ravi. Il choisit la plus belle des deux, la frotta sur sa manche, puis la lui tendit.

Mariana le remercia et mordit dedans. Elle était croquante et sucrée.

Fred lui sourit, puis lui parla entre deux bouchées :

— Je suis content que tu aies appelé. Hier soir, tu es partie assez vite. J'ai cru que tu étais fâchée.

— Ce n'était pas ta faute, c'était à cause de Naxos.

— Naxos ? s'étonna Fred, perplexe.

— C'est là que mon mari est mort. Il s'est noyé là-bas.

— Oh, mon Dieu, fit Fred en ouvrant de grands yeux. Oh, mon Dieu, excuse-moi.

— Tu ne le savais pas ?

— Comment j'aurais pu le savoir ? Bien sûr que non.

— Alors, c'est une simple coïncidence ?

Elle observa attentivement son visage.

— Je te l'ai dit. Je suis un peu voyant. Alors peut-être que j'ai saisi, et que Naxos m'est venu à l'esprit.

Mariana fronça les sourcils.

— Je suis désolée, je n'y crois pas.

— Pourtant, c'est vrai.

Il y eut un instant de silence gênant, puis Fred enchaîna vite :

— Écoute, je suis désolé si je t'ai blessée.

— Tu ne m'as pas blessée. C'est sans importance. Oublie ça.

— C'est pour me dire ça que tu m'as fait venir ?

Mariana secoua la tête.

— Non.

Elle ne savait pas vraiment pourquoi elle l'avait appelé. C'était sans doute une mauvaise idée. Elle avait cru avoir besoin de son aide, mais en réalité c'était une excuse, sans doute se sentait-elle tout simplement seule, et contrariée à cause de son rendez-vous avec Fosca. Elle s'en voulait de lui avoir téléphoné, mais elle ne pouvait pas revenir en arrière, il était là maintenant. Autant tirer le meilleur parti de la situation.

— Viens, dit-elle. Je veux te montrer quelque chose.

Ils entrèrent dans la faculté, traversèrent Main Court, passèrent sous le porche voûté pour atteindre Eros Court.

Quand ils pénétrèrent dans la cour, Mariana jeta un coup d'œil à la fenêtre de la chambre de Zoé. Sa nièce n'était pas là, elle avait cours avec Clarissa. Mariana ne lui avait pas parlé de Fred, délibérément, parce qu'elle ne savait pas comment lui expliquer leur relation, ni se l'expliquer à elle-même.

Tandis qu'ils approchaient de l'escalier conduisant à la chambre de Tara, Mariana désigna la fenêtre du rez-de-chaussée.

— C'est la chambre de Tara. La nuit de sa mort, sa *bedder* l'a vue quitter cette pièce à dix-neuf heures quarante-cinq précises.

Fred fit un geste en direction du portail au fond d'Eros Court, qui ouvrait sur les Backs.

— Et elle est sortie par là ?

— Non.

Mariana pointa le doigt vers le porche.

— Elle est sortie par Main Court.

— Hmm. C'est bizarre. La porte de derrière mène à la rivière, c'est le chemin le plus court pour aller à Paradise.

— Ce qui suggère qu'elle se rendait ailleurs.

— Pour retrouver Conrad, comme il l'affirme ?

— Peut-être.

Mariana réfléchit un instant.

— Il y a autre chose. Morris, l'appariteur, a vu Tara sortir par le portail principal à vingt heures. Alors, si elle a quitté sa chambre à dix-neuf heures quarante-cinq…

Elle laissa sa phrase en suspens et Fred la termina pour elle.

— Pourquoi a-t-elle mis un quart d'heure pour parcourir une distance qu'on parcourt normalement en une minute ou deux, tout au plus ? Je vois… Ce pourrait être pour n'importe quelle raison. Elle a pu rédiger un texto, croiser un ami, ou…

Pendant qu'il parlait, Mariana observait le parterre de fleurs au pied de la fenêtre de Tara, un carré de digitales violettes et roses.

Elle remarqua un mégot de cigarette. Elle se baissa pour le ramasser. Le filtre était blanc.

— C'est une marque américaine, constata Fred.

— Oui. Comme celles que fume le professeur Fosca.

— Fosca ? fit Fred à voix basse. Je le connais. J'ai des amis dans sa fac. Je sais ce qu'on raconte.

— Qu'est-ce qu'on raconte ? De quoi parles-tu ?

— Cambridge est petit. Tout le monde parle.

— Et qu'est-ce qui se dit ?

— Que Fosca est célèbre, ou tristement célèbre. Ses fêtes le sont en tout cas.

— Quelles fêtes ? Qu'est-ce que tu sais ?

— Pas grand-chose. Elles sont réservées à ses étudiants. Mais j'ai entendu dire qu'elles sont assez déjantées.

Il scruta le visage de Mariana pour déchiffrer son expression, puis lui demanda :

— Tu penses qu'il a quelque chose à voir avec ça ? Avec le meurtre de Tara ?

Mariana réfléchit un instant, puis céda.

— Écoute, dit-elle. Je vais te raconter.

Ils parcoururent le périmètre de la cour pendant qu'elle lui parlait des accusations de Tara contre Fosca – qu'il avait démenties – et de son alibi – qui avait été corroboré. Elle ajouta que, malgré ça, elle n'arrivait pas à abandonner cette piste. Elle s'attendait à ce que Fred rie ou se moque d'elle, ou tout du moins ne la croie pas, mais ce ne fut pas le cas. Et elle lui en était reconnaissante. Elle se rendit compte qu'elle commençait à bien l'aimer et que pour la première fois depuis longtemps elle se sentait moins seule.

— Et si Veronica, Serena et les autres mentaient ? finit-elle par dire. Fosca n'est pas resté avec elles tout le temps. Il s'est absenté quelques minutes, quand il est sorti fumer.

— Ce qui lui aurait suffi, s'il avait aperçu Tara par la fenêtre, pour descendre la rejoindre ici, dans la cour.

— Et lui donner rendez-vous à Paradise à vingt-deux heures ?

— C'est ça. Pourquoi pas ?

— Mais il ne peut pas l'avoir fait de toute façon. Si Tara a été tuée à vingt-deux heures, il n'aurait pas pu arriver à temps. Il faut vingt minutes pour y aller, au moins, et sans doute plus en voiture.

— À moins qu'il ait pris un bateau.

Mariana regarda Fred d'un air ahuri.

— Comment ça ?

— Il y est peut-être allé en barque.

— En barque ?

Elle faillit rire ; cela lui semblait ridicule.

— Pourquoi pas ? Personne ne surveille la rivière, personne ne remarquerait une barque, surtout la nuit. Il aurait pu arriver et repartir sans qu'on le voie en quelques minutes.

— Tu as peut-être raison.

— Tu sais manœuvrer une barque ?

— Pas très bien.

— Moi, si, dit Fred en souriant. Et en fait, je suis assez bon, sans me vanter. Qu'est-ce que tu en penses ?

— Qu'est-ce que je pense de quoi ?

— Qu'on aille au hangar à bateaux, qu'on emprunte une barque et qu'on fasse le test. Pourquoi pas ?

Avant que Mariana ait le temps de répondre, son téléphone sonna. C'était Zoé. Elle décrocha immédiatement.

— Zoé ? Ça va ?

— Où es-tu ?

Zoé avait ce ton pressant, inquiet, qui lui faisait penser que quelque chose n'allait pas.

— Je suis à la fac. Et toi ?

— Avec Clarissa. La police vient de partir.

— Pourquoi ? Que s'est-il passé ?

Il y eut un silence. Mariana entendit que Zoé se mettait à pleurer. Zoé répondit dans un murmure :

— Ça a recommencé.

— Quoi ? De quoi parles-tu ?

Mariana connaissait déjà la réponse, mais elle avait tout de même besoin de l'entendre.

— Il y a eu une autre attaque au couteau. Ils ont trouvé un corps.

TROISIÈME PARTIE

« Il faut donc que la fable, pour être bien composée, soit simple et non pas double, ainsi que le prétendent quelques-uns ; et qu'elle passe non pas du malheur au bonheur, mais, au contraire, du bonheur au malheur ; et cela non pas à cause de la perversité, mais par suite de la grave erreur d'un personnage tel que nous l'avons décrit, ou d'un meilleur plutôt que d'un pire. »

ARISTOTE, *La Poétique*[1]

1. Traduction de Charles-Émile Ruelle, 1838, Chapitre XIII, IV.

Chapitre 1

Le corps avait été trouvé dans un pré, à l'orée de Paradise, un terrain communal médiéval sur lequel les agriculteurs détenaient d'anciens droits de pâturage. Un éleveur, qui menait brouter son troupeau de vaches ce matin-là, avait fait la macabre découverte.

Mariana voulait s'y rendre le plus vite possible. Malgré les protestations insistantes de Zoé, elle refusa de la laisser l'accompagner ; elle était bien résolue à lui épargner les désagréments, autant que possible. Et l'expérience allait être désagréable.

Elle préféra donc partir avec Fred. Il se servit du GPS sur son téléphone pour les guider jusqu'au pré.

Tandis qu'ils longeaient la rivière, passant devant les bâtiments des facultés et les prés, Mariana humait la douce odeur de l'herbe, de la terre et des arbres. Elle se remémora ce premier automne, bien des années plus tôt, quand elle était arrivée en Angleterre et avait troqué la chaleur moite de la Grèce contre les ciels charbonneux et l'herbe humide de l'Est-Anglie.

Depuis, la campagne anglaise n'avait jamais perdu son attrait pour elle, jusqu'à ce jour-là. À présent, elle ne ressentait aucun frisson, juste un terrible effroi. Ces champs et ces prés qu'elle aimait, ces chemins qu'elle parcourait avec Sebastian, étaient à jamais salis. Dorénavant, ils ne seraient plus synonymes d'amour et de bonheur, mais de sang et de mort.

Fred et elle marchaient en silence. Au bout d'environ vingt minutes, Fred pointa le doigt vers un pré devant eux.

— C'est là.

Sur le chemin de terre à l'entrée, des voitures de police et des camionnettes des médias étaient garées à la queue leu leu. Mariana et Fred les dépassèrent pour atteindre le cordon de police. Plusieurs agents tenaient les journalistes à distance. Un attroupement de badauds se formait peu à peu.

En les voyant, Mariana se rappela soudain la foule macabre qui s'était amassée sur la plage pendant qu'on sortait de l'eau le corps de Sebastian. Elle se rappela ces visages – leur air inquiet qui masquait une excitation malsaine. Bon sang, elle les détestait, et maintenant, en voyant ces mêmes expressions, elle avait envie de vomir.

— Viens, dit-elle à Fred. Allons-y.

Mais Fred ne bougea pas. Il semblait hésiter un peu.

— Où est-ce qu'on va ?

Mariana pointa le doigt au-delà du cordon de police.

— Par là.

— Comment on va passer ? Ils vont nous repérer.

Mariana jeta un coup d'œil autour d'elle.

— Et si tu allais les voir pour détourner leur attention ? Je pourrais peut-être me faufiler ?

— Oui. Je peux faire ça.

— Ça ne t'ennuie pas de ne pas venir ?

Fred secoua la tête et évita le regard de Mariana.

— Pour être honnête, j'ai un peu peur du sang, des cadavres et tout ça. Je préfère attendre ici.

— OK. Je n'en ai pas pour longtemps.

— Bonne chance.

— À toi aussi.

Fred prit un moment pour rassembler son courage, puis se dirigea vers les policiers. Il commença à leur parler, à leur poser des questions, et Mariana saisit sa chance.

Elle avança vers le cordon, le souleva, puis se baissa pour passer dessous.

Elle se redressa, mais eut à peine le temps de faire quelques pas qu'un agent de police lui cria :

— Hé ! Qu'est-ce que vous faites ?

Mariana se retourna. Il venait vers elle au pas de charge.

— Arrêtez-vous. Qui êtes-vous ?

Avant qu'elle puisse répondre, ils furent interrompus par Julian qui sortait d'une tente médico-légale et faisait signe au policier.

— C'est bon. Elle est avec moi. C'est une collègue.

Le policier lança un regard soupçonneux à Mariana, mais s'écarta. Elle le regarda partir, puis se tourna vers Julian.

— Merci.

Julian sourit.

— Tu ne te décourages pas comme ça, hein ? Tu veux jeter un coup d'œil ? Le médecin légiste est un vieil ami à moi.

Ils s'approchèrent de la tente. Le médecin, la quarantaine, grand, complètement chauve et les yeux bleus perçants, se tenait devant en train de rédiger un texto.

— Kuba, j'ai amené une collègue, si ça ne te dérange pas.

— Aucun problème.

Le médecin jeta un coup d'œil à Mariana et lui dit avec un léger accent polonais :

— Je vous avertis, ce n'est pas beau à voir. Pire que la dernière fois.

Il agita sa main gantée en direction du fond de la tente. Mariana inspira profondément, puis s'approcha.

Et c'était là.

La chose la plus horrible qu'elle ait jamais vue. Elle avait peur de regarder. Ça ne semblait pas réel.

Le corps d'une jeune fille, ou ce qu'il en restait, gisait dans l'herbe. Le torse était lacéré, méconnaissable ; il ne restait plus qu'un mélange de sang et de viscères, de boue et de terre. La tête semblait intacte ; les yeux ouverts regardaient sans voir, et menaient au néant.

Mariana les fixait, paralysée par ce regard de Méduse qui même dans la mort avait le pouvoir de vous pétrifier.

Un vers de *La Duchesse d'Amalfi* lui vint à l'esprit : « Couvrez son visage, ces yeux m'éblouissent, elle est morte jeune. »

Elle était morte jeune. Trop jeune. À tout juste vingt ans. C'était son anniversaire dans une semaine ; elle organisait une fête.

Mariana le savait parce qu'elle l'avait tout de suite reconnue.

Veronica.

Chapitre 2

Mariana s'éloigna du corps.

Elle avait la nausée. Il lui fallait mettre de la distance avec ce qu'elle venait de voir. Elle voulait partir, mais savait qu'elle ne pouvait pas fuir. Cette image allait la hanter jusqu'à la fin de ses jours. Le sang, la tête, ces yeux béants.

Arrête, arrête de penser.

Elle avança jusqu'à une clôture en bois branlante qui séparait ce pré du suivant. La barrière était instable et risquait de s'effondrer. Mariana s'appuya dessus. Un soutien fragile, mais cela valait mieux que rien.

Julian apparut alors à côté d'elle.

— Ça va ? lui demanda-t-il.

Il l'observait d'un regard inquiet.

Elle acquiesça. Elle s'aperçut qu'elle avait les yeux pleins de larmes. Embarrassée, elle les essuya avec la main.

— Ça va.

— Quand on a vu autant de scènes de crime que moi, on s'habitue. Si je peux me permettre, je te trouve courageuse.

— Non, je ne le suis pas du tout.

— Et tu avais raison au sujet de Conrad Ellis. Il était

en garde à vue au moment du crime, donc il est tiré d'affaire.

Kuba venait vers eux. Julian s'adressa à lui.

— À moins que tu penses qu'elles n'ont pas été tuées par la même personne.

Kuba hocha la tête et sortit une vapoteuse de sa poche.

— Non, c'est le même type. Même mode opératoire. J'ai compté vingt-deux lacérations.

Il tira une bouffée et souffla des nuages de vapeur.

— Elle tenait quelque chose à la main. De quoi s'agit-il ? lui demanda Mariana.

— Ah. Vous avez remarqué ? Une pomme de pin.

— C'est ce que j'ai pensé. C'est très étrange.

— Pourquoi dis-tu ça ? fit Julian.

— C'est juste qu'il n'y a aucun pin par ici.

Mariana réfléchit une seconde.

— Existe-t-il un inventaire de tout ce qui a été trouvé près du corps de Tara ?

— C'est drôle que vous parliez de ça, répondit Kuba. Je me suis posé la même question, alors j'ai vérifié. Et il y avait aussi une pomme de pin parmi les affaires de Tara.

— Une pomme de pin ? s'étonna Julian. C'est très intéressant. Ça doit vouloir dire quelque chose pour lui. Mais quoi ?

Mariana se souvint soudain d'une diapositive que Fosca avait montrée pendant son cours sur Éleusis : un bas-relief en marbre, avec un motif de pomme de pin.

Oui. Ça veut dire quelque chose.

Julian regardait autour de lui, frustré.

— Comment fait-il ? Il les tue en plein air, puis disparaît, couvert de sang. Et il n'y a pas de témoin, pas d'indice visible. Pas d'arme du crime. Rien.

— Juste un aperçu de l'enfer, commenta Kuba. Mais tu te trompes au sujet du sang. Il n'en serait pas forcément couvert. Après tout, les lacérations sont effectuées post mortem.

— Comment ? dit Mariana. Que voulez-vous dire ?

— Exactement ça. Il leur tranche d'abord la gorge.

— Vous en êtes sûr ?

— Oh, oui. Dans les deux cas, la mort est due à une profonde incision. Les tissus sont sectionnés jusqu'à l'os du cou. La mort a dû être instantanée. À en juger par la profondeur de la blessure, je dirais qu'il a attaqué par-derrière. Tu permets ?

Il passa derrière Julian et mima le geste avec élégance, sa vapoteuse en guise de couteau.

— Vous voyez ? Le jet artériel est projeté vers l'avant. Ensuite, quand le corps est allongé par terre, pendant la lacération, le sang coule dans le sol. Alors, il se peut qu'il n'ait pas du tout de sang sur lui.

— Mais ça n'a aucun sens, dit Mariana.

— Pourquoi donc ?

— Parce que dans ce cas il n'y aurait pas eu de déchaînement de colère. Pas de perte de maîtrise de soi, pas de rage.

— Non. Au contraire. Il est très calme, maître de lui, comme s'il se livrait à une sorte de danse. C'est très précis. C'est *rytualistyczny*…

Il chercha une formulation en anglais.

— Une sorte de rituel ?

Mariana acquiesça. Une série d'images lui vinrent à l'esprit : Edward Fosca sur l'estrade, en train de donner son cours sur les rites religieux ; le tableau de la carte postale dans la chambre de Tara, avec un oracle de la Grèce antique qui réclame un sacrifice ; et le souvenir indélébile d'un ciel bleu vif, d'un soleil ardent et des ruines d'un temple dédié à une déesse vengeresse.

Quelque chose lui échappait. Mais, avant qu'elle puisse continuer à interroger Kuba, elle entendit une voix derrière elle.

— Que se passe-t-il ici ?

Kuba, Julian et elle se retournèrent. C'était le commandant Sangha. Et il n'avait pas l'air ravi.

Chapitre 3

— Qu'est-ce qu'elle fait là ? lança Sangha, le regard noir.

Julian s'avança vers lui.

— Mariana est avec moi. J'ai pensé qu'elle pourrait nous apporter un nouvel éclairage, et elle nous a beaucoup aidés.

Sangha dévissa son thermos, posa le gobelet en équilibre instable sur un piquet de la clôture et se versa du thé. Mariana lui trouva l'air fatigué. Elle ne lui enviait pas son métier. Son enquête allait lui demander deux fois plus de travail à présent et il avait perdu son unique suspect. Elle ne voulait pas aggraver la situation, mais elle n'avait pas le choix.

— Monsieur le commandant, savez-vous que la victime est Veronica Drake ? Elle était étudiante à St Christopher.

Il la dévisagea, un peu consterné.

— Vous en êtes sûre ?

Mariana acquiesça.

— Et savez-vous aussi que les deux victimes suivaient les cours du professeur Fosca ? Qu'elles faisaient toutes les deux partie de son petit groupe ?

— Quel petit groupe ?

— Je crois vraiment que vous devriez l'interroger à ce sujet.

Le commandant Sangha but son thé avant de répondre.

— Je vois. D'autres tuyaux, Mariana ?

Mariana n'aimait pas le ton de sa voix, mais elle sourit poliment.

— C'est tout pour le moment.

Sangha versa le reste de son gobelet de thé par terre, puis reboucha le thermos.

— Je vous ai déjà demandé de ne pas vous mêler de mon enquête. Alors, laissez-moi reformuler : Si je vous prends encore à pénétrer sur une scène de crime, je vous arrêterai moi-même. OK ?

Mariana ouvrit la bouche pour répondre, mais Julian la devança.

— Excusez-nous. Ça ne se reproduira pas. Viens, Mariana.

Il conduisit une Mariana réticente à l'écart, vers le cordon de police.

— J'ai bien l'impression que Sangha ne te porte pas dans son cœur. Si j'étais toi, je resterais en dehors de son chemin. Chien qui mord aboie, plaisanta-t-il avec un clin d'œil. Ne t'inquiète pas, je te tiendrai au courant de toutes les avancées.

— Merci. Je te suis reconnaissante.

Julian lui sourit.

— Tu es installée où ? Moi, je suis hébergé dans un hôtel à côté de la gare.

— J'ai une chambre à la fac.

— Très bien. Ça te dirait de boire un verre ce soir ? On pourrait discuter.

— Non, désolée, je ne peux pas.

— Ah bon ? Pourquoi ?

Julian suivit son regard et s'aperçut qu'elle regardait Fred qui lui faisait signe de l'autre côté du cordon.

— Ah, dit Julian en fronçant les sourcils. Je vois que tu as déjà des projets.

— Comment ? Non, c'est juste un ami de Zoé.

— Bien sûr.

Il lui adressa un sourire incrédule.

— Pas de problème. On se voit plus tard, Mariana.

Il semblait un peu fâché. Il se tourna, puis s'éloigna.

Mariana aussi était en colère, contre elle-même. Elle se baissa pour passer sous le cordon et rejoindre Fred. Pourquoi avait-elle raconté ce mensonge stupide ? Pourquoi avait-elle dit à Julian que Fred était un ami de Zoé ? Elle n'était coupable de rien, elle n'avait rien à cacher, alors pourquoi mentir ?

À moins, bien entendu, qu'elle ne se mente à elle-même au sujet de ses sentiments envers Fred. Est-ce que c'était possible ? Si oui, ça l'énervait profondément.

Sur quoi d'autre se mentait-elle ?

Chapitre 4

Quand on apprit qu'une deuxième étudiante de St Christopher avait été tuée et qu'elle était la fille d'un sénateur américain, la nouvelle fit les gros titres dans le monde entier.

Le sénateur Drake et sa femme prirent le premier avion depuis Washington, talonnés par les médias américains, puis par les médias internationaux, qui envahirent St Christopher en quelques heures.

Mariana trouvait à tout cela un air de siège médiéval. Des hordes de journalistes et de caméramans étaient retenus derrière une mince barrière par quelques policiers en civil et quelques appariteurs de la faculté. M. Morris se tenait en première ligne, manches retroussées, prêt à défendre la faculté de ses poings.

Un vaste campement de médias fut installé sur les pavés devant la porte principale ; il s'étendait jusqu'à King's Parade où stationnaient des files de fourgonnettes satellites. Une tente réservée à la presse fut montée au bord de la rivière. Le sénateur et sa femme donnèrent une interview pour la télévision, un appel émouvant à toute personne possédant des informations susceptibles de conduire à l'arrestation de l'assassin de leur fille.

À la demande du sénateur Drake, Scotland Yard fut sollicité. Des agents de police supplémentaires arrivèrent de Londres. Ils mirent en place des barrages routiers, firent du porte-à-porte et patrouillèrent dans les rues.

Maintenant qu'on savait qu'on avait affaire à un tueur en série, toute la ville était en état d'alerte. Entre-temps, Conrad Ellis avait été libéré et toutes les accusations contre lui abandonnées.

Un sentiment de malaise et d'anxiété se répandait dans la population. Un monstre armé d'un couteau rôdait dans les rues, apparemment capable de frapper et de disparaître dans l'obscurité. Il était invisible et cela faisait de lui plus qu'un être humain : un être surnaturel, une créature née d'un mythe, un fantôme.

Mais Mariana savait qu'il ne s'agissait ni d'un fantôme ni d'un monstre, mais simplement d'un homme, et il ne méritait pas d'être transformé en héros mythique ; il n'en était pas digne.

Il ne méritait – si elle pouvait les trouver dans son cœur – que pitié et terreur. Ces mêmes sentiments sur lesquels, selon Aristote, repose la catharsis dans la tragédie. Et Mariana n'en savait pas assez sur ce fou pour ressentir de la pitié.

Mais, terrorisée, elle l'était.

Chapitre 5

Ma mère disait souvent qu'elle ne voulait pas de cette vie pour moi.

Elle me disait qu'un jour, on partirait, tous les deux. Mais que ce ne serait pas facile.

« Je n'ai aucune instruction, me disait-elle. J'ai quitté l'école à quinze ans. Promets-moi que tu ne feras pas pareil. Il faut que tu fasses des études, c'est comme ça qu'on peut gagner de l'argent. C'est comme ça qu'on survit, qu'on est à l'abri. »

Je ne l'ai jamais oublié. Plus que tout, je voulais me sentir à l'abri.

Mais, même aujourd'hui, je ne me sens toujours pas à l'abri.

Mon père était un homme dangereux, voilà pourquoi. Après une bonne dose de whisky, une petite flamme luisait dans ses yeux. Il ergotait de plus en plus. Pour échapper à sa colère, il fallait avancer dans un champ de mines.

Je me débrouillais mieux que ma mère quand il s'agissait d'éviter que ça dégénère, de garder plusieurs longueurs d'avance, de maintenir la conversation sur un terrain sûr, de deviner où il allait en venir en me montrant plus habile que lui si nécessaire, en le détournant de tous les sujets qui pouvaient nous attirer sa colère. Ma mère échouait toujours, tôt ou tard. Soit par accident, soit délibérément, par masochisme, elle disait quelque chose, faisait quelque chose, le contredisait, le critiquait, lui servait un plat qu'il n'aimait pas.

Ses yeux luisaient. Sa bouche se déformait. Il montrait les dents. Trop tard, elle se rendait compte qu'il était furieux. Ensuite, il renversait la table ou cassait un verre. J'observais, incapable de la défendre ou de la protéger tandis qu'elle courait trouver refuge dans la chambre.

Elle essayait frénétiquement de fermer la porte, mais trop tard. Il cognait dessus pour qu'elle s'ouvre, et puis…

Je ne comprends pas.

Pourquoi n'est-elle pas partie ? Pourquoi n'a-t-elle pas fait nos bagages, ne m'a-t-elle pas enlevé dans la nuit ? Nous aurions pu fuir ensemble. Mais elle n'a pas fait ce choix. Pourquoi ? Est-ce qu'elle avait trop peur ? Ou ne voulait-elle pas admettre que ses proches avaient raison, qu'elle avait commis une terrible erreur et qu'à présent elle revenait en courant, la queue entre les jambes ?

Ou bien était-elle dans le déni, s'accrochant à l'espoir que tout s'arrangerait comme par magie ? Peut-être. Après tout, elle était très douée pour ignorer les choses qu'elle ne voulait pas voir. Et qui se trouvaient juste sous son nez.

J'ai appris à faire ça, moi aussi.

Et j'ai appris, très tôt, que je ne marchais pas sur le sol, mais sur un étroit réseau de cordes invisibles, suspendues au-dessus du sol. Je devais me déplacer avec précaution, en essayant de ne pas glisser ou tomber. Certains aspects de ma personnalité étaient répugnants, semblait-il. J'avais de terribles secrets à cacher. J'ignorais lesquels.

Mais mon père le savait. Il connaissait mes péchés.

Et il me punissait en conséquence.

Il me portait à l'étage. Il m'emmenait dans la salle de bains et fermait la porte à clé.

Et ça commençait.

Si je l'imagine maintenant, ce petit garçon effrayé, est-ce que je ressens la douleur du chagrin ? Un peu d'empathie ? C'est juste un enfant, il n'est coupable d'aucun de mes crimes, il est terrifié, il souffre. Est-ce que je ressens de la compassion pendant une seconde ? Est-ce que je compatis à sa détresse, pour tout ce qu'il a vécu ?

Non.

Je chasse toute pitié de mon cœur.

Je ne la mérite pas.

Chapitre 6

Veronica avait été aperçue vivante pour la dernière fois à dix-huit heures à la fin de la répétition de *La Duchesse d'Amalfi* à l'ADC, le club amateur d'art dramatique. Ensuite, elle s'était volatilisée, jusqu'à ce qu'on découvre son cadavre le lendemain.

Comment était-ce possible ?

Comment son assassin avait-il pu sortir de nulle part et l'enlever en plein jour sans qu'il y ait de témoins, sans laisser de traces ? Mariana n'arrivait qu'à une seule conclusion : Veronica l'avait suivi de son plein gré. Elle avait marché vers sa mort calmement, sans résister, parce qu'elle connaissait l'homme qui l'emmenait et qu'elle lui faisait confiance.

Le lendemain du crime, Mariana décida d'aller jeter un coup d'œil à l'endroit où Veronica avait été vue pour la dernière fois. Elle se rendit donc à l'ADC dans Park Street.

Le théâtre était un ancien bureau de poste reconverti dans les années 1850. L'enseigne était peinte en lettres noires au-dessus de l'entrée.

Sur un grand panneau, une affiche annonçait le prochain spectacle : *La Duchesse d'Amalfi*. Mariana supposait que sans Veronica pour interpréter la duchesse, la représentation serait annulée.

Elle avança vers l'entrée. Elle essaya d'ouvrir la porte. Verrouillée. Et le hall n'était pas éclairé.

Mariana réfléchit un instant. Elle fit demi-tour et contourna l'édifice pour atteindre la façade latérale. Deux grands portails en fer forgé noir fermaient une cour qui avait autrefois accueilli les écuries. Elle essaya d'ouvrir le portail ; il n'était pas fermé. Elle pénétra donc dans la cour.

L'entrée des artistes se trouvait là. Elle s'approcha, essaya de l'ouvrir, en vain.

Frustrée, elle allait abandonner quand une idée lui vint. Elle observa l'escalier de secours en colimaçon qui menait au bar du théâtre à l'étage supérieur.

À l'époque où elle était étudiante, le bar de l'ADC était connu pour fermer tard. Sebastian et elle s'y rendaient parfois pour la dernière tournée avant la fermeture le samedi soir. Ils dansaient et s'embrassaient, ivres, dans le bar.

Elle monta jusqu'en haut des marches et se retrouva devant la sortie de secours.

Sans grand espoir, elle tira la poignée. À sa grande surprise, la porte s'ouvrit.

Elle hésita. Et entra.

Chapitre 7

Le bar de l'ADC était un bar de théâtre à l'ancienne aux tabourets recouverts de velours et où régnait une odeur tenace de bière et de tabac.

Les lumières étaient éteintes. La salle était lugubre, sombre. Le regard de Mariana fut un instant attiré par deux fantômes qui s'embrassaient près du bar.

Soudain, un bruit retentissant la fit sursauter.

Et puis un autre. Tout le bâtiment semblait trembler.

Elle décida d'aller voir au rez-de-chaussée, d'où semblait venir le bruit. Elle sortit du bar et s'enfonça dans le bâtiment. Elle descendit l'escalier central en essayant de se faire la plus discrète possible.

Encore un bruit retentissant.

Il semblait venir de la salle de spectacle. Elle attendit au bas de l'escalier, tendit l'oreille. Mais tout était silencieux.

Elle se faufila jusqu'aux portes de la salle, les entrouvrit, puis jeta un coup d'œil à l'intérieur.

Elle paraissait vide. Seul était installé le plateau de *La Duchesse d'Amalfi*, une imitation cauchemardesque de prison dans le style expressionniste allemand, avec des murs et des barreaux tendus à des angles déformés.

Et un jeune homme occupait la scène, dos à la salle.

Torse nu, dégoulinant de sueur et armé d'un marteau, il semblait bien décidé à tout démolir. La violence de ses gestes était assez inquiétante.

Passant devant les rangées de sièges vides, Mariana descendit prudemment l'allée centrale jusqu'à la scène.

C'est seulement quand elle arriva près de lui que le jeune homme remarqua sa présence et se retourna. Il devait faire environ un mètre quatre-vingts, avait des cheveux bruns coupés court et une barbe d'une semaine. Il devait être âgé d'à peine plus de vingt ans, mais son visage ne paraissait pas juvénile, et pas amical non plus.

— Qui êtes-vous ? demanda-t-il à Mariana en lui lançant un regard furieux.

Elle décida de mentir.

— Je suis psychothérapeute, je travaille avec la police.

— Hmm, hmm. Les flics viennent de partir.

— Effectivement.

Mariana pensait reconnaître son accent.

— Vous êtes grec ?

— Pourquoi ? répondit-il en la dévisageant soudain avec intérêt. Vous aussi ?

Son premier instinct fut de mentir et cela amusa Mariana. Pour une raison quelconque, elle ne voulait pas qu'il sache quoi que ce soit sur elle. Mais elle obtiendrait davantage de lui en misant sur le sentiment d'appartenance.

— À moitié, répondit-elle avec un petit sourire.

Puis, en grec, elle ajouta :

— J'ai grandi à Athènes.

Il parut content de l'entendre. Il sembla se calmer et sa colère s'atténua un peu.

— Moi, je viens de Thessalonique. Enchanté de vous rencontrer.

Il sourit, dévoilant des dents acérées.

— Je vais vous aider.

Il se baissa et, d'un mouvement brusque, il la souleva sans difficulté pour la poser sur la scène. Mariana atterrit sur ses pieds, titubante, et remercia le jeune homme.

— Je m'appelle Nikos. Nikos Kouris. Et vous ?

— Mariana. Vous êtes étudiant ?

— Oui. Je m'occupe de ça, répondit-il en désignant d'un geste le décor en ruine autour de lui. Je suis le metteur en scène. Vous avez devant vous la destruction de mes ambitions théâtrales.

Il étouffa un rire.

— La représentation a été annulée.

— À cause de Veronica ?

Nikos grimaça.

— Un agent devait venir de Londres pour voir la pièce. J'ai travaillé tout l'été à l'organiser. Et tout ça pour rien.

Il arracha férocement un bout de mur qui atterrit avec fracas sur le plateau, le faisant trembler.

Mariana observa attentivement le jeune homme. Tout en lui semblait vibrer de colère ; une rage à peine contenue, comme s'il pouvait sortir de ses gonds à tout moment, agresser n'importe qui et la démolir elle plutôt que la scène. Il l'effrayait vraiment.

— Je me demandais si vous voudriez bien répondre à quelques questions au sujet de Veronica, expliqua-t-elle.

— Et vous voulez savoir quoi ?

— Par exemple, quand l'avez-vous vue pour la dernière fois ?

— À la répétition en costume. Je lui ai fait quelques critiques. Elle ne les a pas appréciées. C'était une actrice assez médiocre, pour tout vous dire. Pas aussi talentueuse qu'elle le croyait.

— Je vois. Et comment vous a-t-elle semblé ?

— Après mes commentaires ? De mauvaise humeur.

Il souriait à nouveau.

— À quelle heure est-elle partie ? Vous en souvenez-vous ?

— Vers dix-huit heures, je pense.

— A-t-elle dit où elle allait ?

— Non. Mais je crois qu'elle avait rendez-vous avec le professeur.

Le metteur en scène porta son attention sur les chaises empilées.

Mariana l'observait et son cœur battait plus vite. Elle poursuivit d'une voix un peu haletante.

— Le professeur ?

— Ouais. Je ne me rappelle pas son nom. Il est venu voir la répétition en costume.

— À quoi ressemblait-il ? Vous pouvez le décrire ?

Nikos réfléchit une seconde.

— Grand. Barbu. Américain. Vous avez d'autres questions ? demanda-t-il en regardant sa montre. Parce que je suis occupé.

— Ce sera tout, merci. Mais est-ce que je peux jeter un coup d'œil aux loges ? Vous savez si Veronica y a laissé des affaires ?

— Je ne pense pas. La police a tout pris. Il n'y avait pas grand-chose.

— J'aimerais quand même y aller. Si ça ne vous dérange pas.

— Comme vous voulez.

Il montra les coulisses du doigt.

— En bas de l'escalier, à gauche.

Il dévisagea Mariana une seconde, comme s'il songeait à quelque chose. Mais il ne dit rien et Mariana s'empressa de gagner les coulisses.

Elles étaient obscures et il lui fallut quelques secondes pour y voir correctement. Sans savoir pourquoi, elle regarda par-dessus son épaule. Et elle vit Nikos sur la scène, le visage déformé par la colère, en train de la mettre en pièces. *Il déteste ne pas obtenir ce qu'il veut.* Il y avait une réelle colère en lui, et Mariana était heureuse de s'éloigner.

Elle fit demi-tour, puis se dépêcha de descendre les marches étroites menant au ventre du théâtre.

Les loges consistaient en une pièce exiguë partagée par tous les acteurs. Des portants de costumes se disputaient la place avec des perruques, du maquillage, des accessoires, des livres et des coiffeuses. Mariana contempla le désordre. Il était impossible de savoir ce qui appartenait à Veronica.

Elle doutait de trouver quoi que ce soit d'utile.

Elle examina malgré tout les coiffeuses. Les miroirs étaient décorés de cœurs, de lèvres formant des baisers et de vœux de succès griffonnés au rouge à lèvres. Des cartes et des photos étaient coincées dans le cadre des miroirs.

Une carte postale attira tout de suite son attention. Elle ne ressemblait pas aux autres.

Mariana l'étudia de plus près. Il s'agissait d'une image religieuse, une icône de sainte, très belle, avec de longs cheveux blonds, comme Veronica. Un poignard en argent dépassait de son cou. Et, encore plus troublant, elle tenait un plateau sur lequel étaient posés deux globes oculaires humains.

Mariana en eut la nausée. Sa main trembla quand elle la retira du cadre du miroir. Elle la retourna.

Et là, comme l'autre fois, elle découvrit une citation rédigée à la main, en grec ancien.

ἴδεσθε τὰν Ἰλίου
καὶ Φρυγῶν ἑλέπτολιν
στείχουσαν, ἐπὶ κάρα στέφη
βαλουμέναν χερνίβων τε παγάς,
βωμόν γε δαίμονος θεᾶς
ῥανίσιν αἱματορρύτοις
χρανοῦσαν εὐφυῆ τε σώματος δέρην
σφαγεῖσαν.

Chapitre 8

Après le second meurtre, une atmosphère de sidération et de mort envahit St Christopher.

Une sorte de peste, de fléau, se répandait dans l'université – comme dans l'Antiquité, la maladie qui ravagea Thèbes –, un poison invisible porté par le vent à travers les cours et contre lequel ces murs anciens qui servaient de refuge autrefois n'offraient plus aucune protection.

Le doyen avait beau affirmer que la sécurité était garantie, un nombre croissant de parents retiraient leurs enfants de la faculté. Mariana ne les blâmait pas et ne blâmait pas non plus les étudiants qui voulaient fuir. Au fond d'elle-même, elle aurait aimé enlever Zoé pour l'emmener à Londres. Mais elle savait qu'il valait mieux ne pas le lui suggérer ; il était acquis que Zoé restait, et Mariana aussi.

Le meurtre de Veronica en particulier avait énormément touché sa nièce. Et qu'il l'affecte autant l'étonnait elle-même. Zoé se sentait hypocrite.

— Je n'aimais même pas Veronica, enrageait-elle. Je ne sais pas pourquoi je ne peux pas m'arrêter de pleurer.

Mariana soupçonnait qu'à travers Veronica elle exprimait un peu de son chagrin pour la mort de Tara ; un chagrin devenu trop accablant, trop effrayant pour y faire face. Ces larmes étaient donc une bonne chose, une saine réaction. C'est ce qu'elle dit à Zoé qu'elle tenait dans ses bras, assise sur le lit, la berçant pendant qu'elle sanglotait.

— Ça va, ma chérie. Ça va. Tu vas te sentir mieux, laisse-toi aller.

Quand ses larmes cessèrent enfin, Mariana insista pour l'emmener déjeuner. Zoé n'avait presque rien avalé depuis vingt-quatre heures. Les yeux rougis, exténuée, elle accepta. Sur le chemin du réfectoire, elles croisèrent Clarissa qui leur suggéra de la rejoindre à la table d'honneur.

La table d'honneur était un espace exclusivement réservé aux professeurs et à leurs invités, situé sur une estrade à un bout du réfectoire, sous les portraits des professeurs d'antan exposés sur les murs lambrissés de chêne. À l'autre bout du réfectoire se trouvait un buffet pour les étudiants assuré par les employés de la cafétéria, élégants avec leurs gilets et leurs nœuds papillons. Les étudiants de premier cycle s'installaient à de longues tables tout le long du mur.

Ils n'étaient pas nombreux. Mariana ne pouvait s'empêcher de penser à eux, discutant à voix basse en picorant leur repas, les traits tendus. Aucun ne semblait en meilleure forme que Zoé.

Zoé et Mariana s'assirent avec Clarissa au bout de la table d'honneur, à l'écart des autres enseignants. Clarissa étudia le menu avec intérêt. Malgré les terribles événements, elle n'avait pas perdu l'appétit.

— Je vais opter pour le faisan, déclara-t-elle. Et puis peut-être les poires pochées au vin. Ou le pudding au caramel.

— Et toi, Zoé ? demanda Mariana.

— Je n'ai pas faim.

Clarissa glissa sur elle un regard inquiet.

— Il faut que tu manges quelque chose, ma chérie. Tu n'as pas l'air bien. Tu as besoin de reprendre des forces.

— Pourquoi pas le saumon poché aux légumes ? suggéra Mariana. Ça irait ?

— OK.

Le serveur vint prendre leur commande, puis Mariana montra à Zoé et Clarissa la carte postale qu'elle avait trouvée à l'ADC.

Clarissa la prit et étudia l'image de près.

— Ah. Sainte Lucie, si je ne me trompe.

— Sainte Lucie ?

— Tu ne la connais pas ? Quand on parle de saints, elle ne figure sans doute pas parmi les célébrités. Une martyre durant la persécution des chrétiens sous Dioclétien, vers 300 après Jésus-Christ. On lui a arraché les yeux avant de la poignarder à mort.

— Pauvre Lucie.

— Certainement. Elle est donc la sainte patronne des aveugles. Elle est en général représentée ainsi, portant ses yeux sur un plateau.

Clarissa retourna la carte postale. Ses lèvres bougèrent sans bruit pendant qu'elle lisait les vers grecs.

— Cette fois, c'est tiré d'*Iphigénie à Aulis* d'Euripide.

— Qu'est-ce que ça raconte ?

— Il s'agit d'Iphigénie qu'on conduit à la mort.

Clarissa but une gorgée de vin, puis traduisit :

— « Voici la jeune fille… avec des guirlandes dans les cheveux, et de l'eau pure aspergée sur elle…

marchant vers l'autel sacrificiel de l'indicible déesse… dont le sang coulera. » En grec, c'est αἱματορρύτοις, « tandis que son magnifique cou est tranché ».

Mariana eut un haut-le-cœur.

— Mon Dieu.

— Ce n'est pas très appétissant, je te l'accorde.

Clarissa rendit la carte postale à Mariana.

Mariana jeta un coup d'œil à Zoé.

— Qu'est-ce que tu en penses ? Tu crois que Fosca aurait pu l'envoyer ?

— Le professeur Fosca ? s'étonna Clarissa pendant que Zoé examinait la carte.

— Tu n'insinues pas… Tu ne crois pas que le professeur…

— Fosca a un groupe d'étudiantes préférées. Tu étais au courant, Clarissa ?

Mariana regarda Zoé une seconde.

— Ils se retrouvent en privé, en secret. Il les appelle les « Muses ».

— Les « Muses » ? s'étonna de nouveau Clarissa. C'est la première fois que j'en entends parler. Une allusion détournée aux Apôtres, peut-être.

— Aux Apôtres ?

— La société secrète de Tennyson, où il a rencontré Hallam.

Mariana la dévisagea. Il lui fallut un instant pour trouver ses mots.

— Peut-être.

— Bien entendu, les Apôtres étaient tous des hommes. Les Muses sont sans doute toutes des femmes ?

— Oui. Et Tara et Veronica en faisaient partie. Tu

ne trouves pas que c'est une étrange coïncidence ? Zoé ? Qu'est-ce que tu en penses ?

Zoé paraissait mal à l'aise. Mais elle acquiesça en jetant un coup d'œil à Clarissa.

— Pour être honnête, je pense que c'est le genre de trucs qu'il ferait. Envoyer une carte comme ça.

— Pourquoi ?

— Fosca est vieux jeu, du style à envoyer des cartes postales, je veux dire. Il envoie souvent des notes écrites à la main. Et le semestre dernier, il a donné un cours sur l'importance de la lettre en tant que forme d'art. Mais je sais que ça ne prouve rien.

— Vraiment ? dit Mariana. Je n'en suis pas si sûre.

Clarissa tapota la carte.

— Comment l'interprètes-tu ? Je ne comprends pas sa finalité.

— Selon moi, c'est un jeu. Annoncer ses intentions comme ça, c'est un défi, et il y prend plaisir. Et il y a autre chose dont il n'a peut-être même pas conscience. Il n'a pas choisi ces citations au hasard, elles ont un sens pour lui.

— Lequel ?

— Je l'ignore. Je ne comprends pas et il nous faut comprendre. C'est le seul moyen pour nous de pouvoir l'arrêter.

— Et quand tu dis « lui », tu veux dire Edward Fosca ?

— Peut-être.

Clarissa semblait très troublée. Elle hocha la tête, mais elle ne fit aucun commentaire. Mariana contempla en silence la carte posée devant elle.

Les plats arrivèrent. Clarissa attaqua son déjeuner et

Mariana dirigea son attention sur Zoé, pour s'assurer qu'elle avale quelque chose.

Edward Fosca ne fut plus mentionné au cours du repas. Mais Mariana ne cessa de penser à lui. Il s'était incrusté dans son esprit comme une chauve-souris suspendue dans l'ombre.

Chapitre 9

Après le déjeuner, Mariana et Zoé allèrent boire un verre au bar de l'université.

Il était nettement plus calme qu'à l'ordinaire. Juste une poignée d'étudiants se trouvaient là. Mariana aperçut Serena assise toute seule. Celle-ci ne les remarqua pas.

Zoé commanda deux verres de vin blanc tandis que Mariana se dirigeait vers le bout du zinc où Serena, perchée sur un tabouret, finissait un gin tonic en rédigeant un texto.

— Bonjour, la salua Mariana.

Serena leva les yeux, et retourna à son téléphone sans répondre.

— Comment allez-vous, Serena ?

Pas de réaction. Mariana jeta un coup d'œil à Zoé pour qu'elle lui vienne en aide. Zoé fit le geste de boire. D'un mouvement de la tête, Mariana lui indiqua qu'elle avait saisi.

— Est-ce que je peux vous offrir quelque chose ?

Serena secoua la tête.

— Non. Je dois partir bientôt.

Mariana sourit.

— Votre admirateur secret ?

Ce n'était manifestement pas la meilleure approche, car Serena répondit avec une étonnante agressivité :

— C'est quoi votre problème ?

— Pardon ?

— Qu'est-ce que vous avez contre le professeur Fosca ? C'est une obsession. Qu'est-ce que vous avez dit sur lui à la police ?

— Je ne vois pas de quoi vous parlez.

Mais en réalité, Mariana était soulagée que le commandant Sangha l'ait prise suffisamment au sérieux pour interroger Fosca.

— Je ne l'ai accusé de rien. Je leur ai juste suggéré de lui poser quelques questions.

— Il se trouve qu'ils l'ont fait. Ils lui en ont posé beaucoup. Et à moi aussi. Vous êtes contente maintenant ?

— Que leur avez-vous raconté ?

— La vérité. Que j'étais avec lui quand Veronica a été tuée mercredi soir. J'ai eu cours avec lui toute la soirée, OK ?

— Et il n'est pas sorti ? Même pour fumer une cigarette ?

— Même pour fumer une cigarette.

Serena lança un regard froid à Mariana, puis fut distraite par un texto. Elle le lut avant de se lever.

— Il faut que j'y aille, déclara-t-elle.

— Attendez.

Mariana baissa la voix.

— Serena. Faites attention à vous, d'accord ?

— Oh, lâchez-moi !

Serena attrapa son sac, puis sortit.

Mariana soupira. Zoé s'assit sur le tabouret que Serena venait de libérer.

— Ça ne s'est pas bien passé on dirait.

— Non. Effectivement.

— Et maintenant, qu'est-ce qu'on fait ?

— Je ne sais pas.

Zoé haussa les épaules.

— Si le professeur Fosca était avec Serena quand Veronica a été tuée, ça ne peut pas être lui le coupable.

— À moins que Serena mente.

— Tu crois vraiment qu'elle mentirait pour lui ? Deux fois ?

Zoé regarda Mariana d'un air dubitatif.

— Mariana…

— Quoi ?

Zoé resta sans rien dire un moment.

— Ce qu'il t'inspire, c'est bizarre.

— Comment ça, bizarre ?

— Il a un alibi pour les deux meurtres et tu ne veux toujours pas laisser tomber. C'est vraiment lui, le problème ? Ou toi ?

— Moi ?

Mariana n'en croyait pas ses oreilles. Indignée, elle sentit le rouge lui monter aux joues.

— Mais de quoi tu parles ?

— Oublie ça.

— Si tu as quelque chose à me dire, dis-le.

— Ça ne sert à rien. Je sais que plus j'essaierai de te convaincre d'arrêter ton truc avec Fosca, plus tu camperas sur tes positions. Tu es tellement têtue.

— Je ne suis pas têtue.

Zoé pouffa.

— Sebastian disait qu'il ne connaissait personne d'aussi têtu que toi.

— Il ne me l'a jamais dit.

— Il me l'a dit à moi.

— Je ne comprends pas ce qui se passe, Zoé. Je ne comprends pas ce que tu sous-entends. Quel truc avec Fosca ?

— C'est à toi de me le dire.

— Quoi ? Il ne m'attire absolument pas, si c'est ce que tu crois !

Elle se rendait compte qu'elle avait haussé la voix. À l'autre bout du bar, deux étudiants l'avaient entendue et avaient tourné la tête. D'aussi loin qu'elle se souvienne, sa nièce et elle n'avaient jamais été aussi proches de la dispute. Mariana ressentait une colère qu'elle ne s'expliquait pas. Mais pourquoi ?

Zoé et elle se dévisagèrent un moment.

La jeune fille céda la première.

— Laisse tomber. Excuse-moi. Je raconte n'importe quoi.

— Moi aussi, je suis désolée.

Zoé jeta un coup d'œil à sa montre.

— Il faut que je file, j'ai un cours sur *Le Paradis perdu*.

— Vas-y, alors.

— On se retrouve pour dîner ?

Mariana hésita.

— Oh, je ne peux pas. Je… j'ai un rendez-vous.

Elle ne voulait pas parler à Zoé de ses projets avec le professeur Fosca, pas tout de suite. Elle se ferait des idées.

— J'ai rendez-vous avec un ami.

— Qui ?

— Personne que tu connais, un vieil ami de fac. Tu devrais y aller, tu vas être en retard.

Zoé fit une petite bise à Mariana. Celle-ci lui prit le bras.

— Zoé. Fais attention à toi, d'accord ?

— Ne monte pas dans la voiture d'un inconnu, tu veux dire ?

— Ne sois pas bête. Je suis sérieuse.

— Je peux très bien prendre soin de moi, Mariana. Je n'ai pas peur.

Le ton faussement dégagé de Zoé inquiéta Mariana plus que tout le reste.

Chapitre 10

Après le départ de sa nièce, Mariana resta assise au bar un moment à siroter son verre de vin. Elle se repassait mentalement leur conversation.

Et si Zoé avait raison ? Et si Fosca était innocent ?

Il avait un alibi pour les deux meurtres, et pourtant, malgré cela, elle avait tissé une toile de soupçons autour de lui, simplement en tirant sur quelques fils… de quoi, exactement ? Pas même des faits, rien de concret. De petits détails : le regard inquiet de Zoé, le fait qu'il enseignait la tragédie grecque à Tara et Veronica, et sa certitude qu'il était l'auteur de ces cartes.

Son intuition lui disait que l'homme qui avait envoyé les cartes aux Muses les avait aussi tuées. Même si cette conclusion pouvait sembler hâtive et irrationnelle, délirante même, pour un commandant de police comme Sangha ou pour une thérapeute comme elle, l'intuition était souvent le seul moyen de progresser. Quand bien même il paraîtrait incroyable qu'un professeur de cette université assassine ses étudiantes, d'une manière aussi effroyable, aussi ostensible, et espère s'en tirer.

Et pourtant. Si elle voyait juste…

Fosca s'en tirerait en toute impunité.

Mais, et si elle se trompait ?

Elle devait mettre de l'ordre dans ses idées, mais elle n'arrivait pas à réfléchir, et ce n'était pas à cause du vin. Elle se sentait dépassée, et de moins en moins sûre d'elle. Alors, que faire, maintenant ? Elle ne savait pas du tout comment avancer.

Calme-toi. Si tu travaillais avec un patient, et que tu te sentais aussi dépassée, qu'est-ce que tu ferais ?

La réponse lui vint immédiatement. Elle demanderait de l'aide, bien entendu. Elle se tournerait vers sa référente.

C'était assez pertinent.

Un rendez-vous avec elle ne pourrait que l'aider. Et quitter cet endroit, rentrer à Londres, échapper à cette fac et à son atmosphère toxique, même pour quelques heures seulement, serait un immense soulagement.

Oui. Voilà ce que je vais faire. Je vais appeler Ruth et j'irai la voir à Londres demain.

Mais avant cela, elle avait un rendez-vous, ici à Cambridge.

Ce soir, elle allait dîner. Avec Edward Fosca.

Chapitre 11

À vingt heures, Mariana se rendit dans les appartements de Fosca.

Elle regarda fixement la grande porte imposante. À côté, une plaque noire portait l'inscription *Professeur Edward Fosca* en écriture calligraphique blanche.

Elle entendait de la musique classique à l'intérieur. Elle frappa. Elle n'obtint pas de réponse.

Elle frappa à nouveau, plus fort. Elle attendit un moment, puis une voix étouffée lui répondit :

— C'est ouvert. Montez.

Mariana prit une grande inspiration, se ressaisit, et ouvrit la porte. Elle fut accueillie par un vieil escalier en orme, étroit et irrégulier là où le bois avait travaillé. Elle dut monter les marches avec prudence.

Elle entendait mieux la musique à présent. C'étaient des chants en latin, une aria ou un psaume mis en musique. Elle les avait déjà entendus quelque part, mais elle ne se souvenait plus d'où. C'était beau, mais sinistre ; le rythme des cordes rappelait des battements de cœur, imitant ironiquement la cadence de ceux de Mariana, qui grimpait les marches, anxieuse.

À l'étage, la porte était entrebâillée. Elle entra. Son

regard s'arrêta tout de suite sur une grande croix accrochée dans l'entrée. En bois foncé, ouvragée, gothique, finement sculptée, elle était magnifique. Cependant, sa simple taille la rendait intimidante et Mariana s'empressa de gagner le salon.

La pièce était obscure. Seules quelques bougies à moitié consumées disposées çà et là l'éclairaient. Il fallut quelques secondes à Mariana pour que ses yeux s'adaptent à la pénombre. Des volutes noires d'épaisse fumée d'encens tamisaient la lumière des bougies, gênant d'autant plus la vue.

Mariana se trouvait dans un grand salon dont les fenêtres donnaient sur la cour. Plusieurs portes desservaient d'autres pièces. Les murs étaient ornés de tableaux et les étagères croulaient sous les livres. Le papier peint à motif de feuilles et de feuillages vert foncé et noir créait un effet troublant, si bien que Mariana avait l'impression de se trouver dans la jungle.

Diverses décorations ornaient le manteau de la cheminée et les tables : un crâne humain qui brillait dans la pénombre ; une petite statue d'un Pan hirsute, avec ses pattes, ses cornes et sa queue de bouc, serrant une outre à vin ; et, à côté, une pomme de pin.

Mariana eut soudain la certitude d'être observée, elle sentait un regard sur sa nuque. Elle se retourna.

Edward Fosca se tenait devant elle. Elle ne l'avait pas entendu entrer. Était-il resté dans l'ombre tout le temps, à l'observer ?

— Bonsoir, lui dit-il.

Ses yeux sombres et ses dents blanches scintillaient à la lumière des bougies et ses cheveux épais lui retombaient sur l'épaule. Il portait un smoking noir, une chemise blanche impeccable et un nœud papillon noir. Elle le trouva extrêmement séduisant et se reprocha de le penser.

— Je ne savais pas que nous allions à la table d'honneur, dit Mariana.

— Nous n'y allons pas.

— Vous êtes pourtant en smoking.

— Ah.

Fosca considéra ses vêtements, et sourit.

— Je n'ai pas souvent l'occasion de dîner avec une aussi belle femme. J'ai pensé m'habiller pour l'occasion. Laissez-moi vous servir un verre.

Sans attendre de réponse, il retira une bouteille de champagne d'un seau à glace. Il remplit sa coupe vide, puis en versa une à Mariana, qu'il lui tendit. Elle le remercia.

Fosca resta un moment sans rien dire, à la regarder, la jaugeant de ses yeux sombres.

— À nous, dit-il.

Mariana ne proposa pas de toast en retour. Elle porta la coupe à ses lèvres et but une petite gorgée de champagne. Il était très pétillant, sec et rafraîchissant. Il était bon et, avec un peu de chance, l'alcool la détendrait. Elle but une autre gorgée.

On frappa à la porte du rez-de-chaussée.

— Ah. Ce doit être Greg, annonça Fosca.

— Greg ?

— De la cafétéria.

Il y eut une rafale de bruit de pas, puis un serveur agile au pas léger portant un gilet et une cravate apparut, une boîte chaude dans une main et une froide dans l'autre. Il sourit à Mariana.

— Bonsoir, mademoiselle.

Il jeta un coup d'œil au professeur.

— Puis-je ?

— Absolument. Allez-y. Installez la table. Je ferai le service.

— Très bien, monsieur.

Le serveur disparut dans la salle à manger. Mariana lança à Fosca un regard interrogateur. Il sourit.

— Je voulais un cadre plus intime que celui du réfectoire. Mais je ne suis pas très doué pour la cuisine, alors j'ai convaincu la cafétéria de nous apporter le réfectoire.

— Comment avez-vous fait ?

— Grâce à un très gros pourboire. Je ne vous flatterai pas en vous en révélant le montant.

— Vous vous êtes donné beaucoup de mal, professeur.

— Appelez-moi donc Edward. Et c'est un plaisir, Mariana.

Il sourit et la fixa sans rien dire. Mariana, un peu mal à l'aise, détourna le regard. Ses yeux se portèrent alors sur la table basse, et la pomme de pin.

— Qu'est-ce que c'est ? demanda-t-elle.

— La pomme de pin, vous voulez dire ? Rien. Ça me rappelle juste mon pays. Pourquoi ?

— Je crois me rappeler une diapositive de pomme de pin, pendant votre cours sur Éleusis.

Fosca acquiesça.

— Oui, en effet. C'est exact. Chaque initié au culte se voyait remettre une pomme de pin à l'entrée.

— Je vois. Pourquoi une pomme de pin ?

— Il ne s'agit pas vraiment de la pomme de pin en elle-même, mais de ce qu'elle symbolise.

— À savoir?

Fosca sourit et la toisa un moment.

— C'est la graine. La graine contenue à l'intérieur. La graine en nous, l'âme dans le corps. Il s'agit d'ouvrir notre esprit à cela. De s'engager à regarder à l'intérieur, et de trouver son âme.

Fosca prit la pomme de pin et la lui tendit.

— Je vous l'offre. Elle est à vous.

— Non, merci, répondit Mariana en hochant la tête. Je n'en veux pas.

Elle avait prononcé sa phrase sur un ton plus virulent qu'elle ne l'aurait voulu.

— Je vois.

Fosca lui adressa un sourire amusé, puis reposa la pomme de pin sur la table basse. Un moment plus tard, Greg réapparut.

— C'est prêt, monsieur. Et le pudding est au réfrigérateur.

— Merci.

— Bonne soirée.

Avant de quitter la pièce, le serveur salua Mariana d'un signe de tête. Elle entendit ensuite ses pas dans l'escalier et la porte se fermer.

Fosca et elle étaient seuls.

Il y eut une pause, une tension entre eux, tandis qu'ils se dévisageaient. Mariana, en tout cas, la sentit. Elle ignorait ce que Fosca ressentait, ce que cachaient ses manières détendues et charmantes. Il était impossible à déchiffrer.

Il fit un geste en direction de la pièce adjacente.

— Si vous voulez bien…

Chapitre 12

Dans la salle à manger lambrissée et sombre, la longue table était recouverte d'une nappe en lin blanc. De grandes bougies brûlaient dans des chandeliers en argent. Et une bouteille de vin rouge décanté trônait sur le buffet.

Derrière, on apercevait par la fenêtre le chêne au centre de la cour qui se découpait sur le ciel sombre. Les étoiles scintillaient à travers les branches. Mariana songea que dans un autre contexte, dîner dans cette superbe pièce ancienne lui aurait paru incroyablement romantique. Mais pas aujourd'hui.

Fosca l'invita à s'asseoir.

Mariana se dirigea vers la table. Deux chaises avaient été installées l'une en face de l'autre. Elle s'assit, et Fosca alla jusqu'au buffet où se trouvaient un gigot d'agneau, des pommes de terre rissolées et de la salade verte.

— Ça sent bon ! Croyez-moi, ce sera bien meilleur que si j'avais essayé de préparer le repas moi-même. J'ai un palais assez fin, mais ma cuisine est plutôt simple. Elle se résume aux recettes de pâtes ordinaires qu'une mère italienne apprend à son fils.

Il sourit à Mariana et saisit un grand couteau. La lame

étincelait à la lueur des bougies. Mariana le regarda découper le gigot avec des gestes vifs et habiles.

— Vous êtes italien ? lui demanda-t-elle.

Il acquiesça.

— Deuxième génération. Mes grands-parents sont arrivés de Sicile en bateau.

— Vous avez grandi à New York ?

— Pas vraiment. Dans l'État de New York. Dans une ferme au milieu de nulle part.

Il servit à Mariana plusieurs tranches de gigot, quelques pommes de terre et de la salade, puis se prépara la même assiette.

— Et vous, vous avez grandi à Athènes ?

— Oui. En proche banlieue.

— Comme c'est exotique. Je suis jaloux.

La remarque fit sourire Mariana.

— Je pourrais dire la même chose d'une ferme dans l'État de New York.

— Pas si vous y alliez. C'est un trou à rats. J'avais hâte de m'en échapper.

Fosca perdit son air enjoué. Il paraissait changé. Plus dur, plus vieux. Il posa l'assiette devant Mariana, porta la sienne de l'autre côté de la table et s'assit.

— Je l'aime bleu. J'espère que ça vous va.

— C'est parfait.

— *Bon appétit*.

Mariana examina son assiette. Les tranches de gigot étaient bleues au point qu'une petite mare de sang brillant suintait et se répandait sur la porcelaine blanche. Elle eut un haut-le-cœur.

— Merci d'avoir accepté de dîner avec moi, Mariana. Comme je vous l'ai dit au Fellows' Garden, vous m'intriguez. Je suis toujours intrigué quand quelqu'un s'intéresse à moi. Et c'est assurément ce que vous avez fait.

Il eut un petit rire.

— Cette soirée est ma chance de vous rendre la pareille.

Mariana prit sa fourchette. Mais elle ne parvenait pas à manger la viande. Elle se concentra sur les pommes de terre et la salade dont elle écarta les feuilles de la mare de sang.

Elle sentait les yeux de Fosca sur elle. Son regard était vraiment glacé, comme celui d'un reptile monstrueux.

— Vous n'avez pas goûté l'agneau. Ça ne vous tente pas ?

D'un hochement de tête, Mariana lui fit signe que si. Elle coupa un petit morceau de viande qu'elle glissa dans sa bouche. Il était humide et avait un goût métallique. Elle dut faire un énorme effort pour mâcher et avaler sa bouchée.

Fosca sourit.

— Bien.

Mariana saisit son verre et fit passer le goût du sang en buvant le fond de sa coupe de champagne.

Voyant qu'elle était vide, Fosca se leva.

— Prenons un peu de vin, voulez-vous ?

Il se dirigea vers le buffet, puis versa deux verres de bordeaux. Il revint à table et en tendit un à Mariana. Elle le porta à ses lèvres, but. Le vin était terreux, râpeux et corsé. Elle sentait déjà les effets du champagne sur son estomac vide. Elle devait s'arrêter de boire ou elle serait bientôt soûle. Mais elle n'arrêta pas.

Fosca se rassit, la regarda, souriant.

— Parlez-moi de votre mari.

Mariana secoua la tête.

— Non.

Fosca parut surpris.

— Non ? Pourquoi ?

— Je n'en ai pas envie.

— Vous ne voulez même pas me dire son nom ?

Mariana répondit à voix basse :

— Sebastian.

D'une manière ou d'une autre, en prononçant son nom, elle le fit apparaître une seconde, son ange gardien, et elle se sentit plus en sécurité, plus calme ; et Sebastian lui murmura à l'oreille : *N'aie pas peur, ma chérie, ne te laisse pas faire. N'aie pas peur.*

Elle décida de suivre son conseil. Elle leva les yeux et soutint le regard de Fosca.

— Parlez-moi de vous, professeur.

— Edward. Que voulez-vous savoir ?

— Parlez-moi de votre enfance.

— Mon enfance ?

— Comment était votre mère ? Vous l'aimiez ?

Fosca se mit à rire.

— Ma mère ? Vous allez me psychanalyser pendant le dîner ?

— C'est par simple curiosité. Je me demande ce qu'elle vous a appris en dehors des recettes de pâtes.

— Ma mère m'a appris très peu de chose, malheureusement. Et vous ? Comment était votre mère ?

— Je ne l'ai pas connue.

— Ah. Je crois que je n'ai jamais vraiment connu la mienne non plus.

Il jaugea Mariana un moment, il réfléchissait. Elle voyait son esprit à l'œuvre, un esprit brillant. Acéré comme un couteau. Il lui faudrait être prudente. Sur un ton désinvolte, elle lui demanda :

— C'était une enfance heureuse ?

— Je vois que vous avez vraiment l'intention de transformer ce dîner en séance de thérapie.

— Ce n'est pas une séance de thérapie, juste une conversation.

— Une conversation marche dans les deux sens, Mariana.

Fosca sourit, et attendit. Voyant qu'elle n'avait pas le choix, Mariana releva le défi.

— Non, je n'ai pas eu une enfance particulièrement heureuse. À certains moments, peut-être. Mon père m'aimait beaucoup, mais…

— Mais quoi ?

— La mort était trop présente.

Ils se toisèrent un moment. Fosca acquiesça lentement de la tête.

— Oui, je le vois dans vos yeux. On y lit beaucoup de tristesse. Vous savez, vous me faites penser à une héroïne de Tennyson, Mariana, dans *Mariana* : « Il ne vient pas, dit-elle. Je suis lasse, lasse, je voudrais être morte[1] ! »

Fosca continuait de sourire, et Mariana, agacée, se sentant mise à nu, détourna le regard. Elle prit son verre, le vida d'un trait, puis parla à son tour.

— À vous, professeur.

— Très bien.

---

1. Alfred Tennyson, *Mariana*, traduit par Stéphane Mallarmé, Le Mercure de France, 1890.

Fosca but une gorgée de vin.

— Est-ce que j'étais un enfant heureux ? Non.

— Pourquoi ça ?

Il ne répondit pas tout de suite. Il se leva pour aller chercher la bouteille de vin, remplit le verre de Mariana, puis poursuivit :

— Pour être honnête, mon père était un homme très violent. J'ai grandi en craignant pour ma vie et pour celle de ma mère. Je l'ai souvent vu la brutaliser.

Mariana ne s'attendait pas à une telle confession. Certes, ses mots sonnaient vrai, mais ils étaient dénués de toute émotion. C'était comme s'il ne ressentait rien.

— Je suis désolée. C'est terrible.

Fosca haussa les épaules. Il resta un moment sans rien dire et se rassit.

— Vous avez un don pour faire parler les gens, Mariana. Vous êtes une bonne thérapeute, je le sens. Je n'avais pas l'intention de me livrer à vous, mais vous avez fini par m'allonger sur votre divan. Au sens thérapeutique.

Mariana hésita.

— Vous avez été marié ?

Fosca éclata de rire.

— Votre conversation suit une direction bien précise. Est-ce que nous passons du divan au lit ?

Il sourit, but une gorgée de vin.

— Je n'ai pas été marié, non. Je n'ai pas rencontré la femme qu'il me faut.

Il fixa Mariana.

— Pas encore.

Mariana ne réagit pas. Il continuait de la fixer. Son regard était appuyé, intense, insistant. Elle se sentait comme un lapin pris dans les phares d'une voiture. Elle repensa au terme qu'avait utilisé Zoé : « Éblouissant ». Finalement, n'y tenant plus, elle détourna les yeux, ce qui sembla amuser Fosca.

— Vous êtes une femme splendide, mais vous avez quelque chose qui va au-delà de la beauté. Une singularité, une certaine quiétude. Comme celle du fond des océans, loin des vagues, là où rien ne bouge. Très calme, et très triste.

Mariana ne dit rien. Elle n'aimait pas la tournure que prenait la soirée, elle sentait qu'elle perdait l'avantage, pour peu qu'elle l'ait jamais eu. Elle était également un peu ivre, et pas préparée à ce que Fosca passe du numéro de charme au meurtre.

— Ce matin, dit-il, j'ai reçu la visite du commandant Sangha. Il voulait savoir où je me trouvais quand Veronica a été tuée.

Il observa de nouveau Mariana, cherchant peut-être une réaction. Elle ne lui fit pas ce plaisir.

— Et qu'avez-vous répondu ?

— La vérité. Que je donnais un cours particulier à Serena dans mes appartements. Je lui ai suggéré de vérifier auprès d'elle s'il ne me croyait pas.

— Je vois.

— Il m'a posé beaucoup de questions. La dernière vous concernait. Vous savez ce qu'il voulait savoir ?

— Je n'en ai aucune idée.

— Il se demandait pourquoi vous aviez autant de préjugés à mon sujet. Ce que j'avais fait pour mériter ça.

— Et qu'avez-vous répondu ?

— Que je n'en savais rien, mais que je vous le demanderais. Alors, je vous le demande. Que se passe-t-il,

Mariana ? Vous orchestrez une campagne contre moi depuis le meurtre de Tara. Et si je vous disais que je suis innocent ? J'aimerais vous faire plaisir et être votre bouc émissaire, mais…

— Vous n'êtes pas mon bouc émissaire.

— Non ? Un étranger, un Américain issu d'un milieu populaire, qui évolue dans le monde universitaire élitiste anglais… Je détonne.

— Pas du tout. Je dirais que vous y trouvez parfaitement votre place.

— Naturellement, j'ai fait de mon mieux pour m'intégrer, mais en fin de compte, même si les Anglais sont infiniment plus subtils que les Américains quand il s'agit de xénophobie, je serai toujours un étranger, et on se méfiera toujours de moi. Et vous non plus, vous n'êtes pas à votre place ici.

— Il ne s'agit pas de moi.

— Oh, mais si. Vous et moi, c'est du pareil au même.

— Non. Pas du tout, répliqua Mariana en fronçant les sourcils.

— Allons, Mariana. Vous ne pensez pas sérieusement que je tue mes étudiantes ? C'est absurde. Je ne veux pas dire que certaines ne le mériteraient pas.

Il se mit à rire et Mariana eut froid dans le dos.

Elle le regarda fixement. Elle avait le sentiment qu'elle venait d'entrevoir sa vraie nature. Fosca était un dur à cuire, un sadique totalement indifférent. Elle s'engageait sur un terrain dangereux, elle le savait, mais le vin la rendait téméraire et l'occasion ne se représenterait peut-être jamais. Elle choisit ses mots avec soin.

— Alors j'aimerais savoir quel genre de personne les a tuées selon vous.

La question sembla l'étonner. Toutefois, il répondit :

— Il se trouve que j'y ai réfléchi.

— Je n'en doute pas.

— Et ce qui me surprend avant tout, c'est la nature religieuse du meurtre. C'est une évidence. Nous avons affaire à un homme d'une grande spiritualité. Selon sa vision des choses, en tout cas.

Mariana repensa à la croix dans l'entrée. *Comme vous*.

Fosca but une gorgée de vin, puis poursuivit :

— Les meurtres ne sont pas commis au hasard. Je pense que la police ne l'a pas encore compris. Ces meurtres sont des actes sacrificiels.

— Des actes sacrificiels ?

— C'est ça, ils relèvent d'un rituel. Une renaissance et une résurrection.

— Je ne vois aucune résurrection là-dedans. Juste la mort.

— Tout dépend du point de vue. Et je vais vous dire autre chose. Cet homme est un comédien. Il aime jouer la comédie.

Comme vous.

— Les meurtres me rappellent une tragédie élisabéthaine. La violence et l'horreur, pour choquer et divertir.

— Divertir ? Comment ça ?

— Au sens théâtral.

Fosca sourit. Mariana ressentit un soudain désir de s'éloigner de lui le plus possible. Elle repoussa son assiette.

— J'ai terminé.

— Vous êtes sûre de ne pas en vouloir plus ?

— J'en ai eu assez.

Chapitre 13

Fosca lui suggéra de prendre le café et le dessert au salon et Mariana le suivit à contrecœur. D'un geste, il désigna le grand canapé sombre près de la cheminée.

— Je vous en prie, asseyez-vous.

Mariana n'avait pas envie de s'asseoir à côté de lui, d'être aussi près de lui ; elle ne se sentait pas en sécurité. Une pensée lui vint : si elle était mal à l'aise seule avec lui, que pouvait ressentir une jeune fille de dix-huit ans ?

— Je suis fatiguée. Je crois que je vais me passer de dessert.

— Ne partez pas, pas encore. Je vais faire du café.

Avant qu'elle n'ait eu le temps de refuser, Fosca disparut dans la cuisine.

Mariana lutta contre son envie de s'enfuir, de sortir de là. Elle était vaseuse, frustrée, et en colère contre elle-même. Elle n'avait pas atteint son but. Elle n'avait rien appris qu'elle ne savait déjà. Il valait mieux qu'elle parte, avant qu'il revienne et qu'elle soit obligée de repousser ses avances, ou pire encore.

Pendant qu'elle réfléchissait à ce qu'elle devait faire, elle parcourut la pièce des yeux. Son regard buta sur une petite pile de livres posée sur la table basse. Elle pencha la tête pour lire le titre du premier de la pile.

Euripide, œuvres complètes.

Elle jeta un coup d'œil par-dessus son épaule en direction de la cuisine. Fosca ne revenait pas. Elle s'approcha vite de la table.

Elle saisit le livre. Un marque-page rouge en dépassait.

Elle ouvrit à la page marquée. Elle se trouvait au milieu d'une scène d'*Iphigénie à Aulis*. La traduction anglaise du texte était imprimée d'un côté, en regard de l'original en grec ancien.

Plusieurs vers avaient été soulignés. Mariana les reconnut tout de suite. C'étaient les mêmes que ceux de la carte postale qu'on avait envoyée à Veronica.

ἴδεσθε τὰν Ἰλίου
καὶ Φρυγῶν ἑλέπτολιν
στείχουσαν, ἐπὶ κάρα στέφη
βαλουμέναν χερνίβων τε παγάς,
βωμόν γε δαίμονος θεᾶς
ῥανίσιν αἱματορρύτοις
χρανοῦσαν εὐφυῆ τε σώματος δέρην
σφαγεῖσαν.

— Que faites-vous ?

Mariana sursauta. Fosca se trouvait juste derrière elle. Elle reposa bruyamment le livre, se tourna et se força à sourire.

— Rien, je ne faisais que regarder.

Fosca lui tendit une tasse d'expresso.

— Tenez.

— Merci.

Il observa le livre.

— Comme vous avez pu le deviner, Euripide est un de mes auteurs préférés. Je le considère comme un vieil ami.

— Vraiment ?

— Oh oui. C'est le seul tragédien à dire la vérité.

— La vérité ? À quel sujet ?

— Tout. La vie. La mort. L'incroyable cruauté de l'homme. Il formule les choses comme elles sont.

Fosca but une gorgée de café en fixant Mariana. Et face à ses yeux noirs, elle n'eut plus aucun doute. Elle en était absolument certaine.

C'étaient ceux d'un meurtrier.

QUATRIÈME PARTIE

«Lorsque survient un personnage qui parle et se comporte de façon analogue à son propre père, même l'adulte en oublie ses droits démocratiques ou n'en fait plus usage, il se soumet à ce personnage, lui fait des ovations, se laisse manipuler par lui, lui accorde toute sa confiance, enfin se livre entièrement à lui et ne s'aperçoit pas de l'esclavage dans lequel il tombe, parce que l'on ne remarque pas ce qui s'inscrit dans la continuité de sa propre enfance.»

Alice MILLER, *C'est pour ton bien*[1]

«L'enfance annonce l'homme, comme le matin annonce le jour.»

John MILTON, *Le Paradis reconquis*[2]

---

1. *C'est pour ton bien: racines de la violence dans l'éducation de l'enfant*, traduit par Jeanne Étoré, Flammarion, 2015.
2. Traduit par Jacques Blondel, Flammarion, 2013.

Chapitre 1

La mort, et ce qui se passe ensuite, m'a toujours beaucoup intéressé.

Depuis Rex, je suppose.

Rex est mon premier souvenir. Un bel animal, un chien de berger noir et blanc. Le meilleur de tous. Il a supporté que je lui tire les oreilles, que j'essaie de m'asseoir sur lui, et a dû endurer tous les mauvais traitements dont un petit enfant est capable, mais il remuait la queue quand il me voyait arriver, il me saluait avec amour. C'était une leçon de pardon. Et pas seulement une fois, mais tout le temps.

Il m'a appris plus que le pardon. Il m'a appris ce qu'est la mort.

Vers mes douze ans, Rex vieillissait et avait du mal à suivre les moutons. Ma mère a suggéré de le mettre à la retraite, de prendre un chien plus jeune pour le remplacer.

Je savais que mon père n'aimait pas Rex. Parfois, je soupçonnais même qu'il le détestait. Ou était-ce ma mère qu'il détestait ? Elle adorait Rex, plus que moi encore. Elle l'aimait parce qu'il avait pour elle une affection inconditionnelle, et qu'il ne parlait pas. C'était son compagnon de chaque instant. Il travaillait avec elle toute la journée et je me souviens que lors d'une dispute mon père lui a dit qu'elle cuisinait pour le chien et en prenait soin avec plus de dévouement qu'elle n'en avait jamais montré pour lui.

Je me souviens de ce qu'il a dit quand ma mère a proposé de prendre un autre chien. Nous étions dans la cuisine. J'étais par terre en train de caresser Rex. Ma mère s'affairait devant la cuisinière. Mon père se servait un whisky. Et pas son premier de la journée.

« Je ne paierai pas pour nourrir deux chiens. Je vais d'abord tuer celui-là. »

Il m'a fallu quelques secondes pour saisir, pour comprendre exactement ce qu'il voulait dire. Ma mère a secoué la tête.

Elle a dit : « Non. » Pour une fois, elle était sérieuse.

« Si tu touches à ce chien, je vais...

— Quoi ? a dit mon père. Tu me menaces ? »

Je savais ce qui allait arriver. Il faut vraiment du cran pour se sacrifier pour quelqu'un. C'est ce qu'elle a fait quand elle a défendu Rex ce jour-là.

Mon père est devenu fou, bien sûr. Un verre brisé m'a fait comprendre que c'était trop tard. J'aurais dû me mettre à l'abri, comme Rex, qui avait sauté de mes bras et était presque déjà dehors. Je n'avais pas d'autre choix que de rester assis par terre, pris au piège, pendant que mon père renversait la table, qui s'est abattue à quelques centimètres à peine de moi. Ma mère a contre-attaqué en lui lançant des assiettes au visage.

Il a foncé sur elle, en marchant sur les assiettes cassées. Ses poings étaient levés. Elle était appuyée contre le plan de travail. Elle était prise au piège. Et puis elle a brandi un couteau. Un grand couteau, celui pour découper les agneaux. Elle le tenait en l'air, pointé vers la poitrine de mon père. Au niveau du cœur.

« Je vais te tuer, nom de Dieu. Je ne plaisante pas. »

Il y a eu un silence.

J'ai pris conscience qu'il était tout à fait possible qu'elle le poignarde. À ma grande déception, elle ne l'a pas fait.

Mon père n'a pas dit un mot de plus. Il s'est tourné et il est sorti. La porte de la cuisine a claqué derrière lui.

Ma mère est restée figée une seconde. Ensuite, elle s'est mise à pleurer. C'est horrible de voir sa mère pleurer. On se sent si impuissant, si démuni. J'ai dit :

« Je le tuerai pour toi. »

Mais ça l'a juste fait pleurer encore plus fort.

Et puis on a entendu un coup de feu.

Et un second.

Je ne me souviens pas d'avoir quitté la maison, ni d'avoir trébuché dans la cour. Tout ce dont je me souviens, c'est du corps mou et ensanglanté de Rex par terre, et de mon père qui s'éloignait d'un pas décidé, son fusil à la main.

J'ai regardé la vie quitter mon chien. Ses yeux sont devenus aveugles et vitreux. Sa langue est devenue bleue. Ses membres se sont lentement raidis. Je ne pouvais pas m'arrêter de le regarder. Je sentais, même à cette époque, même à un aussi jeune âge, qu'assister à la mort de cet animal me marquerait pour toujours.

La fourrure douce et humide. Le corps brisé. Le sang. J'ai fermé les yeux, mais je le voyais encore.

Le sang.

Et plus tard, quand ma mère et moi avons porté Rex à la fosse, et l'avons jeté dedans, dans les profondeurs, pour qu'il pourrisse avec les autres carcasses, je savais qu'une partie de moi était tombée avec lui. La bonne partie.

J'ai essayé de verser quelques larmes pour lui, mais j'étais incapable de pleurer. Ce pauvre animal ne m'avait jamais fait de mal, il ne m'avait témoigné que de l'amour, que de la gentillesse.

Et pourtant, je n'arrivais pas à pleurer pour lui.

Au lieu de cela, j'apprenais à haïr.

Un noyau de haine, froid et dur, se formait dans mon cœur, comme un diamant dans un morceau de charbon sombre.

J'ai juré de ne jamais pardonner à mon père et qu'un jour, j'aurais ma revanche. Mais en attendant, avant de grandir, j'étais piégé.

Alors, je me suis réfugié dans mon imagination. Dans mes fantasmes, mon père souffrait.

Et moi aussi.

Dans la salle de bains, la porte fermée à clé, dans le grenier à foin, ou à l'arrière de la grange, sans être observé, je m'évadais, de mon corps, de mon esprit.

Je mimais des scènes de mort terriblement violentes. Des empoisonnements atroces, des coups de couteau brutaux. Boucherie et éviscération. On me traînait, m'écartelait, me torturait à mort. Je saignais.

Je me mettais debout sur mon lit, et je me préparais à être sacrifié par des prêtres païens. Ils s'emparaient de moi et me jetaient de la falaise, dans la mer, dans les profondeurs où les monstres marins tournaient en rond, attendant de me dévorer.

Je fermais les yeux et je sautais du lit.

Et j'étais complètement démoli.

Chapitre 2

Mariana se sentit plus légère en quittant l'appartement de Fosca.

Mais pas à cause du vin et du champagne, bien qu'elle ait bu plus qu'elle n'aurait dû. C'était sous l'effet du choc, après ce qu'elle venait de voir : la citation grecque dans le livre de Fosca. Étrange comme les moments de lucidité ressemblent souvent à l'ivresse.

Elle ne pouvait pas garder ça pour elle. Il fallait qu'elle en parle à quelqu'un. Mais à qui ?

Elle s'arrêta dans la cour pour y réfléchir. Il était inutile d'essayer de trouver Zoé, pas maintenant, pas après leur dernière conversation ; sa nièce ne la prendrait tout simplement pas au sérieux. Elle avait besoin d'une oreille bienveillante. Elle pensa à Clarissa, mais elle doutait que la professeure veuille la croire.

Il ne restait donc qu'une seule personne.

Elle sortit son téléphone, et appela Fred. Il lui dit qu'il serait plus que ravi de discuter avec elle et suggéra qu'ils se retrouvent au Gardies dix minutes plus tard.

Le Gardenia, apprécié par des générations d'étudiants et connu sous le nom de Gardies, était un restaurant grec situé au cœur de Cambridge, qui servait du fast-food en fin de soirée. Mariana s'y rendit à pied. En longeant l'allée piétonne, qui décrivait une courbe, elle sentit le Gardies avant de le voir, accueillie par l'odeur des frites grésillant dans l'huile bouillante et du poisson frit.

La salle était petite. Seule une poignée de clients pouvaient y loger à la fois, si bien que les autres se rassemblaient à l'extérieur et mangeaient dans la ruelle. Fred attendait près de l'entrée sous le store vert dont l'enseigne annonçait : « Faites un break à la grecque. »

Tandis qu'elle s'approchait, Fred sourit à Mariana et lui dit :

— Salut. Ça te dit des frites ? Je t'invite.

L'odeur de friture rappela à Mariana qu'elle avait faim ; elle avait à peine touché au fichu dîner de Fosca. Elle accepta avec gratitude.

— J'adorerais ça.

— Je reviens tout de suite, mademoiselle.

Fred se dirigea vers la porte, trébucha sur la marche et heurta un client, qui l'insulta. Mariana ne put s'empêcher de sourire ; elle avait rarement rencontré quelqu'un d'aussi maladroit. Fred revint vite, avec deux cornets en papier blanc débordants de frites fumantes.

— Et voilà. Ketchup ? Mayo ?

— Non, merci.

Elle souffla sur les frites une minute pour qu'elles refroidissent. Puis elle en goûta une. Elle était salée et acide, un peu trop vinaigrée. Elle toussa. Fred eut un regard inquiet.

— Trop de vinaigre ? Désolé. J'ai eu la main lourde.

— Pas de problème, répondit Mariana en souriant. Elles sont très bonnes.

— Bien.

Ils restèrent un moment à manger en silence. Ce

faisant, Mariana lui jetait des coups d'œil à la dérobée. La lumière douce du lampadaire rendait ses traits fins plus enfantins encore. *Ce n'est qu'un gamin*, se dit-elle. *Un boy-scout passionné.* Elle ressentit soudain une véritable affection pour lui. Mais elle chassa ces pensées de son esprit.

Fred surprit son regard sur lui. Il lui sourit timidement et parla entre deux bouchées.

— Je vais regretter ce que je vais dire, j'en suis sûr. Mais je suis très content que tu m'aies appelé. Ça veut dire que je t'ai manqué, même un tout petit peu.

En voyant l'expression sur le visage de Mariana, son sourire s'estompa.

— Ah. Je vois que je me trompe. Ce n'est pas pour ça que tu as appelé.

— J'ai appelé parce qu'il s'est passé quelque chose, et que je veux t'en parler.

Fred eut l'air un peu plus optimiste.

— Alors, tu voulais me parler ?

— Allons, Fred, répliqua Mariana en levant les yeux au ciel. Contente-toi d'écouter.

— Je t'écoute.

Il dévora ses frites pendant que Mariana le mettait au courant. Les citations sur les cartes postales, l'extrait correspondant souligné dans le livre de Fosca.

Quand elle eut terminé, il resta un moment silencieux, puis lui demanda :

— Qu'est-ce que tu vas faire ?

— Je ne sais pas.

Fred s'essuya la bouche, puis froissa le cornet qu'il jeta dans la poubelle. Mariana l'observa, essayant de déchiffrer l'expression de son visage.

— Tu ne penses pas que ce n'est que dans mon imagination ?

— Non.

— Même s'il a un alibi ? Pour les deux meurtres ?

— Une des filles qui lui a fourni un alibi est morte.

— Oui.

— Et Serena pourrait mentir.

— Oui.

— Et il y a une autre possibilité, bien sûr.

— Laquelle ?

— Il n'opère pas seul. Il a un complice.

— Je n'y avais pas pensé, fit Mariana, interloquée.

— Pourquoi pas ? Ça expliquerait comment il peut se trouver à deux endroits en même temps.

— Peut-être.

— Tu n'as pas l'air convaincue.

— Il ne me semble pas être le genre de personne à avoir un partenaire. C'est un loup solitaire.

— Peut-être.

Fred réfléchit une seconde.

— Quoi qu'il en soit, il nous faut une preuve, tu sais, un truc concret, sinon personne ne nous croira jamais.

— Et comment allons-nous l'obtenir ?

— On va trouver une idée. Retrouvons-nous demain matin pour mettre un plan au point.

— Je ne peux pas demain. Je dois aller à Londres. Mais je t'appelle à mon retour.

— D'accord. Mais, Mariana, dit-il en baissant la voix, écoute. Fosca doit savoir qu'on s'intéresse à lui, alors…

Il n'eut pas besoin de terminer sa phrase.

— Ne t'inquiète pas. Je suis prudente.

— Bien.

Fred marqua une pause, puis ajouta en souriant :

— Il n'y a plus qu'une chose à dire. Tu es incroyablement belle ce soir. Me ferais-tu l'honneur de devenir ma femme ?

— Non. Mais merci beaucoup pour les frites.

— Avec plaisir.

— Bonne nuit.

Ils se sourirent, puis Mariana se tourna et s'éloigna. Au bout de la rue, le sourire encore aux lèvres, elle regarda derrière elle. Mais Fred était parti.

C'était étrange. Il semblait s'être volatilisé.

Mariana était en chemin pour la fac quand son portable sonna. Elle le sortit de sa poche, regarda l'écran. C'était un numéro caché.

Elle hésita, puis répondit.

— Allô ?

Elle n'obtint pas de réponse.

— Allô ?

Un silence, suivi d'un murmure :

— Salut, Mariana.

Elle se figea.

— Qui est-ce ?

— Je vous vois Mariana. Je vous regarde.

— Henry ?

Elle était certaine que c'était lui, elle reconnaissait sa voix.

— Henry, c'est vous ?

L'homme au bout du fil raccrocha. Mariana resta plantée là, fixant son téléphone, morte d'inquiétude. Elle regarda autour d'elle. La rue était déserte.

Chapitre 3

Le lendemain matin, elle se leva tôt pour se rendre à Londres.

Tandis qu'elle traversait Main Court après avoir quitté sa chambre, elle jeta un coup d'œil dans Angel Court par le porche voûté.

Edward Fosca se tenait là, devant son escalier, en train de fumer.

Mais il n'était pas seul. Il parlait à quelqu'un, un appariteur qui tournait le dos à Mariana. À en juger par sa taille et sa carrure, il ne pouvait s'agir que de Morris.

Mariana se dirigea d'un pas rapide vers le porche. Elle se cacha derrière pour observer prudemment de l'autre côté du mur.

Ce qui l'avait incitée à examiner la situation de plus près, c'était l'expression du visage de Fosca. Un air contrarié qu'elle ne lui avait jamais vu avant. La remarque de Fred, suggérant que Fosca avait un complice, lui revint à l'esprit.

Pouvait-il s'agir de Morris ?

Elle vit Fosca glisser quelque chose dans la main de l'appariteur. Cela ressemblait à une épaisse enveloppe. Mais que contenait-elle ? De l'argent ?

Mariana sentait que son imagination s'emballait. Elle

la laissa faire. Morris faisait-il chanter Fosca ? Était-il payé pour se taire ?

S'agissait-il de la preuve concrète qu'elle cherchait ?

Morris se retourna soudain. Il s'éloigna de Fosca et se dirigea vers Mariana.

Elle recula pour se plaquer contre le mur. L'appariteur traversa le porche d'un pas rapide sans même la remarquer. Mariana le regarda traverser Main Court, puis sortir par le portail.

Et elle décida aussitôt de le suivre.

Chapitre 4

Mariana s'empressa de sortir et resta à bonne distance de Morris. Il semblait ne pas se rendre compte qu'on le suivait. Il marchait d'un pas nonchalant, en sifflotant, profitant de sa promenade sans hâte apparente.

Il dépassa Emmanuel College, longea la rue aux maisons alignées avec des vélos enchaînés aux rambardes. Puis il tourna à gauche dans une ruelle étroite, et disparut.

Mariana accéléra. Elle jeta un coup d'œil dans la ruelle, bordée de maisons.

Une impasse. Elle aboutissait sur un vieux mur de brique couvert de lierre.

Contre toute attente, Morris avança jusqu'au mur.

Une fois devant, il glissa les doigts dans un interstice entre deux briques mal fixées, prit appui, escalada sans difficulté et passa de l'autre côté.

Bon sang, se dit Mariana. Elle réfléchit un instant.

Elle courut vers le mur et l'examina. Elle repéra un interstice où s'agripper. Elle n'était pas sûre d'y arriver.

Elle glissa les doigts dans la fente, mais la brique se détacha et lui resta dans la main. Elle recula.

Elle la laissa de côté. Elle fit une nouvelle tentative.

Cette fois, elle parvint à se hisser. Non sans peine, elle grimpa par-dessus le mur, tomba de l'autre côté.

Et atterrit dans un autre monde.

Chapitre 5

De l'autre côté du mur, il n'y avait plus de ruelle. Plus de maisons. Juste de l'herbe sauvage, des conifères et des mûriers laissés à l'abandon. Il fallut quelques secondes à Mariana pour comprendre.

Elle venait de s'introduire dans le cimetière abandonné de Mill Road.

Elle l'avait exploré avec Sebastian presque vingt ans plus tôt par un après-midi d'été étouffant. Il ne lui avait pas plu à l'époque ; elle l'avait trouvé sinistre, désolé.

Il ne lui plaisait pas davantage aujourd'hui.

Elle se releva. Regarda autour d'elle. Aucun signe de Morris. Elle tendit l'oreille. Tout était silencieux. Elle n'entendit aucun bruit, pas même un chant d'oiseau. Il régnait là un silence de mort.

Elle observa les allées qui se croisaient devant elle dans une mer de tombes envahie de mousse et d'épais buissons de houx. Les nombreuses stèles effondrées ou cassées en deux jetaient des ombres dentelées sur l'herbe sauvage. Les noms et les dates gravés sur les pierres tombales avaient depuis longtemps été effacés par les intempéries. Tous ces gens, toutes ces vies, oubliés. On éprouvait là une telle sensation de vide, d'absurdité… Mariana avait hâte de partir.

Elle longea l'allée la plus proche du mur d'enceinte ; elle n'avait pas l'intention de se perdre, pas maintenant.

Elle s'arrêta et tendit de nouveau l'oreille. Mais là encore, aucun bruit de pas.

Rien. Pas le moindre son.

Elle avait perdu la trace de Morris.

Peut-être l'avait-il aperçue et volontairement semée ? Continuer ne servait à rien.

Elle était sur le point de rebrousser chemin quand une grande statue attira son attention. Un ange aux larges ailes ébréchées, monté sur une croix, les bras écartés. Mariana le fixa un moment, fascinée. La statue était ternie et cassée, mais toujours belle. L'ange ressemblait à Sebastian.

Soudain, à travers le feuillage, juste derrière la statue, elle remarqua une jeune femme qui marchait dans l'allée. Mariana la reconnut immédiatement.

C'était Serena.

Serena ne la vit pas. Elle approchait d'une crypte rectangulaire en pierre au toit plat. Le marbre blanc autrefois immaculé était à présent tacheté de mousse gris et vert et cerné de fleurs sauvages.

Serena s'assit sur une marche, sortit son téléphone de sa poche et le regarda fixement.

Mariana se cacha à proximité derrière un arbre. Elle observa à travers les branches.

Serena leva les yeux vers un homme qui émergeait du feuillage.

Morris.

Il avança jusqu'à Serena. Tous les deux restaient muets. Morris ôta son chapeau melon qu'il posa en équilibre sur une stèle. Puis d'un geste vif et brutal il saisit Serena par la nuque et l'embrassa avec fougue.

Mariana regarda Morris allonger Serena sur le marbre sans cesser de l'embrasser. Il s'étendit sur elle et ils firent l'amour de manière violente, bestiale. Mariana était à la fois dégoûtée et subjuguée, incapable de détourner les yeux. Et puis, aussi brusquement qu'ils avaient commencé, ils jouirent, et le silence revint.

Ils restèrent un moment sans bouger. Puis Morris se releva. Il rajusta ses vêtements, récupéra son chapeau et l'épousseta.

Mariana songea qu'il valait mieux partir. Elle fit un pas en arrière. Une brindille se cassa sous son pied.

Avec un craquement sonore.

À travers les branches, elle vit Morris regarder autour de lui. Il fit signe à Serena de ne pas faire de bruit. Puis il passa derrière un arbre et Mariana le perdit de vue.

Elle se retourna et se dépêcha de regagner l'allée. Mais de quel côté se trouvait l'entrée ? Elle décida de reprendre le chemin par lequel elle était arrivée, en longeant le mur. Elle se retourna.

Morris se tenait juste derrière elle.

Il la dévisagea, le souffle court. Après quelques secondes de silence, il lui lança :

— Mais qu'est-ce que vous foutez ?

— Comment ? Excusez-moi.

Elle tenta de le contourner, mais il lui bloqua le chemin. Il souriait.

— Ça vous a plu, alors ?

Mariana se sentit rougir, et détourna le regard.

Morris se mit à rire.

— Je vois clair en vous. Vous ne me la faites pas. Je vous ai à l'œil, depuis le début.

— Qu'est-ce que vous voulez dire ?

— Je veux dire : ne fourrez pas votre sale nez dans les affaires des autres ou il sera tranché, comme disait mon grand-père. C'est clair ?

— C'est une menace ?

Mariana parlait avec plus de courage qu'elle n'en éprouvait en réalité. Morris se contenta de rire. Il la regarda une dernière fois, tourna les talons, puis s'en alla tranquillement.

Mariana resta tremblante, effrayée, en colère et au bord des larmes. Elle était paralysée, rivée sur place. Elle leva les yeux vers la statue. L'ange la dévisageait, lui offrant ses bras.

Sebastian lui manqua soudain terriblement. Elle avait envie qu'il l'enlace, la serre contre lui, et se batte pour elle. Mais il était parti.

Et elle devait apprendre à se défendre elle-même.

Chapitre 6

Mariana prit le train rapide pour Londres.

Il ne s'arrêtait dans aucune gare sur le trajet, fonçant vers sa destination, agité de secousses et de cahots fous, tanguant de façon incontrôlée. Les rails crissaient – un cri strident aux oreilles de Mariana –, comme si quelqu'un hurlait. La porte de la voiture ne fermait pas correctement, elle n'arrêtait pas de claquer et chaque choc faisait sursauter Mariana, la dérangeant dans ses réflexions.

Elle avait beaucoup de choses en tête. Profondément troublée par son affrontement avec Morris, elle essayait de lui donner un sens. C'était donc lui, l'homme que Serena voyait en secret ? Rien d'étonnant à ce qu'ils gardent leur relation clandestine. Morris perdrait son emploi si on venait à découvrir qu'il entretenait une liaison avec une étudiante.

Mariana espérait que ça n'allait pas plus loin. Mais elle en doutait.

Il y avait un lien entre Morris et Fosca, mais lequel ? Et quelle place tenait Serena dans tout ça ? Est-ce que Morris et elle faisaient chanter Fosca ? Si tel était le cas, se mettre à dos un psychopathe qui avait déjà tué deux fois relevait d'un jeu dangereux.

Mariana avait eu tort au sujet de Morris, elle s'en rendait compte à présent. Elle s'était laissé berner par ses manières désuètes, mais il n'avait rien d'un gentleman. Elle repensait à son regard effrayant et à ses menaces. Il avait voulu lui faire peur. Et il avait réussi.

La porte de la voiture claqua. Mariana sursauta.

Arrête. Tu es en train de te rendre folle. Elle devait se changer les idées, penser à autre chose.

Elle sortit l'exemplaire du *British Journal of Psychiatry* qu'elle avait encore dans son sac. Elle le feuilleta, mais elle n'arrivait pas à se concentrer. Quelque chose d'autre la tracassait : elle avait en permanence l'impression d'être épiée.

Elle jeta un coup d'œil par-dessus son épaule et inspecta la voiture. Elle ne connaissait ni ne reconnaissait aucun des quelques passagers qui s'y trouvaient. Personne ne semblait l'observer.

Cependant, cette impression d'être surveillée ne la quittait pas. Quand le train approcha de Londres, une pensée troublante lui vint.

Et si elle se trompait au sujet de Fosca ? Et si le tueur était un inconnu, un homme qu'elle ne pouvait pas voir, assis juste là, dans cette voiture, et qui la regardait à cet instant même ? L'idée la fit frissonner.

La portière claqua.

Claqua encore.

Et encore.

Chapitre 7

Le train arriva bientôt à King's Cross. Quand Mariana sortit de la gare, elle avait encore l'impression d'être pistée. Elle sentait un regard sur sa nuque et cela la faisait frissonner.

Soudain, convaincue que quelqu'un se tenait derrière elle, elle fit volte-face ; elle s'attendait presque à voir Morris.

Mais il n'était pas là.

Pourtant, la sensation persistait. Elle arriva chez Ruth perturbée, se sentant en pleine crise de paranoïa. *Je suis peut-être folle. C'est peut-être ça.*

Folle ou non, elle ne souhaitait voir personne, sauf cette vieille dame qui l'attendait au numéro 5 de l'impasse Redfern Mews. Elle fut soulagée rien qu'en appuyant sur la sonnette.

Ruth avait été la thérapeute formatrice de Mariana pendant ses années d'études. Et lorsque Mariana avait obtenu son diplôme, Ruth était devenue sa référente. Un référent joue un rôle important dans la vie d'un thérapeute. Mariana lui parlait de ses patients, de ses groupes, et Ruth l'aidait à démêler ses sentiments, à distinguer les émotions de ses patients des siennes, ce qui n'était pas toujours facile. Sans référent, un thérapeute peut facilement se retrouver submergé par toute la détresse qu'il doit contenir. Et Mariana aurait pu perdre cette impartialité si importante pour travailler efficacement.

Après la mort de Sebastian, elle avait vu Ruth plus souvent, plus que jamais en quête de son soutien. Ces rencontres avaient tout de la thérapie sinon le nom. Ruth lui avait suggéré de s'investir pleinement, et proposé de la suivre. Mais Mariana avait refusé. Elle ne pouvait pas expliquer exactement pourquoi, sinon par le fait qu'une thérapie ne lui serait d'aucune aide ; elle avait seulement besoin de Sebastian. Et tous les mots du monde ne pourraient le remplacer.

Ruth ouvrit la porte et accueillit Mariana avec un sourire engageant.

— Mariana, ma chère. Entrez.

— Bonjour, Ruth.

C'était si bon de revenir ici, de pénétrer dans le salon qui sentait toujours la lavande, d'entendre le tic-tac rassurant de la pendule en argent posée sur la tablette de la cheminée.

Mariana s'installa à sa place habituelle, au bord du canapé bleu délavé. Ruth était assise face à elle, dans son fauteuil.

— Vous sembliez bouleversée au téléphone. Vous voulez m'en parler, Mariana ?

— Je ne sais pas par où commencer. Je suppose que tout s'est déclenché quand Zoé m'a téléphoné de Cambridge.

Mariana se lança dans le récit de son histoire, de manière aussi claire et compréhensible que possible. Ruth écoutait, hochant la tête de temps à autre, sans beaucoup intervenir. Quand Mariana eut terminé, Ruth resta silencieuse un moment. Elle soupira, presque imperceptiblement – un soupir de tristesse, de lassitude, qui faisait écho à l'angoisse de Mariana de manière bien plus éloquente que n'importe quels mots.

— Je sens que cela met vos nerfs à rude épreuve, dit-elle. Ce besoin d'être forte, pour Zoé, pour l'université, pour vous-même.

Mariana secoua la tête.

— Moi, je ne compte pas. Mais Zoé, et ces filles… J'ai tellement peur.

Ses yeux s'emplirent de larmes. Ruth se pencha et lui tendit une boîte de mouchoirs.

— Merci, excusez-moi. Je ne sais même pas pourquoi je pleure.

— Vous pleurez parce que vous vous sentez impuissante.

— C'est vrai.

— Mais c'est faux. Vous le savez, n'est-ce pas ? Vous êtes en mesure de faire face. Bien plus que vous le croyez. L'université, après tout, n'est simplement qu'un autre groupe, profondément meurtri. Si quelque chose de cette nature, nocive, meurtrière, agissait dans un de vos groupes…

Ruth laissa sa phrase en suspens. Mariana la médita.

— Qu'est-ce que je ferais ? C'est une bonne question. Je suppose que je parlerais à mes patients, en tant que groupe, je veux dire.

— C'est précisément ce que je pensais, dit Ruth avec une étincelle dans les yeux. Parlez à ces filles, aux « Muses », non pas individuellement, mais en tant que groupe.

— Vous parlez de thérapie de groupe ?

— Pourquoi pas ? Proposez-leur une séance, et voyez ce qu'il en ressort.

Mariana sourit malgré elle.

— C'est une curieuse idée. Je me demande comment elles réagiraient.

— Pensez-y, rien de plus. Comme vous le savez, le traitement le plus efficace pour un groupe…

— … s'applique à tout le groupe. Oui, je vois ça.

Mariana resta un moment sans rien dire. Le conseil était judicieux. Pas facile à suivre, mais il touchait à quelque chose qu'elle connaissait et en quoi elle croyait. Et elle se sentait déjà un peu moins dépassée. Elle sourit avec gratitude et remercia Ruth.

— Il y a autre chose, risqua cette dernière. Une chose moins évidente à dire, qui me frappe, à propos de cet homme, Edward Fosca. Je veux que vous vous méfiiez.

— Mais je me méfie.

— De vous-même ?

— Que voulez-vous dire ?

— Cela fait probablement resurgir toutes sortes de sentiments et provoque toutes sortes d'associations. Je suis surprise que vous n'ayez pas évoqué votre père.

Mariana regarda Ruth, étonnée.

— Et quel serait le lien entre mon père et Edward Fosca ?

— Eh bien, ce sont deux hommes charismatiques, influents dans leur communauté et, à ce qu'il semble, très narcissiques. Je me demande si vous ressentez le désir de retenir l'attention de cet homme, Edward Fosca, comme c'était le cas avec votre père.

— Non.

Mariana était fâchée que Ruth le suggère.

— Non, répéta-t-elle. Et de toute façon, je fais un transfert très négatif sur Edward Fosca.

Ruth hésita.

— Vos sentiments envers votre père n'étaient pas entièrement bienveillants.

— C'est différent.

— Vraiment ? C'est encore difficile pour vous, même maintenant, n'est-ce pas ? De le critiquer ou de reconnaître qu'il vous a réellement négligée. Il ne vous a jamais donné l'amour dont vous aviez besoin. Il vous a fallu longtemps pour en prendre conscience, et le formuler.

— Franchement, Ruth, je ne crois pas que mon père ait quoi que ce soit à voir avec ça.

Ruth la regarda tristement.

— C'est mon impression. J'ai le sentiment que votre père est au centre de vos interrogations. Cela peut ne pas faire vraiment sens pour le moment. Mais peut-être qu'un jour, ce sera évident.

Mariana ne savait pas quoi répondre. Elle haussa les épaules.

Après une pause, Ruth lui demanda :

— Et Sebastian ? Que ressentez-vous à son sujet ?

— Je ne veux pas parler de Sebastian. Pas aujourd'hui.

Ensuite, elle ne s'attarda pas. L'allusion à son père avait jeté un froid et la séance en fut écourtée.

Avant de partir, elle prit la vieille dame dans ses bras. Elle sentit de la chaleur et de l'affection dans son geste, et des larmes lui montèrent aux yeux.

— Merci infiniment, Ruth. Pour tout.

— Appelez-moi si vous en ressentez le besoin. À n'importe quelle heure.

— Merci encore.

— Et vous devriez peut-être parler à Theo.

— Theo ?

— Pourquoi pas ? Après tout, la psychopathie est son domaine. Il est plutôt brillant. Son point de vue ne peut que vous être utile.

Mariana considéra la suggestion. Comme elle, Theo avait étudié la psychologie à Londres. Il était ensuite devenu psychothérapeute judiciaire. Ils avaient tous les deux suivi une thérapie avec Ruth, mais ils ne se connaissaient cependant pas très bien.

— Je ne sais pas trop. Enfin… je ne l'ai pas vu depuis très longtemps. Vous croyez que ça ne l'ennuierait pas ?

— Pas du tout. Vous pourriez essayer de le voir avant de retourner à Cambridge. Je vais lui passer un coup de fil.

Ruth appela Theo, qui lui dit qu'il se souvenait bien entendu de sa camarade et qu'il serait heureux de lui parler. Il lui donna rendez-vous dans un pub à Camden.

Et ce jour-là, à dix-huit heures, Mariana alla rejoindre Theo Faber.

Chapitre 8

Mariana arriva à l'Oxford Arms la première. Pendant qu'elle patientait, elle commanda un verre de vin blanc.

Elle était curieuse de voir Theo, mais elle se méfiait aussi. La thérapie que tous les deux avaient suivie auprès de Ruth faisait presque d'eux des frère et sœur, convoitant chacun l'attention que leur mère accordait à l'autre. Mariana jalousait un peu Theo, lui en voulait même. Elle savait que Ruth avait un faible pour lui. Quand Ruth le mentionnait, elle prenait un ton protecteur et cela avait conduit Mariana, de manière assez déraisonnable, à imaginer que Theo était orphelin. Ce fantasme avait brusquement cessé quand ses deux parents étaient apparus à la remise de diplôme, bel et bien vivants.

En réalité, Mariana avait relevé chez Theo un côté fragile, une face cachée. Cela ne tenait pas à son apparence, mais à son comportement : une sorte de réserve, une légère distance qu'il maintenait avec les autres, une gêne, quelque chose que Mariana percevait aussi en elle.

Theo arriva avec quelques minutes de retard. Il la salua chaleureusement, commanda un Coca sans sucre au bar, puis la rejoignit à sa table.

Il n'avait pas changé. Rien en lui n'avait changé. La quarantaine, toujours mince, il portait une veste en velours usée, une chemise blanche froissée et il sentait légèrement la cigarette. Mariana lui trouvait un joli visage, un air attentionné, mais son regard avait quelque chose – quel était le mot ? – d'anxieux, de tourmenté, même. Elle appréciait Theo, cependant elle n'était pas vraiment à l'aise en sa présence. Elle ne savait pas exactement pourquoi.

— Merci d'être venu, lui dit-elle. C'était au dernier moment.

— Ça ne me dérange pas du tout. Je suis intrigué. J'ai suivi l'affaire, comme tout le monde. Elle est fascinante.

Il se corrigea aussitôt :

— Enfin, c'est terrible bien entendu, mais fascinant aussi.

Il sourit, puis poursuivit :

— J'aimerais que tu m'éclaires.

Mariana sourit à son tour.

— En fait, j'espérais que c'était toi qui allais m'éclairer.

— Ah, répondit Theo sur un ton surpris. Mais tu es sur place, Mariana, à Cambridge. Et pas moi. Ton point de vue a bien plus de valeur que le mien, je t'assure.

— Je n'ai pas beaucoup d'expérience dans ce domaine. En criminologie.

— Ça ne fait aucune différence, en fait. D'après mon expérience, chaque cas est tout à fait unique.

— C'est amusant. Julian a dit exactement l'inverse. Que tous les cas se ressemblent.

— Julian ? Tu parles de Julian Ashcroft ?

— Oui. Il travaille avec la police.

Theo sourcilla.

— Je me souviens de Julian à l'institut. Je le trouvais

assez bizarre. Un peu assoiffé de sang. Et quoi qu'il en soit, il a tort, chaque cas est unique. Après tout, personne n'a vécu la même enfance.

— Oui, je suis d'accord. Mais quand même, tu ne crois pas qu'il y a autre chose à creuser ?

Theo but une gorgée de Coca, haussa les épaules.

— Disons que je suis l'homme que tu recherches. Disons que je suis très malade, et très dangereux. Il est tout à fait possible que je puisse te le cacher. Pas pour très longtemps, peut-être, ni dans un contexte thérapeutique, mais en surface, c'est très facile de présenter une autre image de soi. Même à des gens qu'on voit tous les jours.

Il joua avec son alliance un moment, la faisant tourner sur son doigt.

— Tu veux mon avis ? Oublie le « qui ». Commence par le « pourquoi ».

— Pourquoi il tue, tu veux dire ?

— Oui. Quelque chose là-dedans sonne faux. Les victimes ont-elles subi des agressions sexuelles ?

— Non, aucune.

— Alors, qu'est-ce que ça nous montre ?

— Que c'est le meurtre en lui-même, les coups de couteau et la mutilation, qui lui procure de la satisfaction ? Peut-être. Mais je crois que ce n'est pas aussi simple.

— Moi aussi.

— Le légiste a dit que la mort avait été provoquée par la lacération de la gorge, et que les coups de couteau avaient été portés post mortem.

— Je vois, dit Theo. Ce qui signifie qu'il y a un aspect spectaculaire dans tout ça. Il y a une mise en scène, une intention de toucher un public.

— Et nous sommes le public ?

— C'est ça. Et pourquoi, selon toi ? Pourquoi veut-il que nous soyons témoins de cette terrible violence ?

Mariana réfléchit un instant.

— D'après moi, il veut que nous croyions à un déchaînement de violence, celui d'un tueur en série, un fou armé d'un couteau. Mais en réalité, il est parfaitement calme et maître de lui. Et ces meurtres ont été soigneusement planifiés.

— Exactement. Ce qui veut dire que nous avons affaire à quelqu'un de très intelligent, et de très dangereux.

Mariana pensa à Edward Fosca.

— Oui, c'est ce que je crois aussi.

Theo la regarda fixement et lui dit :

— Laisse-moi te poser une question. Quand tu as vu le cadavre de près, quelle est la première chose qui t'est venue à l'esprit ?

Mariana cligna des yeux et l'espace d'une seconde le visage de Veronica lui apparut.

— Je ne sais pas. C'était horrible.

— Non. Ce n'est pas ce que tu as pensé. Dis-moi la vérité. Quelle est la première chose qui t'est venue à l'esprit ?

Mariana haussa les épaules, un peu embarrassée.

— Assez bizarrement, j'ai pensé à un vers de pièce de théâtre.

— C'est intéressant. Continue.

— Un vers de *La Duchesse d'Amalfi*. « Couvrez son visage, ces yeux m'éblouissent. »

— Oui.

Le regard de Theo s'éclaira soudain. Il se pencha vers Mariana, tout excité.

— Oui, c'est ça.

— Je ne suis pas sûre de comprendre.

— Ces yeux « m'éblouissent ». Les corps sont présentés comme ça, pour nous « éblouir ». Pour nous rendre aveugles d'effroi. Pourquoi ?

— Je ne sais pas.

— Réfléchis. Pourquoi essaie-t-il de nous aveugler ? Que ne veut-il pas que nous voyions ? De quoi essaie-t-il de nous distraire ? Réponds à cette question, Mariana, et tu trouveras qui il est.

Mariana acquiesça pendant qu'elle assimilait l'information. Theo et elle restèrent un instant à se regarder dans un silence contemplatif.

Theo sourit.

— Tu as un rare don d'empathie. Je le sens. Je vois pourquoi Ruth t'estime autant.

— Je ne mérite pas le compliment, mais merci. Ça fait plaisir de l'entendre.

— Ne sois pas si modeste. Ce n'est pas facile d'être aussi ouverte et réceptive aux autres. Tu es capable de ressentir ce qu'ils ressentent. C'est un cadeau empoisonné par bien des côtés. Je l'ai toujours pensé.

Il marqua une pause, puis poursuivit à voix basse :

— Excuse-moi. Je ne devrais pas dire ça, mais je vois quelque chose d'autre en toi. Une sorte de peur. Tu as peur de quelque chose. Et tu penses que cette chose se trouve quelque part ici, dans la nature.

Il fit un geste du bras dans l'air puis, se touchant la poitrine, il ajouta :

— Mais en réalité, elle est là. Au fond de toi.

Mariana cligna des yeux. Elle se sentait mise à nu et cela la gênait. Elle secoua la tête.

— Je ne vois pas ce que tu veux dire.

— Eh bien, voici mon conseil : prêtes-y attention. Accueille ça avec bienveillance. C'est ce que dit Ruth.

Il sembla soudain quelque peu mal à l'aise ; il sentait peut-être qu'il avait franchi une limite.

— Je devrais y aller. Je dois rejoindre ma femme.

— Bien sûr. Merci d'être venu, Theo.

— Aucun problème. Ça m'a fait plaisir de te voir aussi, Mariana. Ruth m'a dit que tu avais ton propre cabinet à présent.

— C'est exact. Et toi, tu exerces toujours à Broadmoor ?

— Pour ma peine, répondit-il en souriant. Pour être honnête, je ne sais pas combien de temps je vais encore le supporter. Je ne suis pas vraiment heureux là-bas. Je chercherais bien un nouveau poste, mais tu sais… le manque de temps.

Lorsqu'il dit cela, Mariana eut une idée.

— Attends.

Elle ouvrit son sac et en sortit le *British Journal of Psychiatry*. Elle le feuilleta jusqu'à la page qu'elle cherchait. Elle montra la revue à Theo et pointa du doigt une annonce dans un encadré.

— Regarde.

C'était une offre d'emploi pour un poste de psychothérapeute au Grove, une unité psychiatrique sécurisée à Edgware.

— Qu'est-ce que tu en penses ? Je connais le professeur Diomedes, c'est le directeur. Il est spécialisé dans la thérapie de groupe. J'ai suivi ses cours pendant un moment.

— Oui. Oui, je sais qui c'est.

Theo lut l'offre avec un intérêt évident.

— Le Grove ? Ce n'est pas là qu'on a envoyé Alicia Berenson ? Après le meurtre de son mari ?

— Alicia Berenson ?

— L'artiste peintre. Celle qui ne veut plus parler.

— Ah oui, je m'en souviens.

Mariana adressa à Theo un sourire encourageant.

— Tu devrais peut-être postuler. L'amener à reparler.

— Peut-être.

Theo sourit et réfléchit un instant.

— Je vais peut-être le faire.

Chapitre 9

Le trajet de retour à Cambridge passa en un éclair.

Perdue dans ses réflexions, Mariana se repassait sa conversation avec Ruth et son rendez-vous avec Theo. L'idée selon laquelle le meurtrier procédait de façon particulièrement effroyable afin de détourner l'attention d'autre chose l'intriguait, et lui paraissait cohérente sur le plan psychique, sans qu'elle puisse l'expliquer.

Quant à la suggestion de Ruth, organiser un groupe thérapeutique avec les Muses, ce serait compliqué, et peut-être même impossible, mais cela valait assurément la peine d'essayer.

Ce que Ruth lui avait dit au sujet de son père était beaucoup plus problématique.

Mariana ne comprenait pas pourquoi elle l'avait évoqué. Qu'avait-elle dit exactement ?

« Cela peut ne pas faire vraiment sens pour le moment. Mais peut-être qu'un jour, ce sera évident. »

On ne pouvait pas faire plus énigmatique. De toute évidence, Ruth faisait allusion à quelque chose, mais à quoi ?

Mariana regardait les champs défiler par la vitre en cherchant à comprendre. Elle pensa à son enfance à Athènes, et à son père. Petite, elle l'adorait – ce bel homme, intelligent et charismatique –, l'idolâtrait et l'idéalisait. Il lui avait fallu longtemps pour prendre conscience que son père n'était pas tout à fait l'homme qu'elle croyait.

Cela s'était produit un peu après ses vingt ans, alors qu'elle venait d'obtenir son diplôme à Cambridge. Elle vivait à Londres et suivait des études pour devenir enseignante. Elle avait commencé sa thérapie avec Ruth dans l'intention de faire le deuil de sa mère, mais s'était retrouvée à parler surtout de son père.

Elle s'était sentie obligée de convaincre Ruth qu'il était un homme formidable, brillant, travailleur, qu'il s'était sacrifié en élevant seul deux enfants et qu'il l'aimait de tout son cœur.

Après avoir écouté Mariana pendant quelques mois sans beaucoup intervenir, Ruth l'avait un jour interrompue.

Ce qu'elle avait dit était simple, direct et dévastateur.

Elle avait suggéré avec autant de douceur que possible que Mariana était dans le déni en ce qui concernait son père. Qu'après tout ce qu'elle avait entendu, elle devait remettre en question l'opinion de Mariana qui voyait en lui un parent aimant. L'homme qu'elle avait décrit paraissait autoritaire, froid, émotionnellement indisponible, souvent critique et extrêmement méchant, voire cruel. Aucun de ces traits de caractère ne laissait penser à de l'amour.

— L'amour est inconditionnel, lui avait rappelé Ruth. On n'est pas censé avoir besoin de faire des efforts pour satisfaire quelqu'un. Surtout si c'est pour échouer systématiquement. On ne peut pas aimer quelqu'un dont on a peur, Mariana. Je sais que c'est difficile à entendre. C'est une sorte d'aveuglement, mais, à moins d'en prendre conscience et de le voir clairement, il persiste toute la vie, et affecte le regard que l'on porte sur soi, et sur les autres.

Mariana avait protesté.

— Vous vous trompez sur mon père. Je sais qu'il est difficile, mais il m'aime. Et je l'aime.

Ruth avait alors fermement répondu :

— Non. Au mieux, disons qu'il y a là un désir d'être aimée. Au pire, c'est un attachement pathologique à un homme narcissique : un amalgame de gratitude, de peur, d'attentes et d'obéissance qui n'a rien à voir avec l'amour. Vous ne l'aimez pas. Qui plus est, vous ne vous connaissez pas et vous ne vous aimez pas non plus.

Ruth avait raison. C'était difficile à entendre, et encore plus à accepter. Mariana s'était levée, puis était partie, en colère et en larmes. Elle s'était juré de ne plus jamais revenir.

Mais une fois dehors, quelque chose l'avait interpellée. Elle avait soudain pensé à Sebastian. Elle se sentait terriblement mal à l'aise quand il la complimentait. Il lui disait :

— Tu ne sais pas à quel point tu es belle.

Et elle répondait :

— Arrête.

Gênée, elle rougissait en balayant le compliment d'un revers de la main. Sebastian se trompait ; elle n'était ni belle ni intelligente, elle ne se voyait pas comme ça.

Mais pourquoi ?

Se voyait-elle avec ses propres yeux ?

Ou ceux de son père ?

Sebastian ne portait pas sur elle le même regard que

son père – ni que celui de personne au demeurant –, il la voyait avec ses propres yeux. Et si Mariana en faisait autant ? Si, comme la dame de Shalott, elle cessait de regarder la vie dans un miroir, se retournait et l'observait directement ?

C'était cela, la prise de conscience, la fissure dans le mur de l'illusion et du déni laissant filtrer la lumière. Pas large, mais suffisamment pour y voir. Ce fut une révélation pour Mariana. Elle fut propulsée dans un voyage à la découverte d'elle-même dont elle se serait bien privée. Elle finit par abandonner son cursus pour devenir enseignante, et entama une formation de thérapeute. Malgré toutes les années qui s'étaient écoulées depuis, elle n'avait jamais complètement démêlé ses sentiments à l'égard de son père. Et maintenant qu'il était mort, elle ne le ferait probablement jamais.

Chapitre 10

Mariana descendit du train à la gare de Cambridge, plongée dans des pensées mélancoliques, puis retourna à St Christopher à peine consciente de ce qui l'entourait. Quand elle arriva, Morris fut la première personne qu'elle aperçut. Il se tenait près de la loge des appariteurs en compagnie d'agents de police. Et en le voyant, la tension de leur rencontre lui revint. Elle en eut l'estomac noué.

Elle refusa de le regarder en passant devant lui. Du coin de l'œil, elle le vit la saluer en retirant son chapeau, comme si rien ne s'était passé. Il avait manifestement l'impression d'avoir le dessus.

Bien. Laissons-le croire ça.

Mariana décida de ne rien dire de ce qui s'était passé pour l'instant, en partie parce qu'elle imaginait déjà la réaction du commandant Sangha. Si elle lui suggérait que Morris était complice de Fosca, il ne la croirait pas et la ridiculiserait. Comme le lui avait rappelé Fred, elle avait besoin de preuves. Il lui serait plus utile de garder le silence, de laisser Morris penser qu'il s'en était sorti, et de lui fournir assez de cartouches pour se tirer une balle dans le pied.

Elle eut soudain envie d'appeler Fred, de lui parler. Et elle s'arrêta net.

Mais à quoi pensait-elle ? Éprouvait-elle des sentiments pour lui ? Pour ce garçon ? Non, elle ne voulait même pas l'envisager. C'était déloyal, et effrayant aussi. En fait, il valait mieux qu'elle ne le rappelle jamais.

Quand Mariana arriva devant sa chambre, elle trouva la porte entrouverte.

Elle se figea. Elle tendit l'oreille, mais n'entendit aucun bruit.

Elle ouvrit très doucement. La porte grinça.

En découvrant l'intérieur, elle eut le souffle coupé. La pièce avait été mise sens dessus dessous. Tous les tiroirs et les placards avaient été ouverts et fouillés. Ses affaires étaient éparpillées, ses vêtements déchirés, en lambeaux.

Elle appela vite la loge et demanda à Morris d'aller chercher un policier.

Quelques instants plus tard, l'appariteur et deux policiers étaient dans la chambre en train d'examiner les dégâts.

— Vous êtes sûre que rien n'a été volé ? lui demanda un des agents.

— Je pense que non, répondit Mariana.

— On n'a vu aucun individu suspect quitter l'université. C'est plus probablement quelqu'un d'ici qui a fouillé votre chambre.

— On dirait l'œuvre d'un étudiant rancunier, déclara Morris en souriant à Mariana. Vous avez mis quelqu'un en colère, mademoiselle ?

Mariana l'ignora. Elle remercia les policiers et convint qu'il ne s'agissait pas d'un cambriolage. Ils lui proposèrent de relever les empreintes. Mariana était sur le point d'accepter, quand elle remarqua un détail qui la fit changer d'avis.

Un couteau, un outil tranchant, avait été utilisé pour graver une croix sur le bureau en acajou.

— Ce ne sera pas nécessaire. Je ne vais pas donner suite.

— Eh bien, si vous en êtes sûre.

Quand Morris et les policiers quittèrent la pièce, Mariana caressa les rainures du bout du doigt.

Elle pensa à Henry.

Et, pour la première fois, elle eut vraiment peur de lui.

Chapitre 11

Je viens de penser au temps.

Peut-être que rien ne disparaît jamais vraiment. Il est là depuis le début. Mon passé, je veux dire. Et s'il me rattrape, c'est qu'il ne m'a jamais quitté.

Bizarrement, je serai toujours là-bas, j'aurai toujours douze ans. Piégé dans le temps, en ce jour terrible, le lendemain de mon anniversaire, quand tout a changé.

J'ai l'impression que ça m'arrive en ce moment même, pendant que j'écris.

Ma mère me fait asseoir pour m'apprendre la nouvelle. Je sais que quelque chose ne va pas parce qu'elle m'a amené dans le salon de devant, celui où nous n'allons jamais, et me fait asseoir sur la chaise en bois inconfortable pour me l'annoncer. Je pensais qu'elle allait me confier qu'elle était mourante, qu'elle était en phase terminale. C'est ce que j'ai cru en voyant l'expression de son visage.

Mais c'était bien pire que ça.

Elle a dit qu'elle allait partir. Ça allait particulièrement mal avec mon père. Son œil au beurre noir et sa lèvre fendue le prouvaient. Et elle avait enfin trouvé le courage de le quitter.

J'ai ressenti un immense élan de bonheur. Jubilation est le seul mot qui s'en rapproche.

Mais mon sourire s'est vite estompé alors qu'elle me débitait son projet qui impliquait d'aller dormir sur le canapé d'un cousin, puis d'aller vivre chez ses parents, le temps de se retourner. Et comme elle évitait mon regard, et n'en disait pas plus, il devint évident qu'elle ne m'emmenait pas.

Je l'ai regardée, en état de choc.

J'étais incapable de penser. Je ne me rappelle pas grand-chose d'autre de ce qu'elle a dit. Mais elle a fini par me promettre d'envoyer quelqu'un me chercher quand elle serait installée dans sa nouvelle maison. Ç'aurait aussi bien pu être sur une autre planète, vu ce qui m'attendait. Elle m'abandonnait. Elle me laissait là. Avec lui.

J'étais sacrifié. Condamné à l'enfer.

Et puis, avec l'étrange maladresse dont elle faisait preuve parfois, elle a ajouté qu'elle n'avait pas encore informé mon père de son départ. Elle voulait me l'annoncer d'abord.

Je crois qu'elle n'avait pas l'intention de le mettre au courant. Elle me disait simplement adieu, à cet instant-là. Et puis, si elle avait eu le moindre bon sens, elle serait allée faire ses bagages et aurait fui pendant la nuit.

C'est ce que j'aurais fait.

Elle m'a demandé de garder son secret, et m'a fait promettre de ne rien dire. Ma mère était belle, téméraire et confiante, mais par bien des côtés j'étais beaucoup plus mûr et plus sage qu'elle. J'étais assurément plus sournois. Tout ce que j'avais à faire, c'était de tout répéter à mon père. De révéler à ce fou furieux son projet de quitter le navire. Et ça l'empêcherait de partir. Je ne la perdrais pas. Et je ne voulais pas la perdre.

Ou peut-être que si ?

Je l'aimais, non ?

Il m'arrivait quelque chose. Mon raisonnement changeait. Cela commença pendant cette conversation avec elle, et dans les heures qui suivirent. Une espèce de lente et effrayante prise de conscience, une étrange révélation.

Je pensais qu'elle m'aimait.

Mais finalement il y avait plus d'une personne en elle. Et maintenant, je commençais à voir cette autre personne, à la découvrir soudain, là, en arrière-plan, en train de me regarder, pendant que mon père me torturait. Pourquoi ne l'en avait-elle pas empêché ? Pourquoi ne m'avait-elle pas protégé ?

Pourquoi ne m'avait-elle pas fait comprendre que j'étais digne d'être protégé ?

Elle avait défendu Rex, elle avait pointé un couteau contre la poitrine de mon père et avait menacé de le poignarder. Mais elle n'en avait jamais fait autant pour moi.

Je sentais un feu qui brûlait, une colère qui s'élevait, une rage qui ne me quitterait plus. Je savais que c'était mal, je savais que je devais étouffer les flammes avant qu'elles me dévorent. Mais au lieu de cela, je les ai attisées. Et je me suis consumé.

Toutes les horreurs que j'avais endurées, je les avais supportées pour elle, pour la protéger. Mais elle ne m'a jamais accordé la priorité. C'était chacun pour soi, semblait-il. Mon père avait raison. Elle était égoïste, gâtée, irréfléchie. Cruelle.

Il fallait qu'elle soit punie.

Je n'aurais jamais pu le lui dire à l'époque. Je n'avais pas le vocabulaire. Mais, des années plus tard, j'aurais pu lui faire face, au début de la vingtaine peut-être, quand je me serais mieux exprimé. Et après un verre de trop, après le dîner, je me serais retourné contre elle, contre cette vieille femme, et j'aurais tenté de la blesser, comme elle m'avait blessé. J'aurais énuméré mes griefs, et puis, dans mon fantasme, elle se serait effondrée, prosternée, à me demander pardon. Et je le lui aurais accordé, mon pardon, avec bienveillance.

Quel luxe ce serait, de pardonner. Mais je n'ai jamais eu cette chance.

Cette nuit-là, je suis allé me coucher, à vif, plein de haine. C'était comme un magma rouge et chaud qui s'élevait dans le cratère d'un volcan. Je me suis endormi. Et j'ai rêvé que je descendais au rez-de-chaussée, que je sortais un grand couteau à découper du tiroir et que je tranchais la tête de ma mère. Je lui coupais et lui sciais le cou, jusqu'à ce que la tête se détache. Ensuite, je la cachais dans son sac à couture à rayures rouges et blanches, que je mettais sous mon lit, où je savais qu'il serait en sécurité. Le cadavre, je m'en débarrassais, dans la fosse avec les autres carcasses, où personne ne le trouverait jamais.

Quand je me suis réveillé, dans l'horrible lumière jaune de l'aube, je me sentais vaseux, j'étais désorienté, et effrayé. Je ne savais plus vraiment ce qui s'était passé.

Je doutais suffisamment pour descendre vérifier. J'ai ouvert le tiroir où on rangeait les couteaux.

J'ai sorti le plus gros. Je l'ai examiné, à la recherche

de traces de sang. Il n'y en avait pas. La lame était propre et brillait dans la lumière du soleil. Et puis j'ai entendu des pas. J'ai vite caché le couteau dans mon dos. Ma mère est entrée, vivante et indemne.

Bizarrement, voir ma mère avec la tête intacte ne m'a pas du tout rassuré.

En fait, j'étais déçu.

Chapitre 12

Le lendemain matin, Mariana rejoignit Zoé et Clarissa dans le réfectoire pour le petit déjeuner.

Le buffet des professeurs se trouvait dans une alcôve sur le côté de la table d'honneur. Il proposait un large choix de pains, de pâtisseries, de pots de beurre, de confitures, de marmelades, et de grandes terrines argentées de plats chauds tels que des œufs brouillés, du bacon et des saucisses.

Pendant qu'elles faisaient la queue, Clarissa vantait les mérites d'un petit déjeuner copieux.

— Ça met en route pour la journée. Rien n'est plus important, selon moi. Je prends du hareng fumé en général, quand c'est possible.

Elle réfléchit aux différentes options disposées devant elle.

— Mais pas aujourd'hui. Aujourd'hui, ce sera du pilaf de poisson. Un bon vieux petit plat réconfortant. Si rassurant. Du haddock, des œufs et du riz. On ne peut pas se tromper avec ça.

L'affirmation de Clarissa se révéla vite inexacte, une fois qu'elles furent assises et qu'elle mâcha sa première bouchée. Elle devint écarlate, s'étouffa et retira une grosse arête de sa bouche. Elle la regarda, inquiète.

— Mon Dieu. On dirait que le chef veut nous tuer. Soyez prudentes, mes chéries.

Clarissa tria prudemment le reste de son poisson avec sa fourchette pendant que Mariana faisait un compte rendu de son voyage à Londres, et les informait notamment de la suggestion de Ruth d'organiser une séance de groupe avec les Muses.

Mariana vit que sa nièce tiquait.

— Zoé, qu'est-ce que tu en penses ?

Elle lui lança un regard méfiant.

— Je n'ai pas besoin d'y participer, si ?

Mariana cacha son amusement.

— Non, tu n'as pas besoin d'y assister, ne t'inquiète pas.

Zoé parut soulagée, et haussa les épaules.

— Alors fais-le. Mais pour être honnête, je pense qu'elles n'accepteront pas. À moins qu'il les y incite.

— Tu dois sans doute avoir raison.

Clarissa donna un petit coup de coude à Mariana.

— Quand on parle du loup.

Mariana et Zoé tournèrent la tête. Edward Fosca faisait son apparition à la table d'honneur.

Il s'assit à l'autre bout. Sentant le regard de Mariana sur lui, il leva les yeux et la fixa quelques secondes. Puis il retourna à sa lecture.

Mariana se leva brusquement. Zoé la regarda d'un air inquiet.

— Qu'est-ce que tu fais ?

— Il n'y a qu'un seul moyen de le savoir.

— Mariana…

Mais Mariana ignora Zoé, et se dirigea vers l'autre bout de la longue table, là où était assis le professeur Fosca. Il sirotait un café noir en lisant un mince recueil de poésie.

Il se rendit compte que Mariana se tenait à côté de lui et leva les yeux.

— Bonjour, la salua-t-il.

— Professeur Fosca, j'ai quelque chose à vous demander.

— Vraiment ? Et qu'est-ce donc, Mariana ?

Elle soutint un instant son regard.

— Verriez-vous une objection à ce que je m'entretienne avec vos étudiantes ? Vos étudiantes spéciales. Les Muses.

— Je pensais que vous l'aviez déjà fait.

— En groupe, j'entends.

— En groupe ?

— Oui. Un groupe de thérapie.

— C'est à elles de décider, pas à moi, il me semble.

— Je pense qu'elles n'accepteront pas, à moins que vous ne le leur demandiez.

Fosca sourit.

— Donc, en réalité, ce n'est pas ma permission que vous sollicitez, mais ma coopération ?

— J'imagine qu'on peut le dire ainsi.

Fosca continuait de la toiser, un petit sourire aux lèvres.

— Avez-vous décidé d'où et quand vous voudriez que la séance ait lieu ?

Mariana réfléchit un instant.

— Que diriez-vous de dix-sept heures, aujourd'hui ? À l'OCR.

— Vous semblez penser que j'ai beaucoup d'influence sur elles, Mariana. Je vous assure que ce n'est pas le cas.

Il marqua une pause.

— Puis-je vous demander quel est l'objectif de ce groupe ? Qu'espérez-vous obtenir ?

— Je n'espère pas obtenir quoi que ce soit. Ce n'est pas vraiment comme ça que la thérapie fonctionne. J'entends simplement fournir un cadre dans lequel ces jeunes femmes pourront gérer certains des terribles événements qu'elles ont vécus récemment.

Fosca but une gorgée de café pendant qu'il considérait la question.

— Et l'invitation s'adresse-t-elle aussi à moi ? En tant que membre du groupe ?

— Je préférerais que vous ne veniez pas. Je pense que votre présence pourrait inhiber vos étudiantes.

— Et si j'en faisais la condition pour vous accorder mon aide ?

— Alors, je n'aurais pas le choix.

— Dans ce cas, je participerai.

Il lui sourit. Mariana ne lui sourit pas en retour.

— Cela m'amène à me demander, professeur, dit-elle en fronçant légèrement les sourcils, ce que vous souhaitez si désespérément cacher.

— Je ne cherche pas à cacher quoi que ce soit. Disons juste que j'aimerais être présent, pour protéger mes élèves.

— Les protéger ? De quoi ?

— De vous, Mariana. De vous.

Chapitre 13

À dix-sept heures, Mariana attendait les Muses à l'OCR.

Elle avait réservé la salle jusqu'à dix-huit heures trente. L'OCR était une grande pièce utilisée comme foyer des étudiants. Elle était meublée de plusieurs canapés, de tables basses et d'une longue table qui occupait toute la longueur d'un mur. Et sur tous les murs étaient accrochés les portraits des anciens doyens, sombres et muets sur le papier peint floqué pourpre et doré.

Un petit feu brûlait dans la cheminée en marbre, et ses flammes vacillantes se reflétaient partout dans la pièce sur les meubles dorés. L'atmosphère était chaleureuse et enveloppante ; Mariana la trouvait parfaite pour la séance.

Elle disposa neuf chaises droites en cercle.

Elle s'assit sur l'une d'elles et s'assura qu'elle voyait bien la pendule sur le rebord de la cheminée. Il était dix-sept heures deux.

Elle se demandait si les filles allaient faire acte de présence. Elle n'aurait pas du tout été surprise si elles ne venaient pas.

Mais, quelques instants plus tard, la porte s'ouvrit.

Et, une par une, les cinq jeunes femmes entrèrent.

À en juger par leurs visages fermés, elles étaient là contraintes et forcées.

Mariana leur dit bonjour en souriant.

— Merci d'être venues. Voulez-vous vous asseoir ?

Les Muses observèrent les chaises disposées en cercle, se regardèrent, puis s'installèrent avec appréhension. La grande blonde semblait être le leader. Mariana sentait que les autres s'en remettaient à elle. Elle s'assit la première, et les autres l'imitèrent.

Elles étaient côte à côte, une chaise vide de chaque côté, face à Mariana. Elle fut tout à coup un peu intimidée par ce mur de jeunes visages inamicaux.

C'est vraiment ridicule, songea-t-elle, *d'être impressionnée par quelques jeunettes de vingt ans, si belles ou intelligentes qu'elles soient.* Elle avait l'impression d'être de retour à l'école, vilain petit canard en marge de la cour de récréation confronté à une bande de filles populaires. L'enfant en elle avait peur, et pendant une seconde elle se demanda si sous leurs dehors arrogants l'enfant en elles masquait des sentiments d'infériorité similaires. C'était assez difficile à croire.

Serena était la seule avec qui elle avait déjà parlé, et elle semblait avoir du mal à regarder Mariana dans les yeux ; Morris avait dû lui parler de leur confrontation. Elle gardait la tête baissée et fixait ses pieds, visiblement gênée.

Les autres observaient Mariana d'un air absent. Elles attendaient qu'elle parle. Mais elle ne disait pas un mot. Elles restaient donc assises en silence.

Mariana jeta un coup d'œil à la pendule. Il était dix-sept heures dix. Le professeur Fosca n'était pas là et, avec un peu de chance, il avait décidé de ne pas venir.

Mariana finit par prendre la parole.

— Je pense que nous devrions commencer.

— Et le professeur ? demanda la blonde.

— Il a dû être retenu. Nous devrions débuter sans lui. Pourquoi ne pas faire les présentations ? Je m'appelle Mariana.

Il y eut une brève pause. La blonde haussa les épaules.

— Carla.

Les autres suivirent l'exemple.

— Natasha.

— Diya.

— Lillian.

Serena fut la dernière à parler. Elle regarda Mariana en haussant elle aussi les épaules.

— Vous connaissez mon nom.

— Oui, Serena, en effet.

Mariana mit de l'ordre dans ses idées, puis s'adressa au groupe.

— Je me demande ce que ça vous fait, de vous trouver assises là ensemble.

Sa phrase fut accueillie par du silence. Pas la moindre réaction, pas même un geste d'exaspération. Mariana sentait une hostilité totale. Loin d'être découragée, elle poursuivit :

— Je vais vous donner mon impression. C'est étrange. Mon regard est attiré par les chaises vides.

Elle fit un signe de tête, désignant tour à tour les trois chaises vides.

— Les chaises des personnes qui auraient dû être là, mais n'y sont pas.

— Le professeur par exemple, dit Carla.

— Je ne parle pas uniquement du professeur. De qui d'autre pourrais-je parler selon vous ?

Carla jeta un coup d'œil aux chaises et leva les yeux au ciel.

— C'est pour ça qu'elles sont là ? Pour Tara et Veronica ? C'est complètement stupide.

— Pourquoi est-ce stupide ?

— Parce qu'elles ne vont pas venir. Évidemment.

— Cela ne signifie pas qu'elles ne font pas partie du groupe. Nous parlons souvent de ça en thérapie de groupe, vous savez, même quand les gens nous quittent, ils peuvent rester présents. Et cette présence peut être puissante.

En disant cela, elle dirigea le regard vers une des chaises vides, et vit Sebastian, assis là, qui la regardait, amusé.

Elle chassa cette image.

— Je me demande ce que ça fait d'appartenir à un groupe comme le vôtre. Ce que ça signifie pour vous.

Aucune des Muses ne répondit. Elles la toisaient, le regard vide.

— En thérapie de groupe, nous faisons souvent du groupe notre famille. Nous attribuons des rôles de proches, de figures parentales, d'oncles et de tantes. Je suppose qu'ici, c'est un peu comme une famille. En un sens, vous avez perdu deux de vos sœurs.

Pas de réaction. Mariana continua prudemment :

— Je suppose que le professeur Fosca est votre « père » ?

Elle marqua une pause. Et tenta de nouveau :

— Est-ce un bon père ?

Exaspérée, Natasha lança, avec un fort accent russe :

— C'est vraiment des conneries. Ce que vous faites est évident.

— C'est-à-dire ?

— Vous essayez de nous faire parler en mal de notre professeur. Pour nous rouler. Pour le piéger.

— Pourquoi pensez-vous que j'essaie de le piéger ?

Natasha poussa un soupir plein de mépris et ne prit pas la peine de répondre.

Carla parla pour elle.

— Écoutez, Mariana. Nous savons ce que vous pensez. Mais le professeur n'a rien à voir avec les meurtres.

— Oui, dit Natasha en hochant énergiquement la tête. On était avec lui tout le temps.

Il y avait une soudaine passion dans sa voix, une puissante rancœur.

— Vous êtes très en colère, Natasha. Je le sens.

L'étudiante éclata de rire.

— Tant mieux. Parce que ça vous est adressé.

— C'est facile d'être en colère contre moi. Je ne suis pas menaçante. Ça doit être plus difficile d'être en colère contre votre « père », par exemple pour avoir laissé mourir deux de ses enfants.

S'exprimant pour la première fois, Lillian lança :

— Bon sang, ce n'est pas sa faute si elles sont mortes.

— Alors, qui est coupable ? lui demanda Mariana.

— Ce sont elles les coupables.

Mariana la dévisagea.

— Comment ? Comment est-ce leur faute ?

— Elles auraient dû être plus prudentes. Tara et Veronica étaient idiotes, toutes les deux.

— C'est vrai, acquiesça Diya.

Mariana les observa, sans voix. Elle savait que la

colère était plus supportable que la tristesse, mais elle, qui était si sensible aux émotions, ne ressentait pas de tristesse ici. Ni de chagrin, de remords ou de sentiment de perte. Juste du dédain. Du mépris.

C'était étrange. Normalement, confronté à une attaque venant de l'extérieur, un groupe comme celui-là serrait les rangs, se rassemblait, s'unissait, mais Mariana se rendait compte que Zoé était la seule personne à St Christopher à avoir exprimé une réelle émotion pour la mort de Tara et de Veronica.

Cela lui rappelait beaucoup le groupe de Henry à Londres. Elle pensait à la manière dont la présence de Henry le divisait de l'intérieur, l'attaquant de telle façon qu'il ne pouvait pas fonctionner normalement.

Était-ce en train de se produire dans celui-ci ? Si c'était le cas, cela signifiait que ce groupe ne répondait pas à une menace extérieure.

Cela signifiait que la menace préexistait.

À cet instant, on frappa à la porte. Elle s'ouvrit.

Le professeur Fosca apparut et, souriant, demanda :

— Puis-je me joindre à vous ?

Chapitre 14

— Excusez mon retard, dit-il. J'avais une obligation.

Mariana fronça légèrement les sourcils.

— Désolée, mais nous avons déjà commencé.

— Eh bien, pourrais-je encore être admis ?

— Ce n'est pas à moi de décider, c'est au groupe.

Elle jeta un coup d'œil aux Muses.

— Qui pense que le professeur Fosca devrait être admis ?

Avant même qu'elle ait terminé de s'exprimer, cinq mains se levèrent. Toutes, excepté la sienne et celle de Fosca.

Le professeur sourit.

— Vous n'avez pas levé la main, Mariana.

Elle hocha la tête.

— Non. Mais mon avis a été rejeté.

Mariana sentit l'énergie changer dans la pièce quand Fosca se joignit au cercle. Elle sentit que les filles se tendaient et remarqua que lorsque Fosca s'assit, Carla et lui échangèrent un rapide coup d'œil.

Il sourit à Mariana.

— Je vous en prie, poursuivez.

Mariana laissa passer une courte pause et décida d'essayer une approche différente. Elle sourit innocemment.

— Vous enseignez la tragédie grecque à ces jeunes filles, professeur ?

— C'est exact.

— Avez-vous étudié *Iphigénie à Aulis* ? L'histoire d'Agamemnon et Iphigénie ?

En disant cela, elle observa attentivement Fosca, mais il n'eut aucune réaction. Il acquiesça.

— Oui, nous l'avons étudiée. Comme vous le savez, Euripide est un de mes auteurs préférés.

— En effet. Eh bien, voyez-vous, j'ai toujours trouvé le personnage d'Iphigénie plutôt étrange. Je me demandais ce qu'en pensent vos étudiantes.

— Étrange ? En quoi ?

— Eh bien, je crois que sa passivité et sa soumission me posent problème.

— Sa soumission ?

— Elle ne se bat pas pour sa vie. Elle n'est ni entravée ni contrainte, elle laisse de son plein gré son père la mener à la mort.

Fosca sourit et jeta un coup d'œil aux Muses.

— Mariana fait ici une remarque intéressante. Quelqu'un veut-il réagir ? Carla ?

Carla parut ravie qu'on l'interroge. Elle sourit à Mariana, comme si elle se prêtait au jeu d'un enfant.

— La manière dont meurt Iphigénie, c'est tout l'intérêt.

— C'est-à-dire ?

— C'est-à-dire qu'elle atteint sa stature tragique en mourant de manière héroïque.

Carla regarda Fosca, cherchant son approbation. Il lui adressa un léger sourire.

Mariana hocha la tête.

— Je suis désolée. Mais je ne marche pas.

— Non ? demanda Fosca, l'air intrigué. Pourquoi ça ?

Mariana jeta un coup d'œil à Carla.

— Je pense que la meilleure façon de répondre à cette question, c'est d'amener Iphigénie ici, dans cette séance. De l'accueillir parmi nous. Sur l'une des chaises vides. Qu'en dites-vous ?

Deux filles lui lancèrent des regards méprisants.

— C'est complètement ridicule, dit Natasha.

— Pourquoi ? Elle avait à peu près votre âge, n'est-ce pas ? Elle était peut-être un peu plus jeune. Seize ou dix-sept ans ? C'était une personne très courageuse et remarquable. Imaginez ce qu'elle aurait fait de sa vie, si elle avait survécu, ce qu'elle aurait pu accomplir. Que pourrions-nous dire à Iphigénie aujourd'hui, si elle était assise ici ? Que lui raconterions-nous ?

— Rien, répondit Diya.

Elle ne semblait pas impressionnée.

— Et puis sur quoi ? Son destin ? La tragédie ne marche pas comme ça.

— De toute façon, ce n'était pas la faute d'Agamemnon, déclara Carla. C'est Artémis qui a demandé la mort d'Iphigénie. Il s'agissait de la volonté des dieux.

— Et s'il n'y a pas de dieux ? poursuivit Mariana. Juste une fille et son père. Que se passe-t-il alors ?

— Alors ce n'est pas une tragédie, répondit Carla.

— Juste une famille grecque complètement ravagée, ajouta Diya.

Pendant tout cet échange, Fosca était resté silencieux, observant le débat avec un plaisir tranquille. Mais à présent, sa curiosité semblait l'emporter.

— Et vous, que lui diriez-vous, Mariana ? À cette

fille qui est morte pour sauver la Grèce. Elle était plus jeune, soit dit en passant, que vous le pensez. Elle avait plutôt quatorze ou quinze ans. Si elle était ici, que lui diriez-vous ?

— Sans doute que je voudrais en savoir davantage sur sa relation avec son père. Et la raison pour laquelle elle s'est sentie obligée de se sacrifier pour lui.

— Et pourquoi selon vous ?

— Parce qu'un enfant ferait n'importe quoi pour être aimé. Quand il est très jeune, c'est une question de survie sur le plan physique et psychique. Il ferait n'importe quoi pour recevoir de l'affection.

Elle baissa la voix, ne s'adressant plus à Fosca, mais aux jeunes filles assises à côté de lui.

— Et certaines personnes en profitent.

— Ce qui signifie ? Précisément ?

— Ce qui signifie que si j'étais sa thérapeute, j'essaierais d'aider Iphigénie à voir quelque chose qui lui est invisible.

— C'est-à-dire ? demanda Carla.

Mariana choisit ses mots avec soin.

— Très jeune, Iphigénie a pris pour de l'amour ce qui était en réalité de la maltraitance. Et cette erreur a faussé sa vision d'elle-même et du monde qui l'entourait. Agamemnon n'était pas un héros, c'était un fou, un psychopathe infanticide. Iphigénie n'avait pas besoin d'aimer ni d'honorer cet homme.

Mariana voulait à tout prix atteindre les jeunes filles. Elle espérait que ses propos les toucheraient. Mais était-ce le cas ? Elle en doutait. Elle sentait sur elle le regard de Fosca, visiblement prêt à l'interrompre. Elle enchaîna vite :

— Et si Iphigénie avait cessé de se mentir à propos de son père, si elle avait compris la terrible vérité, dévastatrice, à savoir que ce n'était pas de l'amour, qu'il ne l'aimait pas, parce qu'il ne savait pas comment faire, alors, à ce moment-là, elle aurait cessé d'être cette jeune fille sans défense avec la tête sur le billot. Elle aurait saisi la hache de son bourreau. Elle serait devenue la déesse.

Mariana se retourna et fixa Fosca. Elle essaya de retenir la colère qui perçait dans sa voix. Mais elle ne pouvait pas la dissimuler.

— Mais Iphigénie n'a pas vécu cela, n'est-ce pas ? Ni Tara ni Veronica. Elles n'ont jamais eu la chance de devenir des déesses. Elles n'ont jamais eu la chance de grandir.

Tandis qu'elle dévisageait Fosca assis en face d'elle dans le cercle, elle lisait la rage dans ses yeux. Cependant, comme elle, il ne l'exprimait pas.

— Si je comprends bien, vous me choisissez en quelque sorte pour tenir le rôle du père dans la situation actuelle ? Celui d'Agamemnon ? C'est ce que vous suggérez ?

— C'est drôle que vous disiez cela. Avant votre arrivée, nous parlions de vos mérites en tant que « père » du groupe.

— Ah, vraiment ? Et quel était le consensus ?

— Nous n'en avons atteint aucun. Mais j'ai demandé aux Muses si elles se sentaient moins en sécurité sous votre responsabilité, maintenant que deux d'entre elles sont mortes.

Quand elle prononça ces mots, elle dirigea le regard vers les deux chaises vides. Fosca suivit ce regard.

— Ah. Je comprends maintenant, dit-il. Les chaises vides symbolisent les membres absents du groupe. Une chaise pour Tara, et une chaise pour Veronica ?

— Exactement.

Après une courte pause, il interrogea Mariana.

— Auquel cas, ne manque-t-il pas une chaise ?

— Que voulez-vous dire ?

— Vous n'êtes pas au courant ?

— Au courant de quoi ?

— Oh. Elle ne vous l'a pas dit. C'est très intéressant.

Fosca ne se départait pas de son sourire. Il avait l'air amusé.

— Peut-être devriez-vous diriger ces deux puissantes lentilles analytiques sur vous-même, Mariana. Quel genre de « mère » êtes-vous ?

— Médecin, soigne-toi toi-même, lança Carla en riant.

Fosca gloussa.

— Oui, oui, exactement.

Il se tourna et fit appel aux Muses en singeant la posture du thérapeute.

— Que pensez-vous de cette tromperie ? En tant que groupe ? Que pensez-vous qu'elle révèle ?

— Eh bien, répondit Carla, je pense que ça en dit beaucoup sur leur relation.

— Oh, oui, acquiesça Natasha. Elles ne sont pas du tout aussi proches que Mariana le croit.

— Elle ne la croit pas, c'est évident, dit Lillian.

— Pourquoi ? Je me le demande ? murmura Fosca, le sourire toujours aux lèvres.

Mariana se sentait rougir, contrariée face au petit jeu tout droit sorti de la cour de récréation auquel ils s'adonnaient. En bon petit tyran, Fosca avait manipulé les Muses pour qu'elles se liguent contre elle. Ils se livraient tous à la même comédie, avec de larges sourires, et se moquaient d'elle. Soudain, elle les haïssait.

— De quoi parlez-vous ? lança-t-elle.

Fosca jeta un coup d'œil à la ronde.

— Eh bien, à qui l'honneur ? Serena ? Toi, peut-être ?

Serena acquiesça et se leva. Elle quitta le cercle, s'avança vers la table, prit une autre chaise droite et la plaça à côté de celle de Mariana. Puis elle se rassit. Fosca la remercia. Il se tourna vers Mariana.

— Il manquait une chaise, voyez-vous. Pour la dernière Muse.

— Et qui est-ce ?

Mais Mariana avait déjà deviné ce que Fosca allait dire. Sur un ton de raillerie, il répondit :

— Votre nièce. Zoé.

Chapitre 15

Après la séance, Mariana sortit dans Main Court en titubant, sidérée.

Il lui fallait parler à Zoé, entendre sa version de l'histoire. À sa cruelle manière, le groupe avait fait une remarque pertinente. Mariana devait examiner attentivement sa propre situation et celle de Zoé, et comprendre pourquoi sa nièce ne lui avait pas confié qu'elle faisait partie des Muses.

Elle marcha vers la chambre de Zoé, espérant la trouver et lui demander de s'expliquer. Mais au moment où elle atteignait l'arche menant à Eros Court, elle s'arrêta.

Elle devait régler cela prudemment. Zoé n'était pas seulement fragile et vulnérable. Pour une raison que Mariana ignorait – en lien avec Edward Fosca, cela ne faisait aucun doute pour elle –, elle ne se sentait pas capable de lui confier la vérité.

Et Fosca venait de trahir la confiance de Zoé délibérément, pour tenter de provoquer Mariana. Il était donc impératif que celle-ci ne se laisse pas prendre au piège. Elle ne devait pas faire irruption dans la chambre de Zoé et l'accuser de mentir.

Il fallait qu'elle la soutienne, et qu'elle réfléchisse bien avant d'agir.

Elle décida de laisser passer la nuit et de lui parler le lendemain matin quand elle se serait un peu calmée. Elle fit demi-tour et, perdue dans ses pensées, ne remarqua Fred que quand il sortit de l'ombre.

Il lui barrait le chemin.

— Bonjour, Mariana, lui dit-il.

Mariana reprit son souffle.

— Fred. Qu'est-ce que tu fais là ?

— Je te cherchais. Je voulais m'assurer que tu allais bien.

— Oui, je vais bien, à peu près.

— Tu te rappelles ? Tu as dit que tu me contacterais à ton retour de Londres.

— Je sais, excuse-moi. J'ai été très occupée.

— Tu es sûre que ça va ? Tu sembles avoir besoin d'un petit verre.

— Peut-être bien, en effet, répondit Mariana en souriant.

Fred sourit en retour.

— Eh bien, dans ce cas, que dirais-tu d'aller en boire un ?

— Oh, eh bien…

Fred enchaîna précipitamment :

— Il se trouve que j'ai un bourgogne assez remarquable, que j'ai volé dans la cave. Je le gardais pour une occasion spéciale. Qu'est-ce que tu en dis ? Il est dans ma chambre.

Et puis zut, pensa Mariana.

— D'accord, pourquoi pas ?

— Vraiment ? répondit Fred en rougissant. OK, super. Viens.

Fred lui tendit son bras, mais Mariana ne le prit pas. Elle avança, et Fred pressa le pas pour la rattraper.

Chapitre 16

La chambre de Fred à Trinity était plus grande que celle de Zoé, mais ses meubles avaient un peu plus vécu. La première chose que Mariana remarqua en entrant fut l'ordre qui régnait dans la pièce. Il n'y avait pas de fouillis, à l'exception du papier : d'innombrables feuilles sur lesquelles étaient griffonnées des formules mathématiques qui ressemblaient à l'œuvre d'un fou, ou d'un génie, reliées par des flèches et des notes illisibles rédigées de bas en haut et de haut en bas sur les bords des pages.

Les seuls objets personnels que Mariana repéra étaient deux photographies encadrées posées sur l'étagère. L'une d'elles, un peu fanée, comme si elle avait été prise dans les années 1980, montrait un jeune couple séduisant, vraisemblablement les parents de Fred, devant la clôture d'un pré. L'autre dévoilait un petit garçon et un chien, un petit garçon au visage sérieux avec une coupe au bol.

Mariana jeta un coup d'œil à Fred. Occupé à allumer quelques bougies, il avait cette même expression aujourd'hui. Il mit de la musique, un enregistrement des *Variations Goldberg* de Bach. Il rassembla les papiers qui traînaient sur le canapé, puis les posa en pile précaire sur son bureau.

— Désolé, c'est vraiment le désordre.

— C'est ta thèse ? lui demanda Mariana et désignant les piles de papier.

— Non. C'est juste un truc que j'écris. Une sorte de livre je suppose.

Il semblait bien en peine de décrire son travail.

— Tu ne veux pas t'asseoir ? demanda-t-il à Mariana en montrant le canapé.

Elle s'exécuta. Elle sentit un ressort cassé et se décala légèrement.

Fred prit la bouteille de bourgogne millésimé. Il l'exhiba fièrement.

— Pas mal, hein ? Ils m'auraient tué s'ils m'avaient surpris en train de le voler.

Il s'empara d'un tire-bouchon, mais peina à ouvrir la bouteille. Un instant, Mariana crut qu'elle allait lui échapper des mains. Il réussit toutefois à la déboucher, avec un petit bruit sec, et servit ensuite le vin rouge dans deux verres ébréchés et dépareillés. Il tendit le moins abîmé à Mariana qui le remercia.

Il leva son verre.

— À la tienne.

Mariana but une gorgée de vin – excellent, bien entendu. Fred partageait évidemment son avis. Il soupira, ravi, des marques rouges autour des lèvres.

— Délicieux, dit-il.

Un silence s'installa. Mariana écoutait la musique, se perdait dans les gammes à la composition si mathématique, ascendantes et descendantes, si élégantes. C'était certainement pour cette raison qu'elles plaisaient à Fred.

Elle jeta un coup d'œil à la pile de feuilles posées sur le bureau.

— Ce livre que tu écris, de quoi parle-t-il ?
— Honnêtement ? Je n'en ai aucune idée.
Mariana se mit à rire.
— Tu dois bien en avoir une.
— Eh bien, dans un sens, je suppose qu'il parle de ma mère.
Il jeta un coup d'œil timide à Mariana comme s'il craignait qu'elle se moque.
Mais elle ne trouva pas la remarque amusante et elle l'interrogea du regard.
— Ta mère ?
— Oui. Elle m'a laissé. Quand j'étais petit. Elle est morte.
— Je suis désolée. Ma mère est morte aussi.
— Vraiment ? s'étonna Fred. Je ne savais pas. Alors, on est tous les deux orphelins.
— Je n'étais pas orpheline. J'avais mon père.
— Oui, dit Fred d'une voix plus basse. Moi aussi.
Il prit la bouteille et commença à resservir Mariana.
— Ça ira, lui dit-elle.
Mais Fred l'ignora et remplit le verre à ras bord. Cela ne la dérangeait pas en réalité. Pour la première fois depuis des jours, elle se détendait, et elle lui en était reconnaissante.
— Tu vois, reprit Fred, c'est la mort de ma mère qui m'a poussé vers les mathématiques théoriques. Et les univers parallèles. C'est le sujet de ma thèse.
— Je ne suis pas sûre de comprendre.
— Moi non plus, en fait. Mais s'il y a d'autres univers, identiques au nôtre, ça veut dire que quelque part il en existe un dans lequel ma mère n'est pas morte. Alors, je suis parti à sa recherche.

Il avait un regard triste et lointain, comme un petit garçon perdu. Mariana avait de la peine pour lui.

— Et tu l'as trouvée ?

Il haussa les épaules.

— D'une certaine façon. J'ai découvert que le temps n'existait pas, pas vraiment, alors elle n'est partie nulle part. Elle est ici.

Pendant que Mariana essayait de comprendre, Fred posa son verre, ôta ses lunettes et la fixa.

— Mariana, écoute…

— Non, s'il te plaît.

— Quoi ? Tu ne sais pas ce que je vais dire.

— Tu vas me faire une déclaration, et je n'ai pas envie de l'entendre.

— Une déclaration ? Non. J'ai juste une question. J'ai le droit de poser une question ?

— Ça dépend.

— Je t'aime.

Mariana fronça les sourcils.

— Ce n'est pas une question.

— Veux-tu m'épouser ? Voilà la question.

— Fred, s'il te plaît, tais-toi.

— Je t'aime, Mariana. Je suis tombé amoureux de toi à la seconde où je t'ai vue assise dans le train. Je veux être avec toi. Je veux prendre soin de toi. Je veux veiller sur toi.

Ce n'était pas la chose à dire. Mariana bouillonnait d'agacement.

— Eh bien, je ne veux pas qu'on veille sur moi ! Je ne vois rien de pire. Je ne suis pas une demoiselle en détresse, pas une muse qui attend d'être sauvée. Je ne veux pas d'un prince charmant. Je veux… je veux…

— Quoi ? Qu'est-ce que tu veux ?

— Je veux qu'on me laisse seule.

— Non. Je n'y crois pas.

Puis, très vite, il ajouta :

— Rappelle-toi ma prémonition. Un jour, je te demanderai de m'épouser, et tu diras oui.

Mariana ne put retenir un éclat de rire.

— Désolée, Fred. Pas dans cet univers.

— Tu sais, dans un autre univers, on est déjà en train de s'embrasser.

Avant qu'elle n'ait eu le temps de protester, Fred s'était penché vers elle et posait doucement ses lèvres sur les siennes. Elle sentit la douceur de son baiser, sa chaleur, sa tendresse. Elle était à la fois inquiète et désarmée.

Le baiser prit fin aussi soudainement qu'il avait commencé. Fred s'écarta, cherchant le regard de Mariana.

— Désolé. Je n'ai pas pu m'en empêcher.

Mariana hocha la tête ; elle ne dit rien. Elle était touchée d'une manière qu'elle ne pouvait pas expliquer.

— Je ne veux pas te faire de mal, Fred.

— Ça m'est égal. Ce n'est pas grave si tu me fais du mal, tu sais. Après tout, mieux vaut avoir perdu l'amour que n'avoir jamais aimé.

Fred rit. Puis, en voyant le visage de Mariana se fermer, il sembla inquiet.

— Quoi ? Qu'est-ce que j'ai dit ?

— Ce n'est rien, répondit Mariana en regardant l'heure à sa montre. Il est tard, je devrais y aller.

— Déjà ? Très bien. Je t'accompagne jusqu'au rez-de-chaussée.

— C'est inutile.

— Mais j'en ai envie.

L'attitude de Fred semblait avoir légèrement changé. Il paraissait plus dur. Un peu de sa chaleur avait disparu. Il se leva, et sans la regarder lui dit :

— Allons-y.

Chapitre 17

Fred et Mariana descendirent l'escalier en silence. Ils ne parlèrent plus avant d'avoir atteint la rue.

Mariana lui jeta un coup d'œil, puis lui souhaita bonne nuit.

Fred ne bougea pas.

— Je vais faire un tour, déclara-t-il.

— Maintenant ?

— Je marche souvent la nuit. Ça te pose un problème ?

Il y avait de l'irritation, de l'hostilité dans le ton de sa voix. Il se sentait rejeté, Mariana le voyait bien. Peut-être injustement, elle était agacée. Mais s'il était blessé, cela ne la concernait pas. Elle avait des affaires plus importantes à régler.

— OK, dit-elle. Au revoir.

Fred ne bougea pas. Il la fixait. Et puis, soudain, il lança :

— Attends.

Il glissa la main dans sa poche arrière et en retira quelques feuilles de papier pliées.

— J'allais te donner ça plus tard. Mais prends-les maintenant.

Il les lui tendit. Elle ne les prit pas.

— Qu'est-ce que c'est ?

— Une lettre. Elle est pour toi. Elle explique mes sentiments mieux que je ne peux le faire en personne. Lis-la. Et tu comprendras.

— Je n'en veux pas.

Il la lui fourra dans les mains.

— Mariana. Prends-la.

— Non. Ça suffit. Je n'ai pas envie qu'on me harcèle.

— Mariana…

Mais elle lui tourna le dos et s'en alla. En descendant la rue, elle se sentit tout d'abord en colère, puis elle fut prise d'un surprenant sentiment de tristesse, suivi de regrets. Pas pour l'avoir blessé, mais pour l'avoir rejeté, pour avoir fermé la porte à cette autre histoire qui aurait pu s'écrire.

Était-ce possible ? Était-elle finalement tombée amoureuse de lui, de ce jeune homme sérieux ? Pourrait-elle le tenir dans ses bras la nuit, lui raconter sa vie ? Elle imaginait cela, tout en sachant que c'était impossible.

Comment le pourrait-elle ?

Elle avait trop à raconter. Et ces mots n'étaient destinés qu'à Sebastian.

De retour à St Christopher, elle ne regagna pas directement sa chambre. Elle flâna dans Main Court et se retrouva dans le bâtiment qui abritait la cafétéria.

Elle déambula dans le passage sombre jusqu'à se retrouver face au tableau.

Le portrait de Tennyson.

Il lui était resté en tête, et elle y pensait souvent, sans vraiment savoir pourquoi. Ce triste et beau Tennyson.

Non, triste n'était pas le terme adéquat pour décrire son regard. Quel mot conviendrait ?

Elle examina le visage du poète pour essayer d'en déchiffrer l'expression. Une fois encore, elle avait la sensation étrange qu'il regardait derrière elle, juste au-dessus de son épaule, qu'il fixait quelque chose. Une chose invisible.

Mais quoi ?

Soudain, elle comprit. Elle comprit ce qu'il regardait, ou plutôt qui il regardait.

C'était Hallam.

Tennyson fixait Hallam. Hallam qui se tenait juste au-delà de la lumière, au-delà du voile. C'était cela l'expression dans ses yeux. Les yeux d'un homme qui communiait avec les morts.

Tennyson était perdu. Il était amoureux d'un fantôme. Il avait tourné le dos à la vie. Comme elle ?

C'est ce que Mariana pensait à une époque.

Et maintenant ?

Maintenant, elle n'en était plus aussi sûre.

Elle resta encore un peu devant la toile, à réfléchir. Elle se tournait pour s'en aller quand elle entendit un bruit de pas, de semelles en cuir sur les dalles du passage sombre. Elle se figea.

Quelqu'un venait vers elle.

Au début, elle ne vit personne. Puis, tandis que les pas s'approchaient, elle aperçut du mouvement dans l'ombre. L'éclat d'un couteau.

Pétrifiée, à peine capable de respirer, elle essayait de distinguer qui venait. Et, lentement, le visage de Henry émergea de l'obscurité.

Il la fixait, une lueur terrible dans les yeux ; pas tout

à fait lucide, légèrement maniaque. Il s'était sans doute battu et il saignait du nez. Il avait le visage barbouillé de sang et des éclaboussures rouges sur la chemise. Et tenait un couteau d'à peu près vingt centimètres.

Mariana tenta de garder son calme, de ne pas laisser paraître sa peur. Mais elle ne put contenir le léger tremblement de sa voix.

— Henry. S'il vous plaît, posez ce couteau.

Il ne réagit pas. Il se contentait de la regarder. Ses yeux étaient immenses, comme des ampoules ; il était manifestement drogué.

— Que faites-vous ici ? lui demanda-t-elle.

Il ne répondit pas tout de suite.

— J'avais besoin de vous voir. Vous ne voulez pas me recevoir à Londres, alors j'ai dû faire le chemin jusqu'ici.

— Comment m'avez-vous trouvée ?

— Je vous ai vue à la télé. Vous étiez avec la police.

— Je ne me le rappelle pas, dit prudemment Mariana. J'ai fait de mon mieux pour ne pas être filmée.

— Vous pensez que je mens ? Vous pensez que je vous ai suivie jusqu'ici ?

— Henry, c'est vous qui vous êtes introduit dans ma chambre, n'est-ce pas ?

Avec une note d'hystérie dans la voix, il répondit :

— Vous m'avez abandonné, Mariana. Vous m'avez sacrifié.

Mariana le dévisagea, troublée.

— Pourquoi sacrifié ?

— C'est vrai, non ?

Henry leva le couteau et avança d'un pas. Mais Mariana tenait bon.

— Posez ce couteau, Henry.

Il avança encore.

— Je ne peux pas continuer comme ça. Il faut que je me libère. J'ai besoin de me libérer avec cette lame.

— Henry, arrêtez s'il vous plaît.

Il la brandit comme s'il se préparait à frapper. Mariana sentait son cœur s'emballer.

— Je vais me tuer là, sous vos yeux. Et vous allez regarder.

— Henry…

Son geste se fit plus menaçant.

Derrière lui, quelqu'un cria :

— Hé !

Henry se retourna. Morris, sortant de l'ombre, se précipita sur lui. Ils se battirent ; Morris maîtrisa facilement Henry, le jetant de côté comme un fétu de paille, et Henry atterrit en boule sur le sol.

— Laissez-le tranquille, dit Mariana à l'appariteur. Ne lui faites pas de mal.

Elle s'approcha de Henry pour l'aider à se relever, mais il écarta sa main et, comme un petit garçon, il lui cria :

— Je vous déteste !

Et il se mit à pleurer.

Morris téléphona à la police, et Henry fut arrêté. Mariana maintint qu'il avait besoin de soins psychiatriques et il fut conduit à l'hôpital où il fut interné. On lui prescrivit des antipsychotiques et on lui administra un somnifère. Mariana prit des dispositions pour parler au psychiatre dans la matinée.

Elle s'en voulut pour ce qui s'était passé, évidemment.

Henry avait raison, elle l'avait sacrifié, les avait sacrifiés, lui et les autres personnes vulnérables dont elle avait la responsabilité. Si elle avait été disponible, comme Henry en avait besoin, ils n'en seraient peut-être pas arrivés là. C'était la vérité.

Et maintenant, elle devait s'assurer que cet énorme sacrifice n'était pas vain. S'en assurer à tout prix.

Chapitre 18

Il était presque une heure du matin quand Mariana retourna dans sa chambre. Elle était épuisée, mais trop anxieuse et trop tendue pour dormir.

Il faisait froid dans la chambre. Elle alluma le vieux chauffage électrique. On ne devait pas l'avoir utilisé depuis l'hiver. Quand il commença à chauffer, une forte odeur de poussière brûlée se répandit dans la pièce. Mariana resta assise sur la chaise en bois inconfortable, bien droite, à fixer la barre électrique qui rougeoyait dans l'obscurité ; elle sentait sa chaleur, écoutait son bourdonnement. Elle était assise et pensait. Pensait à Edward Fosca.

Il était si suffisant, si sûr de lui. *Il croit qu'il s'en est tiré. Il croit avoir gagné.*

Mais il n'avait pas gagné. Pas encore. Et Mariana était bien décidée à se montrer plus maligne que lui. Il le fallait. Elle resterait assise toute la nuit, réfléchirait et trouverait une solution.

Et elle resta assise pendant des heures, à veiller, dans une sorte de transe, sans cesser de réfléchir, revenant sur tout ce qui s'était passé depuis le coup de fil de Zoé ce lundi soir là. Elle passa en revue tous les événements, tous les différents éléments, examinant tout sous chaque angle en essayant de trouver un sens à tout ça, en essayant de voir clair.

Ce devait être évident ; la solution devait être juste devant ses yeux. Mais elle ne la trouvait pas. C'était comme essayer d'assembler les pièces d'un puzzle dans le noir.

Fred aurait dit que dans un autre univers, elle avait déjà compris. Dans un autre univers, elle était plus maligne.

Mais pas dans celui-ci, malheureusement.

Elle resta assise jusqu'à ce qu'elle ait mal au crâne. Puis, à l'aube, épuisée et abattue, elle abandonna. Elle se glissa sous les couvertures et s'endormit aussitôt.

Pendant son sommeil, elle fit un cauchemar. Elle rêva qu'elle cherchait Sebastian dans des paysages désolés, avançant avec peine dans le vent et la neige. Elle finissait par le trouver dans le bar d'un hôtel isolé et miteux des Alpes, pendant une tempête de neige. Elle lui disait bonjour, ravie, mais, à son plus grand désarroi, Sebastian ne la reconnaissait pas. Il lui disait qu'elle avait changé, qu'elle était une autre. Mariana jurait à maintes reprises qu'elle était la même, elle criait : « C'est moi ! » Mais, quand elle essayait de l'embrasser, il s'éloignait. Sebastian la laissait, puis sortait dans la tempête de neige. Mariana s'effondrait, en pleurs, inconsolable. Zoé apparaissait et l'enveloppait dans une couverture bleue. Mariana disait à Zoé combien elle aimait Sebastian – plus que l'oxygène, plus que la vie. Zoé hochait la tête, disait que l'amour n'apporte que du chagrin et que Mariana devrait se réveiller.

— Réveille-toi, Mariana.

— Quoi ?

— Réveille-toi, réveille-toi !

Mariana se réveilla en sursaut, trempée de sueur froide, le cœur battant à tout rompre.

Quelqu'un tambourinait à la porte.

Chapitre 19

Mariana se redressa dans son lit, le cœur cognant dans sa poitrine. Les coups continuaient.

— Attendez, dit-elle. J'arrive.

Quelle heure était-il ? La vive lumière du soleil se glissait au bord des rideaux. Huit heures ? Neuf heures ?

— Qui est là ?

Elle n'obtint pas de réponse. Les coups devinrent plus forts, tout comme le martèlement dans sa tête. Elle avait un mal de crâne lancinant, elle avait dû boire bien plus qu'elle pensait.

— OK. Une seconde.

Mariana s'arracha du lit. Elle était désorientée et groggy. Elle se traîna jusqu'à la porte et ouvrit.

Elle découvrit Elsie, prête à frapper de nouveau, un large sourire aux lèvres.

— Bonjour, ma chérie.

Elle avait un plumeau sous le bras et tenait un seau rempli de produits d'entretien. Ses sourcils dessinés en accent circonflexe lui donnaient un air assez effrayant, et elle avait une lueur d'excitation dans les yeux, une lueur que Mariana trouva sinistre, et menaçante.

— Quelle heure est-il, Elsie ?

— Un peu plus de onze heures, ma chérie. Je ne t'ai pas réveillée au moins ?

Elle se pencha pour regarder derrière Mariana, observa le lit défait. Une odeur de tabac froid l'enveloppait ; et son haleine sentait-elle l'alcool ? Ou était-ce sa propre haleine que Mariana sentait ?

— J'ai mal dormi, dit Mariana. J'ai fait un cauchemar.

— Oh, ma chérie, s'attendrit Elsie avec compassion. Ça ne me surprend pas, avec tout ce qui se passe. J'ai peur d'avoir encore de mauvaises nouvelles. Mais j'ai pensé qu'il fallait te mettre au courant.

— De quoi ?

Mariana dévisagea Elsie, les yeux écarquillés. Elle était soudain parfaitement réveillée, et effrayée.

— Que s'est-il passé ?

— Je te le dirai si tu me laisses passer. Tu ne vas pas laisser Elsie entrer ?

Mariana recula, et la *bedder* pénétra dans la chambre. Elle lui sourit et posa son seau.

— Bien. Mieux vaut te préparer, ma chérie.

— Qu'est-ce qu'il y a ?

— Ils ont trouvé un nouveau corps.

— Quoi ? Quand ?

— Ce matin, à côté du fleuve. Une autre fille.

Mariana resta sans voix un instant, puis elle cria :

— Zoé ! Où est Zoé ?

Elsie hocha la tête.

— Ne t'inquiète pas pour Zoé. Elle est en sécurité. Elle traînasse sans doute encore au lit, comme je la connais. Je vois que c'est de famille.

— Pour l'amour du ciel, Elsie, qui est-ce ? Dites-le-moi.

La *bedder* sourit à nouveau. Son expression avait quelque chose de vraiment macabre.

— C'est la petite Serena.

— Oh, mon Dieu…

Les yeux de Mariana s'emplirent soudain de larmes. Elle ravala un sanglot.

— Pauvre petite Serena. Les voies du Seigneur sont impénétrables. Je ferais mieux de m'y remettre. Pas de repos pour les braves.

Elle se tourna pour sortir, mais se ravisa.

— Mon Dieu. J'ai failli oublier. Il y avait ça sous ta porte, ma chérie.

Elsie se pencha pour sortir quelque chose du seau et tendit une carte postale à Mariana.

— Tiens.

Mariana reconnut l'image sur la carte : un vase grec noir et blanc vieux de mille ans représentant le sacrifice d'Iphigénie par Agamemnon.

Ses mains tremblaient quand elle la retourna. Et au dos, comme elle le savait déjà, se trouvait une citation en grec ancien.

> τοιγάρ σέ ποτ᾽ οὐρανίδαι
> πέμψουσιν θανάτοις : ἦ σὰν
> ἔτ᾽ ἔτι φόνιον ὑπὸ δέραν
> ὄψομαι αἷμα χυθὲν σιδάρῳ

Mariana fut prise d'un étrange vertige en fixant la carte qu'elle tenait dans la main, comme si elle regardait en bas depuis une grande hauteur et qu'elle risquait de perdre l'équilibre et de tomber. Dans un abîme, profond et obscur.

Chapitre 20

Mariana resta un instant immobile. Elle était paralysée, clouée sur place. Elle vit à peine Elsie quitter la pièce.

Elle regardait fixement la carte postale, incapable de détourner les yeux, figée, comme si les caractères en grec ancien avaient pris feu dans son esprit et flambaient dans son cerveau.

Au prix d'un gros effort, elle retourna la carte, brisant le sort. Il fallait qu'elle mette de l'ordre dans ses idées, il fallait qu'elle trouve quoi faire.

Elle devait avertir la police, bien sûr. Même si on la croyait folle, et c'était déjà probablement le cas, elle ne pouvait pas garder l'existence de ces cartes postales pour elle plus longtemps. Elle devait prévenir le commandant Sangha.

Elle devait aller le voir.

Elle glissa la carte dans sa poche arrière, puis quitta sa chambre.

Le temps était couvert ; le soleil n'avait pas encore percé les nuages et des nappes de brume vaporeuse planaient au-dessus du sol comme de la fumée. Et dans la pénombre, de l'autre côté de la cour, Mariana discerna la silhouette d'un homme.

Edward Fosca.

Que faisait-il ? Attendait-il de voir comment Mariana réagirait à la carte ? En jubilant, en savourant le supplice ? Elle ne pouvait pas voir l'expression de son visage, mais elle était sûre qu'il souriait. Et elle ressentit soudain une très vive colère.

Cela ne lui ressemblait pas de perdre la maîtrise d'elle-même, mais, à cet instant, parce qu'elle n'avait presque pas fermé l'œil de la nuit, parce qu'elle était bouleversée, effrayée et en colère, elle se laissa aller. Ce n'était pas tant du courage que du désespoir. Elle évacuait violemment son angoisse. Et elle la dirigea contre Edward Fosca.

Avant même de s'en rendre compte, elle traversait la cour au pas de charge. Reculait-il un peu ? Peut-être. Cette approche soudaine était inattendue, mais il ne bougea pas, même lorsqu'elle arriva à sa hauteur et s'arrêta à quelques centimètres de son visage, les joues en feu, les yeux exorbités, le souffle court.

Elle ne prononça pas un mot. Elle se contenta de le fixer, avec une colère grandissante.

Il lui adressa un sourire timide.

— Bonjour, Mariana.

— Qu'est-ce que ça veut dire ?

— Quoi donc ?

Fosca prit la carte postale. Il jeta un coup d'œil à la citation au dos. La lut à mi-voix. Un bref sourire se dessina sur ses lèvres.

— Qu'est-ce que ça veut dire ? répéta Mariana.

— C'est un extrait d'*Électre* d'Euripide.

— Traduisez-le-moi.

Fosca regarda Mariana droit dans les yeux.

— Ça veut dire : « Les dieux ont souhaité ta mort – et bientôt, de ta gorge, des filets de sang se répandront sur l'épée. »

Quand Mariana entendit cela, sa colère explosa. La fureur qui bouillait en elle éclata et elle serra les poings. Et, de toute sa force, elle le frappa au visage.

Fosca tituba en arrière.

— Mais ça ne va pas !

Mais avant qu'il retrouve son souffle, Mariana lui donna un second coup de poing. Et encore un autre.

Il leva une main pour se protéger, mais Mariana continuait de frapper, le rouant de coups de poing en hurlant :

— Espèce de salopard, espèce de gros salopard !

— Mariana, arrêtez ! cria Fosca. Arrêtez.

Mais Mariana ne pouvait pas, ne voulait pas s'arrêter. Jusqu'à ce que des mains la saisissent par-derrière pour la faire reculer.

Un agent de police la tenait fermement, la maîtrisant avec force.

Une foule de badauds se formait. Julian en faisait partie. Il la regardait, incrédule.

Un autre agent arriva pour venir en aide à Fosca, mais le professeur le repoussa rageusement. Son nez saignait et sa chemise blanche était éclaboussée de sang. Il avait l'air vexé et embarrassé. C'était la première fois que Mariana le voyait perdre son calme, et elle en retirait une petite satisfaction.

Le commandant Sangha apparut. Il dévisagea Mariana, abasourdi, comme s'il avait devant lui une déséquilibrée.

— Qu'est-ce qui se passe, nom d'un chien ?

Chapitre 21

Peu de temps après, Mariana se retrouva dans le bureau du doyen où on lui demanda de s'expliquer. Elle était assise devant le bureau avec en face d'elle le commandant Sangha, Julian, le doyen et Edward Fosca.

Elle avait du mal à trouver les mots justes. Plus elle parlait, plus elle sentait qu'on ne la croyait pas. En livrant sa version des faits, en l'exprimant à voix haute, elle se rendait compte qu'elle ne paraissait pas crédible.

Edward Fosca avait retrouvé son calme. Il lui sourit tout du long, comme si elle racontait une longue plaisanterie et qu'il anticipait la chute.

Mariana aussi avait retrouvé son calme et s'efforçait de le garder. Elle fit son récit aussi simplement et clairement qu'elle pouvait, avec le moins d'émotion possible. Elle expliqua comment, pas à pas, elle était parvenue à cette improbable conclusion : le professeur avait tué trois de ses étudiantes.

Les Muses avaient éveillé ses soupçons, confia-t-elle. Le groupe de ses préférées, toutes des jeunes femmes. Personne ne savait ce qui se passait au cours de ces réunions. En tant que thérapeute de groupe, et en tant que femme, elle ne pouvait que se sentir concernée. Le professeur Fosca exerçait sur ses étudiantes un étrange contrôle, un peu comme un gourou. Elle en avait été un témoin direct, même sa nièce avait été réticente à trahir Fosca et le groupe.

— Le désir de suivre et de se soumettre est typique d'un comportement de groupe malsain. Exprimer des opinions contraires à celles du groupe ou de son leader suscite une grande anxiété, si tant est qu'on puisse tout simplement les exprimer. Je l'ai ressentie chez Zoé quand je lui ai parlé du professeur Fosca. Quelque chose n'allait pas. J'ai deviné qu'elle avait peur de lui.

De petits groupes comme celui-là, expliqua Mariana, comme les Muses, sont particulièrement vulnérables aux manipulations inconscientes, et aux abus. Sans le comprendre, les filles pouvaient avoir avec le leader du groupe les mêmes réactions de dépendance et d'assentiment qu'avec leur père quand elles étaient enfants.

— Et une jeune fille fragile, dans le déni des événements survenus dans son enfance et de la souffrance qu'elle a endurée, peut, pour maintenir ce déni, devenir la complice d'un agresseur et se persuader que son comportement est parfaitement normal. Si elle ouvre les yeux et le condamne, elle doit aussi condamner d'autres personnes qui font partie de sa vie. Je ne sais pas à quoi a ressemblé l'enfance de ces filles. C'est facile de considérer Tara comme une personne privilégiée sans problème. Mais son abus d'alcool et de drogues suggère qu'elle était perturbée, et vulnérable. La belle Tara paumée, c'était sa préférée.

En disant cela, elle fixait Fosca, consciente de la

colère qui montait dans sa voix, et qu'elle s'efforçait de contenir. Lui la regardait tranquillement, un sourire aux lèvres. Mariana poursuivit en essayant de rester calme.

— Je me suis rendu compte que je réfléchissais aux meurtres sous le mauvais angle. Ils n'étaient pas l'œuvre d'un fou, d'un tueur psychopathe mû par une rage incontrôlable, c'était simplement l'impression qu'ils devaient donner. Ces filles ont été tuées avec méthode et lucidité. La seule dont le meurtre avait un sens pour lui, c'était Tara.

Fosca, s'exprimant pour la première fois, lui demanda :

— Et qu'est-ce qui vous fait dire ça ?

Mariana le regarda dans les yeux.

— Le fait que Tara était votre maîtresse. Et puis quelque chose s'est produit. Elle a découvert que vous couchiez avec les autres ? Elle a menacé d'étaler votre relation au grand jour ? Et que serait-il arrivé ensuite ? Vous auriez perdu votre travail et cet univers académique élitiste que vous aimez tant. Votre réputation aurait été définitivement salie. Vous ne pouviez pas laisser ça se produire. Vous avez menacé de tuer Tara. Et vous avez mis votre menace à exécution. Malheureusement pour vous, elle en a d'abord parlé à Zoé. Et Zoé me l'a confié.

Fosca la fixait. Ses yeux noirs luisaient dans la lumière. Son regard était glacial.

— C'est votre théorie ?

— Oui. C'est ma théorie. Veronica et Serena, comme les autres, vous ont fourni un alibi. Elles étaient assez envoûtées pour ça. Et ensuite ? Ont-elles changé d'avis ou menacé de le faire ? Ou vouliez-vous seulement vous assurer qu'elles ne le feraient jamais ?

Personne ne répondit à cette question. Elle fut accueillie par du silence.

Le commandant ne dit rien ; il se versa du thé. Le doyen, qui n'en croyait pas ses oreilles, dévisageait Mariana avec stupéfaction. Julian évitait son regard et faisait semblant de consulter ses notes.

Edward Fosca parla le premier. Il s'adressa à Sangha.

— Bien évidemment, je nie tout cela. Et je serai heureux de répondre à toutes vos questions. Mais avant tout, commandant, ai-je besoin d'un avocat ?

Sangha leva la main.

— Je pense que nous n'en avons pas encore fini, professeur. Si vous voulez bien attendre une minute.

Il s'adressa ensuite à Mariana.

— Avez-vous des preuves pour corroborer ces accusations ?

Mariana hocha la tête.

— Oui. Ces cartes postales.

— Ah. Les fameuses cartes postales.

Sangha baissa les yeux sur les cartes posées devant lui. Il s'en saisit, puis les battit comme des cartes à jouer.

— Si je comprends bien, vous croyez qu'elles ont été envoyées aux victimes avant le meurtre, comme des sortes de cartes de visite ? Annonçant son intention de tuer ?

— Oui.

— Et maintenant que vous en avez reçu une, vous courez un danger imminent ? Pourquoi pensez-vous qu'il vous a choisie comme victime ?

— Je pense que je suis devenue une menace pour lui. Je suis trop près de la vérité. Je suis entrée dans sa tête.

Elle ne regardait pas Fosca, elle ne pensait pas pouvoir garder son sang-froid.

— Vous savez, Mariana, l'entendit-elle dire, n'importe qui peut recopier un passage de livre. On n'a pas besoin d'avoir fait Harvard pour ça.

— J'en suis consciente, professeur. Mais quand je suis venue dans votre appartement, j'ai trouvé ce même passage souligné dans votre exemplaire d'Euripide. C'est juste une coïncidence ?

Fosca éclata de rire.

— Si j'allais dans mon appartement, là maintenant, et que je retirais un livre de la bibliothèque, n'importe lequel, vous verriez que je souligne quasiment tout. Et croyez-vous sincèrement que si je tuais ces filles, je leur enverrais des cartes postales citant des œuvres que j'étudie avec elles ? Croyez-vous que je serais stupide à ce point ?

Mariana hocha la tête.

— Ce n'est pas stupide. Vous pensiez qu'on ne comprendrait pas ces messages, que la police ne les remarquerait même pas, ni personne au demeurant. C'était votre *private joke*, aux dépens des filles. Voilà pourquoi j'ai la certitude que vous les avez rédigés. D'un point de vue psychologique, c'est typiquement une chose que vous feriez.

Le commandant Sangha réagit avant que Fosca ait le temps de répliquer.

— Heureusement pour le professeur, il a été vu dans la fac au moment du meurtre de Serena. À minuit pile.

— Qui l'a vu ?

Le commandant était sur le point de se verser du thé quand il se rendit compte que son thermos était vide. Il fronça les sourcils.

— Morris. L'appariteur en chef. Il a vu le professeur en train de fumer une cigarette devant chez lui et ils ont parlé pendant plusieurs minutes.

— Il ment.

— Mariana…

— Écoutez-moi.

Avant que Sangha ne puisse l'interrompre, Mariana lui dit qu'elle soupçonnait Morris de faire chanter Fosca, qu'elle l'avait suivi et l'avait vu avec Serena.

Le commandant sembla plutôt stupéfait. Il se pencha sur son bureau et la dévisagea.

— Vous les avez vus ? Dans le cimetière ? Je crois que vous feriez mieux de m'expliquer ce que vous y faisiez exactement.

Elle s'exécuta, fournit davantage de détails et, à son grand désarroi, plus la conversation s'éloignait d'Edward Fosca, plus le commandant semblait enthousiasmé à l'idée de faire de Morris un suspect.

Et Julian partageait son opinion.

— Cela explique comment le tueur a pu se déplacer sans être vu. Qui passe inaperçu dans une fac ? Qui ne voit-on pas ? Un homme en uniforme, un homme qui peut légitimement se trouver là. Un appariteur.

— Exactement.

Sangha réfléchit un instant, puis il fit appeler un des jeunes agents et lui demanda de faire venir Morris pour l'interroger.

Tout en sachant que ce serait sans doute inutile,

Mariana était sur le point d'intervenir, mais Julian lui sourit et lui dit :

— Écoute, Mariana. Je suis de ton côté, alors ne prends pas mal ce que je vais dire.

— Quoi ?

— Pour être honnête, je l'ai remarqué dès que je t'ai vue ici à Cambridge. Ça m'a frappé tout de suite. Tu semblais un peu bizarre, presque paranoïaque.

Mariana ne put s'empêcher de rire.

— Pardon ?

— Je sais que c'est difficile à entendre, mais il est évident que tu souffres d'un délire de persécution. Tu ne vas pas bien, Mariana. Tu as besoin d'aide. Et j'aimerais t'aider. Si tu me le permets.

— Va te faire foutre, Julian.

Le commandant frappa sur le bureau avec son thermos.

— Assez !

Le silence se fit, puis, d'une voix ferme, Sangha déclara :

— Mariana. Vous avez mis ma patience à rude épreuve plus d'une fois. Vous avez porté des accusations sans fondement contre le professeur Fosca. Sans parler de l'agression physique. Il est tout à fait en droit de porter plainte.

Mariana essaya de l'interrompre, mais Sangha continua :

— Non, ça suffit. Écoutez-moi bien, maintenant. Je veux que vous soyez partie demain matin. Loin de cette fac et du professeur Fosca, loin de cette enquête, loin de moi. Sinon, je vous ferai arrêter pour entrave à la justice. C'est clair ? Écoutez le Dr Ashcroft, d'accord ? Allez voir votre médecin. Faites-vous aider.

Mariana ouvrit la bouche et retint un cri, un hurlement de frustration. Elle ravala sa colère et resta assise sans rien dire. Il était inutile d'argumenter davantage. Elle baissa la tête, indignée, mais vaincue.

Elle avait perdu.

CINQUIÈME PARTIE

« [...] le ressort est bandé. Cela n'a plus qu'à se dérouler tout seul. C'est cela qui est commode dans la tragédie. On donne le petit coup de pouce pour que cela démarre [...]. »

Jean ANOUILH, *Antigone*[1]

1. La Table Ronde, 2016.

Chapitre 1

Une heure plus tard, afin d'éviter la presse, une voiture de police franchissait le portail qui ouvrait sur une rue étroite à l'arrière de l'université. Mariana se tenait parmi divers étudiants et membres du personnel qui s'étaient rassemblés pour assister à l'arrestation de Morris, qu'on venait de menotter et qu'on conduisait à la voiture. Quand il passa, des appariteurs le huèrent. Il rougit un peu, mais ne réagit pas. Il avait la mâchoire serrée et gardait les yeux baissés.

À la dernière minute, il les leva. Mariana suivit son regard. Il le dirigeait vers une fenêtre. Derrière laquelle se tenait Edward Fosca.

Le professeur observait la scène, un petit sourire aux lèvres. *Il se moque de nous*, se dit Mariana.

Quand il croisa le regard de Morris, l'espace d'une seconde, ce dernier eut une mine furieuse.

Un agent de police lui ôta ensuite son chapeau melon et le poussa dans la voiture de police. Mariana la vit s'éloigner, l'emmener, puis le portail se referma.

Elle regarda de nouveau la fenêtre de Fosca.

Mais il avait disparu.

Elle entendit le doyen déclarer :

— Dieu merci. Enfin, c'est terminé.

Il se trompait bien sûr. C'était loin d'être terminé.

Presque aussitôt, le temps changea. Comme s'il réagissait aux événements survenus dans l'université, l'été, qui avait tenu si longtemps, se retira. Un vent froid sifflait dans les cours. Il se mit à bruiner et, au loin, on entendait un orage gronder.

Mariana et Zoé buvaient un verre avec Clarissa au Fellows' Parlour, un foyer pour professeurs. Cet après-midi-là, il était désert.

La grande pièce, plongée dans la pénombre, était meublée de fauteuils et de canapés en cuir anciens, de bureaux en acajou et de tables encombrées de journaux et de revues. Elle sentait la fumée, le bois et la cendre des cheminées. Dehors, le vent faisait claquer les battants des fenêtres et la pluie crépitait sur les vitres. Il faisait assez froid pour que Clarissa demande qu'on allume un petit feu.

Les trois femmes, assises près de la cheminée dans des fauteuils bas, sirotaient du whisky. Mariana faisait tourner l'alcool dans son verre et contemplait le liquide ambré qui brillait à la lueur du feu. Elle se sentait réconfortée ici, dorlotée près de l'âtre avec Clarissa et Zoé.

Sa nièce sortait d'un cours à la fac d'anglais. Sans doute le dernier, selon Clarissa. On parlait de fermer l'université très bientôt, en attendant une enquête de police.

Zoé s'était fait surprendre par la pluie ; elle se séchait près du feu pendant que Mariana racontait ce qui s'était passé, et sa confrontation avec Edward Fosca. Quand elle eut terminé, Zoé lui dit à voix basse :

— C'était une erreur de t'en prendre à lui comme ça. Maintenant, il sait que tu sais.

— Je croyais que tu le pensais innocent.

— J'ai changé d'avis.

Le regard de Clarissa passa de l'une à l'autre.

— Alors vous êtes certaines, toutes les deux, qu'il est bien coupable ? Personne ne veut le croire.

— Je sais, dit Mariana. Mais j'en suis sûre.

— Moi aussi, renchérit Zoé.

Clarissa ne fit aucun commentaire. Elle prit la carafe et se reversa un verre. Mariana remarqua que sa main tremblait.

— Qu'est-ce qu'on fait maintenant ? demanda Zoé. Tu ne vas pas partir, quand même ?

— Bien sûr que non. Qu'il m'arrête, ça m'est égal. Je ne rentrerai pas à Londres.

Clarissa parut étonnée.

— Comment ? Pourquoi pas ?

— Je ne peux pas fuir. Plus maintenant. Je fuis depuis la mort de Sebastian. Il faut que je reste, que j'affronte ce qui m'attend, peu importe ce que c'est. Je n'ai pas peur.

Elle n'avait pas l'habitude de prononcer cette phrase. Elle la répéta :

— Je n'ai pas peur.

— Allons, dit Clarissa, c'est le whiskey qui parle.

— Peut-être, concéda Mariana en souriant. Mais mieux vaut le courage de l'ivrogne que pas de courage du tout.

Elle se tourna vers Zoé.

— On continue, voilà ce qu'on fait. On continue, et on l'attrape.

— Comment ? Il nous faut des preuves.

— Oui.

Zoé hésita.

— Et l'arme du crime ?

Le ton de la question intrigua Mariana qui se pencha vers elle.

— Tu parles du couteau ?

Sa nièce acquiesça.

— Ils ne l'ont pas encore trouvé, n'est-ce pas ? Je pense… Je sais où il est.

Mariana l'observa, les yeux écarquillés.

Zoé évita son regard un instant. Elle fuyait, fixant le feu. Une attitude coupable, furtive, que sa tante lui connaissait depuis l'enfance.

— Zoé ?

— C'est une longue histoire, Mariana.

— C'est le bon moment pour la raconter, tu ne crois pas ?

Mariana baissa la voix.

— Tu sais, Zoé, quand j'ai vu les Muses, elles m'ont dit quelque chose. Elles m'ont dit que tu faisais partie du groupe.

La jeune fille secoua la tête.

— C'est faux.

— Zoé, ne mens pas.

— Je ne mens pas ! Je ne les ai accompagnées qu'une seule fois.

— Pourquoi tu ne me l'as pas dit ?

— Je ne sais pas. J'avais peur. J'avais tellement honte. Je voulais te le dire depuis longtemps, mais…

Elle se tut. Mariana tendit le bras vers elle et posa la main sur celle de Zoé.

— Dis-le-moi maintenant. Dis-le-nous.

La lèvre de Zoé trembla un peu, puis elle acquiesça. Mariana se prépara à entendre son récit.

Et la première chose qu'elle dit lui glaça le sang.

— Ça doit sûrement commencer avec Déméter. Et Perséphone. Tu les connais, n'est-ce pas ?

Il fallut un instant à Mariana pour arriver à répondre.

— Oui. Je les connais.

Chapitre 2

Zoé but son verre jusqu'à la dernière goutte, puis le posa sur le rebord de la cheminée. Le feu fumait un peu et elle était enveloppée de volutes gris-blanc.

Mariana la regardait, les flammes rouge et doré dansant derrière elle, et elle eut la sensation de participer à un curieux feu de camp, comme si on allait lui raconter une histoire de fantômes. Ce qui en un sens était le cas.

Zoé commença son récit, timidement d'abord, pas à pas. Elle raconta que le professeur Fosca affectionnait les rites secrets d'Éleusis pour honorer Perséphone, des rites qui vous emmenaient dans un aller-retour entre la vie et la mort.

Le professeur connaissait le secret, affirmait-il, et il le partageait avec quelques étudiantes.

— Il m'a fait jurer de ne rien dire. Je ne pourrais jamais en parler à personne. Je sais que c'était bizarre, mais j'étais flattée qu'il me trouve assez spéciale, assez intelligente. Et j'étais curieuse, aussi. Et puis ç'a été mon tour d'être admise parmi les Muses. Il m'a dit de le retrouver à la folie, à minuit, pour la cérémonie.

— À la folie ?

— Tu sais, la bâtisse au bord de la rivière, près de Paradise.

Mariana acquiesça.

— Continue.

— Juste avant minuit, Carla et Diya m'ont rejointe au hangar à bateaux et m'ont escortée, par le fleuve, sur une barque.

— Une barque, pourquoi ?

— C'est le moyen le plus simple d'y aller, le chemin est envahi de ronces.

Zoé s'interrompit un instant avant de poursuivre.

— Les autres étaient déjà là quand je suis arrivée. Veronica et Serena se trouvaient devant l'entrée de la folie. Elles portaient des masques censés représenter Perséphone et Déméter.

Clarissa laissa échapper un « Mon Dieu » incrédule, puis fit signe à Zoé de continuer.

— Lillian m'a conduite dans la folie. Le professeur attendait là. Il m'a mis un bandeau sur les yeux et puis, j'ai bu le *kykeon*. Il m'a dit que c'était un simple sirop d'orgeat. Mais il mentait. Tara m'a confié plus tard qu'il y mettait du GHB, qu'il achetait à Conrad.

Mariana se sentait épouvantablement tendue. Elle ne voulait pas en entendre davantage. Mais elle savait qu'elle n'avait pas le choix.

— Continue.

— Et puis, il m'a murmuré à l'oreille… que j'allais mourir et renaître à l'aube. Il a sorti un couteau et m'a touché la gorge avec.

— Il a fait ça ? s'affola Mariana.

— Il ne m'a pas tailladée ni rien, il a dit que c'était juste un sacrifice rituel. Ensuite, il m'a retiré le bandeau. Et c'est là que j'ai vu où il range le couteau. Il l'a glissé dans une fente entre deux dalles de pierre.

Zoé ferma les yeux une seconde.

— Ensuite, j'ai du mal à me rappeler. J'avais les jambes en coton. L'impression de fondre. On est sortis de la folie. On était au milieu des arbres… dans les bois. Certaines filles dansaient nues. Les autres nageaient, mais moi, je ne voulais pas enlever mes vêtements. Je ne me souviens pas exactement. Puis j'ai perdu les autres. Et je me suis retrouvée seule, et défoncée, et j'avais peur. Et il était là.

— Edward Fosca ?

— Oui.

Zoé semblait ne pas vouloir prononcer son nom.

— J'ai essayé de parler, mais je n'y arrivais pas. Il n'arrêtait pas de m'embrasser, de me toucher, de me dire qu'il m'aimait. Il avait un regard fou. Je me souviens de ses yeux, des yeux fous. J'ai essayé de m'enfuir, mais je ne pouvais pas. Et puis Tara est arrivée et ils ont commencé à s'embrasser, et j'ai réussi à m'enfuir je ne sais pas comment. J'ai couru dans les bois, j'ai couru sans m'arrêter.

Zoé baissa la tête et resta silencieuse un instant.

— Je me suis enfuie.

— Que s'est-il passé ensuite, Zoé ?

Zoé haussa les épaules.

— Rien. Je n'en ai jamais reparlé aux filles. Sauf à Tara.

— Et le professeur Fosca ?

— Il a fait comme si rien ne s'était passé. Alors j'ai essayé de faire pareil. Mais ensuite Tara est venue me voir dans ma chambre. Cette nuit-là. Elle m'a dit qu'il avait menacé de la tuer. Je ne l'avais jamais vue aussi effrayée. Elle était terrifiée.

Clarissa dit doucement :

— Mon petit, vous auriez dû alerter l'université. Vous auriez dû le dire à quelqu'un. Vous auriez dû venir me voir.

— Vous m'auriez crue, Clarissa ? C'est une histoire tellement folle. C'était ma parole contre la sienne.

Mariana partageait son avis, elle se sentait au bord des larmes. Elle voulait attirer sa nièce contre elle, la prendre dans ses bras.

Mais d'abord, elle avait besoin de savoir quelque chose.

— Zoé, pourquoi maintenant ? Pourquoi tu nous racontes ça maintenant ?

La jeune fille resta un moment silencieuse. Elle se dirigea vers le fauteuil où sa veste était pendue, en train de sécher près du feu. Elle glissa la main dans une poche.

Elle en sortit une carte postale un peu humide mouchetée de pluie.

Elle la laissa tomber sur les genoux de Mariana.

— Parce que j'ai reçu une carte aussi.

Chapitre 3

Mariana regardait fixement la carte postale.

C'était un tableau rococo sombre d'Iphigénie nue sur un lit, Agamemnon s'approchant furtivement d'elle par-derrière, brandissant un couteau. Au dos, il y avait un texte en grec ancien. Mariana ne prit pas la peine de demander à Clarissa de le traduire. Cela ne servait à rien.

Elle devait se montrer forte pour Zoé. Il fallait qu'elle réfléchisse avec lucidité et qu'elle réfléchisse vite. D'une voix neutre, elle demanda :

— Quand l'as-tu reçue, Zoé ?

— Cet après-midi. Elle était sous ma porte.

— Je vois. Ça change tout.

— Non, ça ne change rien.

— Si. Il faut qu'on te sorte d'ici. Tout de suite. Il faut qu'on aille à Londres.

— Je le pense aussi, dit Clarissa.

— Non, répliqua Zoé.

Elle secoua la tête avec une obstination farouche.

— Je n'irai nulle part. Je reste ici, comme tu as dit, et on va se battre. On va l'attraper.

Alors qu'elle disait cela, Mariana trouva Zoé terriblement vulnérable, fatiguée et malheureuse. Les récents événements l'avaient visiblement affectée et changée. Elle était démolie, mentalement et physiquement. *C'est à ça que ressemble le courage. C'est ça, le courage.*

Clarissa semblait le percevoir elle aussi.

— Zoé, dit-elle d'une voix douce, votre courage est louable. Mais Mariana a raison. Nous devons aller voir la police, raconter tout ce que vous venez de dire. Et ensuite, vous devez quitter Cambridge. Vous devez toutes les deux quitter Cambridge. Ce soir.

Zoé fit la grimace avant de rétorquer :

— Ça ne sert à rien d'informer la police, Clarissa. On pensera que Mariana vous a poussée à le faire. C'est une perte de temps. Et nous n'en avons pas. Nous devons trouver des preuves.

— Zoé…

— Non, écoute, Mariana. Allons inspecter la folie, juste au cas où. Là où je l'ai vu cacher le couteau. Et si on ne le trouve pas, alors on ira à Londres, d'accord ?

Clarissa devança Mariana avant qu'elle puisse répondre.

— Mon Dieu. Vous voulez vous faire tuer ?

— Non. Les meurtres ont lieu la nuit. Il nous reste encore quelques heures.

Elle jeta un coup d'œil par la fenêtre, puis lança à Mariana un regard plein d'espoir.

— Il ne pleut plus. Ça se dégage.

— Pas encore, dit Mariana. Mais ça ne va pas tarder. Va prendre une douche, change ces vêtements humides. Et je te rejoins dans ta chambre dans vingt minutes.

— OK, répondit sa nièce, l'air satisfait.

Mariana la regarda rassembler ses affaires.

— Zoé, s'il te plaît, sois prudente.

La jeune fille acquiesça, puis quitta la pièce. Dès que la porte se referma, Clarissa se tourna vers Mariana. Elle semblait inquiète.

— Je dois t'avouer que je désapprouve ce projet. C'est très dangereux pour vous deux de vous aventurer à proximité de la rivière comme ça.

— Je n'ai pas l'intention de laisser Zoé s'approcher de la rivière. Je vais lui demander de faire un sac avec quelques affaires et on partira immédiatement. On ira à Londres, comme tu as dit.

— Tu me rassures. C'est la bonne décision.

— Mais si quelque chose devait m'arriver, je veux que tu ailles voir la police, d'accord ? Tu dois tout raconter. Tout ce qu'a dit Zoé.

Clarissa acquiesça. Mais elle avait l'air fâchée.

— Je préférerais que vous alliez toutes les deux trouver la police. Tout de suite.

— Zoé a raison. Ça ne sert à rien. Le commandant Sangha ne voudra pas m'entendre. Mais toi, il t'écoutera.

Clarissa resta silencieuse. Elle se contenta de soupirer et de regarder le feu.

— Je t'appellerai de Londres, promit Mariana.

La vieille femme ne réagit pas, comme si elle ne l'avait pas entendue.

Mariana était déçue. Elle espérait davantage. Elle s'attendait à ce que son ancienne enseignante soit un roc, mais visiblement tout cela était trop pour elle. Elle semblait avoir vieilli, elle paraissait ratatinée, petite et frêle.

Mariana se rendait compte qu'elle ne leur serait

d'aucune aide. Quelles que soient les menaces qui les attendaient, Zoé et elle, elles devraient y faire face seules.

Elle embrassa gentiment Clarissa sur la joue. Puis elle la laissa près du feu.

Chapitre 4

Mariana se dirigea vers la chambre de Zoé, de l'autre côté de la cour, et se concentra sur les modalités pratiques. Zoé et elle feraient rapidement leurs valises, sortiraient de l'université sans qu'on les voie, par le portail de derrière, prendraient le taxi jusqu'à la gare, puis le train jusqu'à King's Cross. Ensuite, et cette perspective lui réchauffait le cœur, elles seraient chez elles, saines et sauves dans la petite maison jaune.

Elle monta l'escalier en pierre pour rejoindre la chambre de Zoé. Elle trouva la chambre vide ; sa nièce devait encore se trouver au rez-de-chaussée dans le bâtiment des douches.

Le téléphone de Mariana sonna. C'était Fred.

Elle hésita, mais décrocha.

— Allô ?

— Mariana, c'est moi, répondit Fred d'une voix inquiète. Il faut que je te parle. C'est important.

— Le moment est mal choisi. Et je crois qu'on s'est tout dit hier soir.

— Ce n'est pas à propos d'hier soir. Écoute-moi. Je suis sérieux. J'ai eu une prémonition, à ton sujet.

— Fred, je n'ai pas le temps.

— Je sais que tu n'y crois pas, mais c'est vrai. Tu

cours un grand danger. En ce moment même, à cette seconde même. Où que tu sois, sors de là. Va-t'en. Sauve-toi.

Mariana raccrocha, exaspérée. Elle avait assez de soucis sans que Fred y ajoute ses bêtises. Elle était déjà anxieuse, et maintenant c'était encore pire.

Qu'est-ce qui retardait Zoé ?

Mariana faisait les cent pas dans la chambre en promenant le regard sur les affaires de sa nièce : une photo d'elle bébé dans un cadre argenté, une photo d'elle en demoiselle d'honneur au mariage de Mariana et Sebastian, des porte-bonheur, des bibelots, des pierres et des cristaux rapportés de vacances à l'étranger, et d'autres souvenirs d'enfance qui suivaient Zoé partout depuis qu'elle était petite, comme le bon vieux Zebra usé perché en équilibre instable sur son oreiller.

Tout ce bric-à-brac l'émouvait terriblement. Elle se souvint soudain de sa nièce enfant, agenouillée contre le lit, les mains en prière. *Dieu bénisse Mariana, Dieu bénisse Sebastian, Dieu bénisse grand-père, Dieu bénisse Zebra*, et ainsi de suite, y compris des gens dont elle ne connaissait même pas le nom. La dame triste à l'arrêt de bus par exemple, ou le monsieur enrhumé de la librairie. Mariana observait ce rituel avec tendresse, mais elle ne croyait pas à ses prières. Elle ne croyait pas en un dieu qu'on pouvait joindre aussi facilement, ou dont le cœur impitoyable serait ému par les prières d'une petite fille.

Pourtant elle sentit soudain ses jambes se dérober sous elle, comme poussées par une force invisible. Elle s'écroula sur le sol, les mains jointes, la tête baissée.

Mais elle ne pria ni Dieu, ni Jésus, ni même Sebastian.

Elle pria quelques colonnes de pierre sales ravagées par les intempéries, dressées sur une colline contre un ciel éclatant où ne volait aucun oiseau.

Elle pria la déesse.

— Pardonne-moi, murmura-t-elle. Quoi que j'aie fait, quoi que j'aie pu faire pour t'offenser. Tu as pris Sebastian. Ça suffit. Je t'en supplie, ne prends pas Zoé. S'il te plaît, je ne te permettrai pas. Je…

Elle s'interrompit, gênée, embarrassée par les mots qui sortaient de sa bouche. Elle perdait la raison. Elle était comme une enfant démente qui négocie avec l'Univers.

Et pourtant, au fond d'elle-même, elle avait conscience d'être enfin arrivée au moment vers lequel tout tendait : sa confrontation, repoussée, mais inéluctable – le moment de rendre des comptes –, avec la muse.

Elle se releva lentement.

Et Zebra bascula, tomba du lit et atterrit par terre.

Mariana le ramassa pour le replacer sur l'oreiller. Ce faisant, elle remarqua que la couture du ventre s'était défaite. Il manquait trois points. Et quelque chose dépassait du rembourrage.

Mariana hésita, puis, sans vraiment savoir pourquoi, elle retira des feuilles de papier pliées en quatre, cachées dans la peluche.

Elle les regarda fixement. Elle manquait peut-être de loyauté, mais elle se sentait obligée de découvrir le contenu de ces pages. Elle devait savoir.

Elle les déplia soigneusement. Cela ressemblait à une lettre tapée à l'ordinateur.

Mariana s'assit sur le lit.

Et commença à lire.

Chapitre 5

Et puis un jour, ma mère est partie.

Je ne me souviens pas du moment exact, ni du dernier adieu, mais il a dû y en avoir un. Je ne me souviens pas non plus si mon père était là. Il devait être aux champs quand elle s'est enfuie.

Elle n'a jamais envoyé personne me chercher, tu sais, finalement. Je ne l'ai jamais revue, en fait.

Le soir où elle est partie, je suis monté dans ma chambre, et je me suis assis à mon petit bureau. J'ai écrit pendant des heures dans mon journal. Quand j'ai eu fini, je n'ai pas relu.

Et je n'ai plus jamais écrit dans ce journal. Je l'ai mis dans une boîte et je l'ai caché avec d'autres choses que je voulais oublier.

Mais aujourd'hui, je l'ai sorti pour la première fois, et je l'ai lu, en entier.

Enfin, presque en entier.

Tu vois, il manque deux pages.

Deux pages déchirées.

Elles ont été détruites, parce qu'elles étaient dangereuses. Pourquoi ? Parce qu'elles racontaient une histoire différente.

Je suppose que ce n'est pas grave. Toutes les histoires supportent d'être un peu remaniées.

J'aimerais pouvoir remanier les années suivantes à la ferme. Les remanier, ou les oublier.

La douleur, la peur, l'humiliation. Chaque jour, j'étais plus déterminé à m'échapper. Un jour, je m'enfuirai. Je serai libre. Je serai en sécurité. Je serai heureux. Je serai aimé.

Je me le suis répété, encore et encore, sous les couvertures la nuit. C'est devenu mon mantra quand j'avais des problèmes. Plus que cela, c'est devenu ma vocation.

Elle m'a conduit à toi.

Je n'ai jamais pensé être capable d'aimer. Je ne connaissais que la haine. J'ai tellement peur de te haïr aussi, un jour. Mais, avant de te faire du mal, je vais retourner le couteau contre moi-même, et le plonger au plus profond de mon cœur.

Je t'aime, Zoé.

C'est pour ça que j'écris ces mots.

Je veux que tu me voies tel que je suis. Et ensuite ? Tu vas me pardonner, n'est-ce pas ? Poser un baiser sur toutes mes blessures et les soigner. Tu es mon destin, tu le sais, n'est-ce pas ? Peut-être que tu n'y crois pas encore. Mais je le sais depuis le début. J'ai eu une prémonition, à la seconde où je t'ai vue, j'ai su.

Tu étais si timide au début, si méfiante. J'ai dû éveiller lentement ton amour. Mais je suis tout sauf impatient.

Nous serons ensemble, je te le promets. Un jour, une fois que mon plan aura abouti. Ma belle et brillante idée.

Je dois t'avertir, elle implique du sang, et des sacrifices.

Je t'expliquerai, quand nous serons seuls. D'ici là, garde confiance.

À toi,
pour toujours
X

Chapitre 6

Mariana posa la lettre sur ses genoux.

Elle n'arrivait pas à en détacher le regard.

Elle avait du mal à réfléchir, du mal à respirer ; comme si elle avait eu le souffle coupé après avoir reçu des coups de poing répétés dans le ventre. Elle ne comprenait pas ce qu'elle venait de lire. Que signifiait ce monstrueux document ?

Cela n'avait aucun sens. Elle n'y croyait pas. Elle ne voulait pas y croire. Elle devait se tromper. Et pourtant, c'était la seule conclusion plausible, si inacceptable, insensée ou terrifiante qu'elle soit.

Edward Fosca avait écrit cette effroyable lettre d'amour, et il l'avait écrite à Zoé.

Mariana hocha la tête. Non, pas Zoé, pas sa Zoé. C'était impossible, sa nièce ne pouvait pas avoir une relation avec ce monstre.

Elle se rappela soudain l'expression étrange du visage de la jeune fille quand elle avait regardé Fosca à l'autre bout de la cour. Une expression que Mariana avait prise pour de la peur. Et si c'était plus compliqué que ça ?

Et si, depuis le début, elle avait tout interprété de travers, à l'envers ? Et si…

Elle entendit un bruit de pas. Quelqu'un montait l'escalier.

Elle se figea. Elle ne savait pas quoi faire. Elle devait dire quelque chose, faire quelque chose. Mais pas maintenant, pas comme ça ; il lui fallait d'abord réfléchir.

Elle fourra la lettre dans sa poche à l'instant même où Zoé apparaissait sur le pas de la porte.

— Désolée, Mariana. J'ai fait aussi vite que j'ai pu.

Elle entra dans la pièce en souriant. Elle avait les joues rouges et les cheveux mouillés. Elle était en robe de chambre et serrait deux serviettes contre elle.

— Attends une seconde. Laisse-moi juste m'habiller.

Mariana ne dit rien. Zoé enfila des vêtements, et ce bref instant de nudité – cette peau jeune et lisse – rappela à Mariana la magnifique petite fille qu'elle avait aimée, cette belle petite fille innocente. Où était-elle passée ? Que s'était-il passé ?

Des larmes lui montèrent aux yeux. Mais pas des larmes d'attendrissement, des larmes d'angoisse, de douleur, comme si quelqu'un venait de la gifler. Elle se détourna pour que Zoé ne la voie pas les essuyer.

— Je suis prête, dit Zoé. On y va ?

Mariana la dévisagea d'un air ahuri.

— Où ça ?

— À la folie, bien sûr. Pour chercher le couteau.

— Quoi ? Ah oui.

Mariana opina mollement. Tout espoir, tout projet de fuite vers Londres avec elle s'étaient évanouis. Il n'y avait nulle part où aller, nulle part où s'enfuir. Plus maintenant.

Telle une somnambule, elle suivit Zoé au rez-de-chaussée, puis à l'autre bout de la cour. La pluie avait cessé ; le ciel était lourd et d'épais nuages noirs s'accumulaient au-dessus de leurs têtes, tournoyant dans le vent.

— On devrait y aller par la rivière. C'est le plus simple.

Mariana ne répondit pas, elle se contenta d'acquiescer d'un bref mouvement de tête.

— Je sais ramer, dit Zoé. Je ne suis pas aussi douée que Sebastian, mais je me débrouille pas mal.

Mariana la suivit sans un mot jusqu'à la berge.

Sept barques dont les coques craquaient dans l'eau étaient enchaînées devant le hangar à bateaux. Zoé saisit une des perches appuyées contre un mur. Elle attendit que sa tante monte sur une barque, puis défit la lourde chaîne qui la retenait à la berge.

Mariana s'assit sur le siège en bois. Il était humide à cause de la pluie, mais elle le remarqua à peine.

— Ça ne sera pas long.

Zoé les éloigna de la rive, en s'aidant de la perche. Puis elle la leva haut, la plongea dans l'eau et se mit à ramer.

Elles n'étaient pas seules sur la rivière. Mariana s'en rendit compte tout de suite. Elle sentait qu'on les suivait. Elle résista à la tentation de regarder par-dessus son épaule. Mais elle finit par y céder et, comme elle s'y attendait, elle aperçut au loin la silhouette d'un homme qui disparaissait derrière un arbre.

Elle devait se faire des idées. Parce que ce n'était pas celui qu'elle s'attendait à voir, ce n'était pas Edward Fosca.

C'était Fred.

Chapitre 7

Comme Zoé l'avait prévu, elles progressèrent vite. Elles laissèrent rapidement les bâtiments de l'université derrière elles et glissèrent sur la rivière bordée de prairies – un paysage naturel intact qui avait survécu au passage des siècles.

Des vaches noires paissaient dans un pré. Il régnait une odeur d'humidité, de moisissure de chêne, de vase. Et Mariana sentait la fumée d'un feu de camp quelque part, le relent âcre des feuilles humides qui brûlent.

Une fine couche de brume flottait au-dessus de l'eau, et enveloppait Zoé pendant qu'elle ramait. Elle était si belle, debout, les cheveux dans la brise, le regard perdu au loin. Elle ressemblait à la dame de Shalott, naviguant sur la rivière vers son destin maudit.

Mariana essayait de réfléchir, sans y parvenir. Et à chaque claquement sourd de la rame sur l'eau, chaque mouvement de la barque avançant sur la rivière, elle savait que le temps était compté. Bientôt, elles atteindraient la folie.

Et ensuite ?

Elle sentait la lettre dans sa poche. Elle savait qu'elle devait donner un sens à tout ça.

Elle devait se tromper. Elle se trompait forcément.

— Tu es bien silencieuse, lui dit Zoé. À quoi tu penses ?

Mariana leva les yeux. Elle essaya de parler, mais les mots ne sortaient pas. Elle hocha la tête, et haussa les épaules.

— À rien.

— On est bientôt arrivées.

Zoé montra le coude de la rivière.

Mariana se tourna pour regarder.

— Oh ! s'écria-t-elle.

À sa grande surprise, un cygne était apparu sur l'eau. Il glissait sans effort vers elles, ses ailes blanches frémissant légèrement dans la brise. En approchant de la barque, il tourna son long cou et l'observa. Il plongea ses yeux noirs dans ceux de Mariana.

Un frisson lui parcourut le dos. Elle détourna le regard.

Quand elle jeta de nouveau un coup d'œil dans sa direction, le cygne avait disparu.

— On y est, dit Zoé.

Mariana aperçut la folie. Ce n'était pas une grande bâtisse. Quatre colonnes de pierre supportaient un toit en pente. Blanc à l'origine, des siècles de pluie et de vent l'avaient décoloré, tachant de rouille et d'algues son revêtement doré et vert.

C'était un étrange emplacement pour une folie – isolé sur la berge, dans un bois près d'un marais. Zoé et Mariana passèrent devant, devant les iris sauvages qui émergeaient de l'eau et les rosiers rampants aux épines hérissées barrant le chemin.

Zoé manœuvra la barque jusqu'à la rive. Elle enfonça la rame profondément pour amarrer l'embarcation.

Elle grimpa ensuite sur la berge, puis tendit la main à Mariana pour l'aider à gagner la terre ferme. Mais Mariana ne la prit pas. La toucher lui était insupportable.

— Tu es sûre que ça va ? lui demanda Zoé. Tu es vraiment bizarre.

Mariana ne répondit pas. Elle se hissa hors de la barque, mit le pied sur la berge herbeuse, puis suivit sa nièce jusqu'à la folie.

Une fois devant, elle s'arrêta et leva les yeux.

Au-dessus de l'entrée, un blason était gravé dans la pierre : l'emblème d'un cygne dans la tempête.

Mariana se figea. Elle le fixa une seconde.

Mais elle continua.

Et entra derrière Zoé dans la bâtisse.

Chapitre 8

À l'intérieur, un mur était percé de deux fenêtres donnant sur la rivière ; un banc en pierre était adossé contre l'ouverture. Zoé pointa le doigt vers l'une des fenêtres, par laquelle on voyait le bois verdoyant à proximité.

— Ils ont trouvé le corps de Tara là-bas, à côté du marais. Je vais te montrer.

Elle s'agenouilla et regarda sous le banc.

— Et c'est là qu'il a caché le couteau.

Elle glissa une main dans une fente entre deux dalles de pierre. Et elle sourit.

— Ah !

Elle retira la main. Elle serrait un couteau d'environ vingt centimètres. Il était légèrement taché de rouille, ou de sang séché.

Mariana vit Zoé le prendre par le manche. Elle le tenait comme si elle en avait l'habitude. Elle se redressa, et le pointa vers Mariana.

Elle pointait la lame vers elle. Et elle la fixait sans ciller, ses yeux bleus irradiant dans la pénombre.

— Viens, dit-elle. On va faire un tour.

— Quoi ?

— Par là, dans le bois. Allons-y.

— Attends. Arrête. Tu n'es pas toi-même.

— Quoi ?

— Tu n'es pas toi-même, Zoé. Tu es sous son emprise.

— De quoi tu parles ?

— Écoute. Je suis au courant. J'ai trouvé la lettre.

— Quelle lettre ?

En réponse, Mariana sortit la lettre de sa poche. Elle la déplia, puis la montra à Zoé.

— Celle-ci.

Zoé resta muette un instant. Elle se contentait de fixer Mariana. Aucune émotion. Juste un regard vide.

— Tu l'as lue ?

— Je n'avais pas l'intention de la trouver. C'était un accident…

— Est-ce que tu l'as lue ?

— Oui, murmura Mariana.

Un éclair de fureur traversa les yeux de Zoé.

— Tu n'avais pas le droit !

— Zoé. Je ne comprends pas. Ça ne veut pas dire… ça ne peut pas vouloir dire…

— Quoi ? Qu'est-ce que ça ne peut pas vouloir dire ?

Mariana peinait à trouver les mots.

— Que tu as quelque chose à voir avec ces meurtres. Que vous êtes impliqués lui et toi.

— Il m'aimait. On s'aimait.

— Non, Zoé. C'est important. Je te dis ça parce que je t'aime. Tu es une victime dans cette affaire. Malgré tout ce que tu peux penser, ce n'était pas de l'amour.

Zoé essaya de l'interrompre, mais Mariana ne lui en laissa pas le temps.

— Je sais que tu ne veux pas l'entendre. Je sais que tu penses que votre histoire est extrêmement romantique, mais, quoi qu'il t'ait donné, ce n'était pas de l'amour. Edward Fosca n'est pas capable d'aimer. Il est trop abîmé, trop dangereux.

— Edward Fosca ?

Zoé la dévisageait d'un air étonné.

— Tu crois qu'Edward Fosca a écrit la lettre ? Et que c'est pour ça que je la gardais à l'abri, cachée dans ma chambre ?

Elle hocha la tête avec mépris.

— Ce n'est pas lui.

— Alors, qui l'a écrite ?

Le soleil disparut soudain derrière un nuage. Et tout sembla ralentir. Mariana entendit les premières gouttes de pluie tambouriner contre le banc en pierre de la folie et un hibou ululer quelque part au loin. Et, dans cet espace hors du temps, elle prit conscience de quelque chose : elle savait déjà ce que Zoé allait dire. Et peut-être, en un sens, l'avait-elle toujours su.

Puis le soleil réapparut ; le temps rattrapa son retard avec un choc brutal. Et Mariana répéta la question :

— Qui l'a écrite, Zoé ?

Zoé la fixa, les larmes aux yeux, et dans un murmure répondit :

— Sebastian, évidemment.

SIXIÈME PARTIE

« Souvent, j'ai entendu que la peine affaiblit l'esprit,
rend timoré et pervertit
Pense donc à la revanche et cesse de pleurer. »

William SHAKESPEARE, *Henry VI*

Chapitre 1

Mariana et Zoé se dévisageaient en silence.

Il pleuvait à présent et Mariana entendait la pluie tomber dehors sur la terre détrempée, la sentait. Elle voyait les gouttes briser le reflet tremblant des arbres sur la rivière. Finalement, elle rompit le silence.

— Tu mens.

— Non. Je ne mens pas. Sebastian a écrit la lettre. Il me l'a écrite.

— C'est faux. Sebastian n'a pas écrit ça.

— Bien sûr que si. Réveille-toi. Tu es complètement aveugle, Mariana.

Celle-ci observa la lettre dans sa main. Elle la fixa, impuissante.

— Sebastian et toi…

Elle était incapable de terminer sa phrase. Elle leva les yeux vers Zoé, désespérée, dans l'espoir qu'elle la prenne en pitié.

Mais Zoé n'avait de pitié que pour elle-même ; et un éclair traversa ses yeux brouillés de larmes.

— Je l'aimais, Mariana. Je l'aimais.

— Non. Non.

— C'est pourtant vrai. D'aussi loin que je me

souvienne, j'ai toujours été amoureuse de Sebastian, depuis toute petite. Et il m'aimait.

— Zoé, arrête. S'il te plaît.

— Il faut te rendre à l'évidence maintenant. Ouvre les yeux. On était amants. Amants depuis ce voyage en Grèce. Pour mes quinze ans, à Athènes, tu te souviens ? Sebastian m'a emmenée dans l'oliveraie, à côté de la maison. Et il m'a fait l'amour, là, par terre.

— Non.

Mariana voulait rire, mais c'était trop écœurant pour en rire. C'était horrible.

— Tu mens.

— Non, toi, tu mens. Tu te mens, c'est pour ça que tu es aussi déglinguée, parce que, au fond, tu connais la vérité. Tout ça, c'étaient des conneries. Il ne t'a jamais aimée. C'est moi qu'il aimait, ç'a toujours été moi. Il t'a juste épousée pour être près de moi. Et pour l'argent, bien sûr. Tu le sais, n'est-ce pas ?

Mariana secoua la tête.

— Je ne veux pas entendre ça.

Elle se détourna, sortit. Elle marcha droit devant elle. Puis elle se mit à courir.

Chapitre 2

Zoé cria :

— Mariana ! Où tu vas ? Tu ne peux pas t'enfuir. Plus maintenant.

Mariana l'ignora et continua d'avancer. Zoé la suivait.

Le tonnerre retentissait dans le bois. Un éclair creva soudain le ciel devenu presque vert. Puis des trombes d'eau s'abattirent, bombardant la terre ; la surface de la rivière bouillonnait.

Mariana courut jusqu'au bois. Entre les arbres, la lumière était sombre et sinistre. Le sol mouillé collait sous ses pieds ; l'air froid sentait l'humidité. Au-dessus de sa tête, des toiles d'araignée complexes retenaient de grosses mouches et d'autres insectes momifiés, leurs fils tendus entre les branches entrelacées tels des brins de soie.

Zoé la suivait, se moquait d'elle ; sa voix résonnait dans le bois.

— Et un jour, grand-père nous a surpris dans l'oliveraie. Il a menacé de tout te dire, alors Sebastian a dû le tuer. Il l'a étouffé de ses mains géantes. Et ensuite, grand-père t'a laissé tout cet argent. Tellement d'argent. Sebastian était ébloui, et il le lui fallait. Il le voulait pour moi, pour lui. Pour nous. Mais tu étais en travers de notre chemin.

Mariana luttait pour éviter les arbres dont les branches lui griffaient et lui écorchaient les mains et les bras.

Elle entendait Zoé tout près derrière elle, écrasant tout sur son passage telle une Furie vengeresse. Et elle parlait, sans s'arrêter.

— Sebastian a dit que s'il t'arrivait quelque chose, il serait le premier suspect. Il a dit qu'il nous fallait détourner l'attention, comme pour un tour de magie. Tu te rappelles les tours qu'il me faisait quand j'étais petite ? On doit s'arranger pour que tout le monde se trompe de cible et cherche au mauvais endroit. Je lui ai parlé du professeur Fosca et des Muses, et c'est là qu'il a eu l'idée. Il a dit qu'elle s'était épanouie comme une fleur sublime. Il aimait beaucoup les expressions poétiques, tu te rappelles ? Il a mis au point tous les détails. Et c'était magnifique. C'était parfait. Mais ensuite… tu l'as enlevé, et il n'est jamais revenu. Sebastian ne voulait pas aller à Naxos. Tu l'y as obligé. C'est ta faute s'il est mort.

— Non, murmura Mariana. Ce n'est pas juste…

— Si, ça l'est, lança Zoé. Tu l'as tué. Et tu m'as tuée aussi.

Soudain, les arbres se firent plus rares. Elles débouchèrent dans une clairière. Un grand marais s'étendait devant elles, surface d'eau verte limpide envahie par les mauvaises herbes et les ronces. Au sol, un arbre au tronc fendu couvert de mousse jaune-vert pourrissait lentement au milieu de champignons vénéneux tachetés.

Et il régnait une étrange odeur de décomposition, une puanteur infecte de pourriture. Était-ce celle de l'eau stagnante ?

Ou bien celle de la mort ?

Zoé observait attentivement Mariana, le souffle court, le couteau à la main, les yeux rougis et pleins de larmes.

— Quand il est mort, c'est comme si j'avais reçu un coup de poignard dans le ventre. Je ne savais pas quoi faire de toute ma colère, toute ma douleur. Et puis un jour j'ai compris. Je devais mettre le plan de Sebastian à exécution à sa place, exactement comme il voulait. C'était la dernière chose que je serais capable de faire pour lui. Pour l'honorer, pour honorer sa mémoire, et assouvir ma vengeance.

Mariana la fixait, incrédule. Elle arrivait à peine à parler. Elle dit dans un murmure :

— Qu'est-ce que tu as fait, Zoé ?

— Pas moi. Lui. Tout était de Sebastian. J'ai simplement fait ce qu'il m'a dit. C'était l'œuvre de l'amour. J'ai recopié les citations qu'il avait choisies, dissimulé les cartes comme il avait prévu, souligné les passages dans les livres de Fosca. Quand on avait cours chez lui, j'ai fait semblant d'aller aux toilettes et j'ai caché des cheveux de Tara au fond de sa penderie. J'y ai mis un peu de son sang aussi. La police ne les a pas encore trouvés. Mais elle trouvera.

— Edward Fosca est innocent ? Tu l'as piégé ?

— Non. Toi, tu l'as piégé, Mariana. Sebastian a dit que je devais juste te faire croire que j'avais peur de Fosca. Tu t'es chargée du reste. C'était la partie la plus amusante du spectacle, te voir jouer au détective. Mais tu n'es pas le détective. Tu es la victime.

Mariana fixait Zoé. Toutes les pièces s'assemblaient et elle admettait enfin la terrible vérité qu'elle s'était toujours cachée. Il existe un mot pour cela dans la tragédie grecque : l'*anagnorisis* – la reconnaissance –, le moment où le héros perçoit enfin la vérité, prend conscience de son destin et se rend compte que tout était déjà là, depuis le début, sous ses yeux. Mariana s'était toujours demandé ce qu'on pouvait ressentir dans un moment pareil. Maintenant, elle savait.

— Tu as tué ces filles. Comment as-tu pu ?

— Les Muses n'ont jamais compté, Mariana. C'était juste une diversion. Un leurre, c'est ce que disait Sebastian. Tara, ç'a été difficile. Mais Sebastian disait que c'était un sacrifice inévitable. Il avait raison. Ç'a été un soulagement, d'une certaine manière.

— Un soulagement ?

— De me voir enfin avec lucidité. Je sais qui je suis, maintenant. Je suis comme Clytemnestre. Tu vois ? Ou Médée. C'est de ça que je suis faite.

— Non. Non, tu te trompes.

Mariana se retourna. Elle ne supportait plus de la regarder. Les larmes glissaient sur ses joues.

— Tu n'es pas une déesse, Zoé. Tu es un monstre.

Elle entendit Zoé répliquer :

— Si j'en suis un, c'est Sebastian qui l'a créé. Et toi aussi.

Soudain, Mariana sentit que Zoé la poussait.

Elle se retrouva à terre, Zoé sur son dos. Elle se débattit, mais sa nièce pesait de tout son poids, l'enfonçant dans la boue. La terre était froide et humide contre son visage. Elle entendit Zoé lui murmurer à l'oreille :

— Demain, quand ils trouveront ton corps, je dirai à Sangha que j'ai essayé de t'en empêcher, que je t'ai suppliée de ne pas aller dans la folie toute seule, mais que tu as insisté. Clarissa lui racontera mon histoire sur le professeur Fosca ; ils fouilleront sa chambre, ils trouveront les preuves que j'y ai cachées.

Elle se leva et retourna Mariana. Elle se dressa au-dessus d'elle, brandissant le couteau. Son regard était sauvage, monstrueux.

— Et on se souviendra juste de toi comme d'une autre victime de Fosca. La victime numéro quatre. Personne ne devinera jamais la vérité. Qu'on t'a tuée, Sebastian et moi.

Elle brandit le couteau plus haut, prête à assener le coup.

Mariana retrouva soudain ses forces. Elle leva le bras pour saisir celui de Zoé. Elles se bagarrèrent un moment, puis Mariana repoussa la main de sa nièce aussi fort qu'elle put.

Le couteau lui échappa, fusant dans les airs avant d'atterrir sourdement dans l'herbe un peu plus loin.

Zoé se redressa en hurlant, puis courut le chercher.

Pendant que Zoé fouillait dans l'herbe, Mariana se releva et aperçut quelqu'un qui sortait du couvert des arbres.

C'était Fred.

Il accourait vers elle, affolé. Il ne remarqua pas la jeune fille agenouillée dans l'herbe. Mariana cria :

— Arrête-toi, Fred ! Arrête-toi.

Mais il ne s'arrêta pas et arriva vite à sa hauteur.

— Ça va ? Je t'ai suivie, j'étais inquiet.

Mariana vit Zoé se relever, derrière lui, couteau à la main. Elle hurla :

— Fred !

Mais c'était trop tard. Zoé plongea la lame du

couteau dans son dos. Fred, les yeux grands ouverts, fixa Mariana, sidéré.

Il bascula en arrière, s'écroula au sol et cessa de bouger. Une mare de sang s'écoulait sous lui. Zoé le piqua avec la pointe du couteau pour s'assurer qu'il était mort. Elle ne semblait pas convaincue.

Alors, sans réfléchir, Mariana saisit une pierre enfoncée dans la boue. Elle serra fort le bloc dur et froid. Le déterra.

Elle avança vers Zoé en titubant, se pencha sur le corps de Fred.

À l'instant même où sa nièce allait planter la lame dans la poitrine de Fred, Mariana la frappa à la tête avec la pierre.

Le coup la fit basculer sur le côté. Elle glissa dans la boue et atterrit face contre terre, sur le couteau.

Elle resta immobile une seconde. Mariana la crut morte.

Mais ensuite, avec un gémissement d'animal, Zoé se remit sur le dos. Elle resta allongée, créature blessée, les yeux exorbités et effrayés. Elle vit le couteau, sur lequel elle s'était empalée, planté dans sa poitrine.

Et elle se mit à crier.

Elle n'arrêta pas de crier. Elle était hystérique, hurlant de douleur, de peur, de terreur, des cris d'enfant terrifié.

Pour la première fois, Mariana ne se porta pas à son secours. Au lieu de cela, elle sortit son téléphone. Et appela la police.

Pendant ce temps-là, Zoé continuait de hurler, jusqu'à ce que ses cris se fondent dans le beuglement d'une sirène.

Chapitre 3

Zoé fut emmenée dans une ambulance, accompagnée par deux agents de police armés.

L'escorte était presque inutile car elle avait régressé et se comportait comme une petite fille effrayée et sans défense. Elle fut néanmoins inculpée de tentative de meurtre ; d'autres inculpations allaient suivre. Pour l'instant, il n'était question que de tentative de meurtre, Fred ayant de justesse survécu à l'agression. Grièvement blessé, il fut conduit à l'hôpital dans une autre ambulance.

Mariana était en état de choc. Elle était assise sur un banc, sur la berge. Elle serrait entre ses mains une tasse de thé fort et sucré que le commandant Sangha lui avait servie pour la revigorer, et en gage de réconciliation.

Il avait cessé de pleuvoir. Le ciel était dégagé à présent ; les nuages avaient déversé toute leur pluie, ne laissant derrière eux que quelques volutes grises. Le soleil se profilait lentement derrière les arbres, striant le ciel de rose et de doré.

Mariana porta la tasse chaude à ses lèvres et but une gorgée de thé. Une policière passa un bras autour d'elle pour tenter de la réconforter, mais Mariana le remarqua à peine. On lui mit une couverture sur les genoux. Elle n'y prêta aucune attention. Elle ne pensait plus. Son regard glissait le long de la rivière. Et elle vit le cygne. Il filait sur l'eau, prenant de la vitesse.

Puis il déploya ses ailes et s'envola. Il s'éleva dans le ciel et Mariana l'accompagna du regard dans les cieux.

Le commandant Sangha vint la rejoindre sur le banc.

— Vous serez heureuse d'apprendre que Fosca a été licencié. Il s'avère qu'il couchait avec toutes les filles du groupe. Morris a avoué qu'il le faisait chanter. Vous aviez donc raison. Avec un peu de chance, ils auront tous les deux ce qu'ils méritent.

Il se rendit compte que Mariana ne l'écoutait pas. Il montra la tasse d'un signe de tête, puis demanda d'une voix douce :

— Comment allez-vous ? Vous vous sentez un peu mieux ?

Mariana acquiesça faiblement. Elle ne se sentait pas mieux, au contraire, elle se sentait encore plus mal.

Pourtant, quelque chose avait changé. Mais elle se demandait quoi.

Elle se sentait alerte, en un sens. Éveillée convenait peut-être mieux. Tout semblait plus clair, comme si un brouillard s'était dissipé ; les couleurs étaient plus vives, les contours mieux définis. Le monde ne lui paraissait plus assourdi, gris et lointain – au-delà d'un voile.

Il semblait vivant, éclatant et coloré, désaltéré par la pluie d'automne, et il vibrait au refrain lancinant de l'éternel retour de la naissance et de la mort.

Épilogue

Mariana resta longtemps en état de choc.

De retour chez elle, elle passa ses nuits sur le canapé du rez-de-chaussée. Elle ne pourrait plus jamais dormir dans le lit, ce lit qu'elle avait partagé avec lui, cet homme. Elle ne savait plus qui il était. Elle le voyait comme une sorte d'inconnu, un imposteur avec qui elle avait vécu tant d'années, un acteur qui avait comploté pour la tuer.

Qui était-il, ce simulateur ? Qu'est-ce qui se cachait derrière ce masque séduisant ? Tout n'était-il qu'un jeu d'acteur, vraiment tout ?

Maintenant que la représentation était terminée, Mariana devait réfléchir au rôle qu'elle y avait joué. Et ce n'était pas simple.

Elle fermait les yeux et essayait de se représenter le visage de Sebastian ; elle avait du mal à visualiser correctement ses traits. Il s'effaçait, comme le souvenir d'un rêve, et elle voyait le visage de son père, les yeux de son père à la place de ceux de Sebastian, comme s'ils étaient la même personne.

Qu'est-ce qu'avait dit Ruth ? Sur le rôle central de son père dans son histoire ? Mariana n'avait pas compris à l'époque.

Mais maintenant, peut-être, elle commençait à saisir.

Elle n'était pas retournée voir Ruth. Pas encore. Elle n'était pas prête à pleurer, à parler, à laisser libre cours à ses émotions. C'était encore trop frais.

Elle n'avait pas encore repris ses séances de groupe. Comment pourrait-elle se permettre à nouveau d'aider quelqu'un, ou de donner des conseils ?

Elle était perdue.

Quant à Zoé, elle ne se remit jamais de sa crise d'hystérie accompagnée de hurlements. Elle survécut aux coups de couteau, mais ils précipitèrent un grave effondrement psychique.

Elle fut déclarée inapte à subir son procès, et placée dans un service sécurisé, au Grove, au nord de Londres. Ce même service dans lequel Mariana avait conseillé à Theo de postuler.

Il s'avéra que son ancien camarade avait suivi son conseil. Il travaillait maintenant au Grove, et Zoé était sa patiente.

Il tenta plusieurs fois de contacter Mariana à son sujet, mais elle refusa de lui parler et ne le rappela pas.

Elle savait ce qu'il voulait. Il voulait qu'elle parle à Zoé. Mariana ne lui en voulait pas. Elle aurait fait la même chose à sa place. Toute communication positive entre elles aurait été essentielle au rétablissement de sa nièce.

Mais Mariana devait s'occuper de son propre rétablissement.

L'idée de lui reparler un jour lui était intolérable. Elle lui donnait la nausée. Elle ne pourrait tout simplement pas le supporter.

Ce n'était pas une question de pardon. Mariana ne

pouvait pas prendre la décision de pardonner. Ruth disait qu'on ne peut pas forcer son pardon, on l'éprouve spontanément, comme un acte de grâce, et il arrive seulement quand on est prêt.

Et Mariana n'était pas prête.

Elle ressentait une telle colère, elle était tellement blessée… Elle ne savait pas ce qu'elle pourrait dire ou faire si elle revoyait Zoé. Elle ne serait certainement pas capable d'agir avec circonspection. Mieux valait rester à distance, et l'abandonner à son sort.

Mariana rendit visite à Fred pendant son hospitalisation. Elle se sentait une responsabilité envers lui, et elle lui en était reconnaissante. Il lui avait sauvé la vie, après tout ; elle ne l'oublierait jamais. Il était faible au début, incapable de parler, mais il souriait tout le temps en sa présence. Ils restaient assis ensemble dans un silence amical. Mariana trouvait étrange de se sentir à l'aise avec lui, cet homme qu'elle connaissait à peine. Il était trop tôt pour savoir si quelque chose pourrait se produire entre eux. Mais elle ne rejetait plus complètement l'idée.

Elle ressentait tout un peu différemment, à présent.

C'était comme si l'ensemble de ce qu'elle avait toujours connu, ce en quoi elle avait cru, s'était envolé, ne laissant qu'un grand vide. Elle vécut dans ces limbes pendant des semaines, puis des mois.

Jusqu'à ce qu'un jour, elle reçoive une lettre de Theo.

Dans sa lettre, il lui demandait de reconsidérer sa décision de ne pas rendre visite à Zoé. Il parlait d'elle avec pertinence, beaucoup d'empathie, puis évoquait Mariana.

J'ai le sentiment que ça pourrait t'être bénéfique autant qu'à elle, et ça vous permettrait aussi de tourner la page. Je sais que ce ne sera pas agréable, mais je pense que ça pourrait être utile. Je ne peux pas imaginer les épreuves que tu as traversées. Zoé commence à s'ouvrir un peu plus, et je suis profondément troublé par le monde secret qu'elle a partagé avec ton défunt mari. J'entends des choses vraiment effrayantes. Et je dois dire, Mariana, que je trouve que tu as beaucoup de chance d'être en vie.

Et il terminait sa lettre par ces mots :

Je sais que ce n'est pas facile. Mais je te demande simplement de considérer qu'en un sens, elle aussi est une victime.

Cette dernière phrase mit Mariana très en colère. Elle déchira la lettre et la jeta à la poubelle.

Mais cette nuit-là dans son lit, quand elle ferma les yeux, un visage lui apparut. Pas celui de Sebastian ni celui de son père, mais celui d'une fillette.

Une fillette effrayée de six ans.

Le visage de Zoé.

Que lui était-il arrivé ? Qu'avait-on fait à cet enfant ? Qu'avait-elle enduré, sous le nez de Mariana, dans l'ombre, en coulisses ?

Mariana l'avait abandonnée. Elle n'avait pas réussi à

la protéger. Pire encore, elle ne s'était rendu compte de rien, et elle devait en endosser la responsabilité.

Comment avait-elle pu être aussi aveugle ? Elle avait besoin de savoir. Elle avait besoin de comprendre. Elle devait affronter son histoire. Elle devait faire face.

Ou elle deviendrait folle.

Ainsi, par un matin enneigé de février, elle finit par se rendre au nord de Londres, au service Grove de l'hôpital Edgware. Theo l'attendait dans le hall d'entrée et l'accueillit chaleureusement.

— Je pensais ne jamais te voir ici un jour. C'est drôle, la tournure que prennent les choses.

— Oui, sans doute.

Theo lui fit passer le sas de sécurité, puis la conduisit dans les couloirs délabrés du service. Il l'avertit de ce qui l'attendait.

— Zoé va terriblement mal, Mariana. Tu vas la trouver vraiment changée. Je pense que tu devrais t'y préparer.

— Je vois.

— Je suis si heureux que tu sois venue… Ce sera vraiment utile. Elle parle souvent de toi, tu sais. Elle demande régulièrement à te voir.

Mariana ne répondit pas. Theo la regarda du coin de l'œil.

— Écoute, je sais que ça ne doit pas être facile. Je ne m'attends pas à ce que tu te montres bienveillante.

Je ne le suis pas.

Theo sembla lire dans ses pensées.

— Je comprends. Je sais qu'elle a essayé de te faire du mal.

— Elle a essayé de me tuer, Theo.

— Je pense que ce n'est pas aussi simple, Mariana.

Il hésita, puis poursuivit :

— C'est lui qui a essayé de te tuer. Elle n'était que son intermédiaire. Son jouet. Il la contrôlait entièrement. Mais ce n'était qu'une partie d'elle. Dans une autre partie de son esprit, elle t'aime encore, elle a besoin de toi.

Mariana appréhendait de plus en plus. Elle n'aurait pas dû venir. Elle n'était pas prête à voir Zoé, à découvrir ce qu'elle ressentirait, ce qu'elle pourrait dire, ou faire.

Quand ils atteignirent son bureau, Theo lui indiqua une pièce au bout du couloir.

— Zoé est là, dans la salle de loisirs. Elle ne se mêle pas aux autres, mais on tient à ce qu'elle se joigne à eux pendant les temps libres.

Il jeta un coup d'œil à sa montre, puis fronça les sourcils.

— Excuse-moi, ça ne te dérange pas d'attendre deux minutes ? Je dois voir une autre patiente dans mon bureau. Ensuite, j'animerai la rencontre entre Zoé et toi.

Avant que Mariana n'ait le temps de régir, Theo lui désigna le long banc en bois installé contre le mur à côté de son bureau.

— Tu peux t'asseoir, si tu veux.

— Oui, merci, répondit-elle.

Theo ouvrit la porte. Par l'embrasure, Mariana aperçut une très belle femme rousse qui attendait, assise, en regardant le ciel gris par la fenêtre à barreaux. Theo entra dans la pièce et sa patiente l'observa avec méfiance.

Il referma derrière lui.

Mariana jeta un coup d'œil au banc. Mais elle ne s'assit pas, elle marcha jusqu'à la salle de loisirs.

S'arrêta devant. Hésita.

Puis elle tendit la main, saisit la poignée.

Et entra.

REMERCIEMENTS

J'ai écrit la plus grande partie de ce roman pendant la pandémie de COVID-19. J'étais très heureux d'avoir quelque chose sur quoi me concentrer pendant les longs mois que j'ai passés seul confiné à Londres. Et j'étais heureux de pouvoir m'échapper de mon appartement vers cet univers intérieur, en partie réel, en partie imaginaire, un exercice de nostalgie, une tentative de revisiter ma jeunesse et un endroit que j'aime.

C'était aussi la nostalgie d'un certain type de roman, des livres qui m'ont séduit à l'adolescence : le roman policier, le polar, comme vous voulez. Je tiens donc avant tout à exprimer ma gratitude envers ces auteurs de romans policiers classiques, toutes des femmes, qui m'ont fourni tant d'inspiration et de joie au fil des ans. Ce roman est un tendre hommage à Agatha Christie, Dorothy L. Sayers, Ngaio Marsh, Margaret Millar, Margery Allingham, Josephine Tey, P.D. James et Ruth Rendell.

Ce n'est un secret pour personne que l'écriture d'un second roman est une épreuve plus difficile que celle d'un premier. Dans son silence *a été écrit dans un état d'isolement complet, sans se soucier de l'accueil du public et sans rien à perdre. Ce livre a changé ma vie et m'a ouvert d'innombrables perspectives. Avec* Les Muses, *en revanche, j'ai ressenti une pression plus forte.*

Bien sûr, je n'étais pas seul cette fois-ci – ici, c'était un petit village, un groupe de personnes incroyablement talentueuses et brillantes autour de moi, qui m'ont donné soutien et conseil. Il y a trop de personnes à remercier, alors j'espère ne laisser personne de côté.

Je remercie d'abord mon agent et cher ami, Sam Copeland, sur lequel je peux toujours compter et qui est une source de sagesse, d'humour et de gentillesse. De même, je suis très reconnaissant à la brillante et dévouée équipe de chez Rogers, Coleridge & White – Peter Straus, Stephen Edwards, Tristan Kendrick, Sam Coates, Katharina Volckmer et Honor Spreckley, pour n'en citer que quelques-uns.

Sur le plan créatif, travailler à l'édition de ce livre a été ma plus agréable expérience professionnelle. J'ai beaucoup appris. Et mes remerciements les plus sincères vont à mon extraordinaire éditeur américain, Ryan Doherty, chez Celadon ; et à Londres, aux tout aussi talentueux Emad Akhtar et Katie Espiner chez Orion. J'ai eu beaucoup de plaisir à travailler avec vous tous, et je vous suis reconnaissant pour votre brillante aide. J'espère que nous pourrons collaborer encore à l'avenir.

Merci à Hal Jensen, pour tes notes incroyablement détaillées et utiles, ainsi que pour ton amitié, et pour avoir supporté mon obsession pour ce livre sanglant. Merci à Nedie Antoniades, pour tout son soutien et pour m'avoir encouragé à de nombreuses reprises. Je compte beaucoup sur vous et je vous suis vraiment reconnaissant. De même, Ivan Fernandez Soto, merci pour St Lucy et toutes les autres idées, et pour m'avoir permis d'imaginer des rebondissements insensés pendant ces trois dernières années. Et un grand merci à Uma Thurman, pour toutes les excellentes notes et suggestions ainsi que pour les repas faits maison à New York. Je vous en serai toujours reconnaissant. Et merci à Diane Medak, pour ton amitié et ton soutien et pour m'avoir proposé de m'installer définitivement. J'ai hâte de revenir.

Au professeur Adrian Poole, le meilleur professeur que j'ai jamais eu, merci pour vos commentaires si utiles, pour votre aide avec le grec ancien et pour avoir inspiré mon amour des tragédies en premier lieu. Merci également au Trinity College, à Cambridge, où j'ai été accueilli si chaleureusement et qui m'a inspiré le St Christopher's College.

Merci à tous mes merveilleux amis de Celàdon. Je ne peux pas imaginer ma vie sans vous. Jamie Raab et Deb Futter, je vous suis éternellement reconnaissant et je vous remercie pour toute votre aide. Rachel Chou et Christine Mykityshyn, vous êtes toutes les deux si brillantes, et le succès de mon précédent roman tient en grande partie à vous. Merci. Et aussi à Cecily van Buren-Freedman, vos commentaires ont vraiment enrichi mon roman et je vous en suis très reconnaissant. Toujours chez Celadon, merci à Anne Twomey, Jennifer Jackson, Jaime Noven, Anna Belle Hindenlang, Clay Smith, Randi Kramer, Heather – Orlando-Jerabek, Rebecca Ritchey et Lauren Dooley. Et merci à Will Staehle pour cette fantastique couverture, et à Jeremy Pink pour avoir fait tout ce qu'il fallait en un temps si court. Un grand merci également à l'équipe de vente de Macmillan, vous êtes les meilleurs !

Chez Orion et Hachette, je tiens à remercier David Shelley pour tout le soutien qu'il m'a apporté. Vous m'avez vraiment encouragé et soutenu ; je vous en suis si reconnaissant. Merci également à Sarah Benton, Maura Wilding, Lynsey Sutherland, Jen Wilson, Esther Waters, Victoria Laws, merci pour votre fantastique travail ! Et merci à Emma Mitchell et au FMCM pour la publicité.

Un remerciement particulier à María Fasce à Madrid, pour vos notes perspicaces et utiles, et aussi pour vos encouragements.

Merci à Christine Michaelides pour son aide dans les descriptions. Quatre-vingt-dix pour cent de ces informations n'ont pas été intégrées dans le livre, mais j'ai au moins appris quelque chose ! Merci à Emily Holt pour vos notes utiles et vos encouragements. Merci également à Vicky Holt et à mon père, George Michaelides, pour leur soutien.

Et un grand merci à la fabuleuse Katie Haines. Une fois de plus, travailler avec vous fut un vrai plaisir. J'ai hâte que nous puissions retourner au théâtre.

Merci à Tiffany Gassouk, pour m'avoir accueilli à Paris pendant que j'y écrivais, et pour m'avoir autant encouragé. Merci aussi à Tony Parsons, pour les paroles d'encouragement et le soutien. Je vous suis vraiment reconnaissant. Merci également à Anita Baumann, Emily Koch et Hannah Beckerman pour leurs encouragements et leurs conseils utiles. Et à Katie Marsh, ma chère amie, pour tes constants encouragements. Enfin et surtout, merci à David Fraser.

Du même auteur :

DANS SON SILENCE, Calmann-Lévy, 2019 ;
Le Livre de Poche, 2020.

PAPIER À BASE DE FIBRES CERTIFIÉES

Le Livre de Poche s'engage pour l'environnement en réduisant l'empreinte carbone de ses livres. Celle de cet exemplaire est de :
400 g éq. CO_2
Rendez-vous sur www.livredepoche-durable.fr

Composition réalisée par Soft Office

Achevé d'imprimer en octobre 2022 en Espagne par
LIBERDUPLEX
Dépôt légal 1re publication : juin 2022
Edition 04 - novembre 2022
Librairie Générale Française
21, rue du Montparnasse – 75298 Paris Cedex 06

57/4812/5